MARATHON MAN

william goldman

马拉松人

[美] 威廉 · 戈德曼 —— 著

姚向辉 —— 译

北京时代华文书局

导　言

惊悚或悬疑电影与其他任何类型的影片都有所不同。它拥有自己的一套规则。它和观众玩游戏。你希望观众在每一幕中知晓或找到多少信息？观众应该比故事中的角色领先一步，还是应该受到蒙骗，让突如其来的情节转变吓一跳？

玩这些游戏乐趣无穷，当《马拉松人》的小说通过邮件寄到我手上，我既因为得到这个机会而感到惊喜，也被小说彻头彻尾地勾起了兴趣。

威廉·戈德曼这部令人手不释卷的小说的前半部是个多少有些晦涩的悬疑故事。多头并进的线索引出了许多个问题。到底是谁在对什么人做什么事情？故事的主线是一名前纳粹离开藏身之处，前往纽约领取他的财富，并与一名年轻的犹太学生展开了生死斗争，因此我将其视为我的"犹太惊悚电影"。

小说的高潮无疑是学生被绑在牙医治疗椅上，名叫赛尔的老纳粹逼迫他吐露情报。我知道观众对这些场景的反应会和他们去看牙医的经历一模一样：共情和恐慌。

电影刚上映的时候，我去了曼哈顿的好几家影院，站在屏幕侧面望着观众和他们的反应。太值得一看了。

我和比尔·戈德曼[①]忙碌了好几个月，围绕故事情节添加富有当代气息的细节。我们想到一个点子，赛尔从南美洲的藏身之处出来以后，发现罢工使得外部世界陷入瘫痪——机场缺少行李搬运工，垃圾在巴黎的街道上腐烂等等这些。制片人不明白我为什么如此强烈地想要给巴黎脸上抹黑，但我认为围绕情节营造一个有意思的气氛是非常重要的，我知道这么做一定会有良好的效果。

达斯汀·霍夫曼被选中扮演犹太学生贝比。后来他觉得这个角色不符合他的年龄，请编剧改写剧本，让他不再缺乏性经验，并去掉他的学生身份。新剧本的效果不太好，我不得不命令达斯汀要认为自己就是28岁——他看起来无疑依然像28岁——不要对此有所怀疑。他做到了，将角色演绎得生动传神。

至于赛尔，我们考虑过的演员能排成一条长龙，但劳伦斯·奥利弗并不在其中，他抗争某种老年病已有一段时间。后来我们得知他迫不及待地想重新出山，我便和他见了一面，向他讲述扮演这个角色在身体方面需要的条件。

他抵达会面地点时似乎有些虚弱，声音尖细得不太自然，因为病症给他的发声肌肉造成了不利影响。

---

① 即本书作者威廉·戈德曼。比尔是威廉的昵称。

随着时间的推移，很明显他越来越受到这个角色的吸引。讨论外形时他早就准备好了剃光头。我们建议他留一撮小胡子，他的回答是：“你们难道不想好好利用我这张刻薄的小嘴吗？”对钻牙的那个场景，他事无巨细地做足了准备，想出了如何以无数种方式表达“安全吗？”这个问题的前后变化。

拍摄《马拉松人》时最令人兴奋的一个方面，无疑是目睹这位伟大的演员在拍摄中一天天地恢复他的力量。

约翰·施莱辛格[1]

1998

---

① 约翰·施莱辛格（John Schlesinger，1926—2003），英国著名电影导演，执导过《午夜牛郎》《血腥星期天》《马拉松人》等经典影片，获得过奥斯卡最佳导演奖和英国电影学院终身成就奖。

献给爱德华·奈瑟尔

序　幕

每次开车穿过约克维尔，罗森鲍姆都会生气，不过怒火并没有特定的对象。东八十六街是德国佬在曼哈顿的最后一个据点，这些啤酒馆越早被新公寓楼取而代之就越是合他的心意。倒不是说他在战争期间吃过什么苦头，因为他全家早在二十年代已经移民美国，但开车经过日耳曼精神病的聚居区就足以让一个人恨得咬牙切齿了。

尤其是罗森鲍姆。

不管见到什么都能让他恨得咬牙切齿。他认定不公平的事情只要敢爬进视野就会被他一把抓住，使出他七十八岁残躯剩下的所有力气使劲捏死。巨人队搬去新泽西，他恨得咬牙切齿；黑鬼，咬牙切齿，尤其是最近，他们居然觉得自己不比其他人劣等；肯尼迪，咬牙切齿；共党分子、色情电影、下流杂志、烟熏牛肉价格飞涨——随便你说一个好了，且看罗森鲍姆如何咬牙切齿。

九月的这一天，他的脾气格外乖戾。天气炎热，他出发去纽华克的时候已经晚了，他还在世的最后几个好朋友住在纽华克，他们每周一次在养老院碰头打牌。那三个半截入土的老家伙牌技差，身体更差，但总算还能凭自己的力气呼吸——七十八岁，这就已经很厉害了。

他们并不怎么喜欢罗森鲍姆，每次打牌到最后，无一例外地会以大喊大叫和指责威胁结束。但他每周都会开车过去，因为他找不到更好的办法熬过一个个星期四，而星期四这个二十四小时的周期，他什么都不需要做就已经恨得咬牙切齿了。有一首歌唱的是“星期六晚上是一周里最孤独的夜晚”，还有一首唱的是“星期一，星期一，你怎么能这么对我”，但罗森鲍姆知道你最应该当心的其实是星期四。他这辈子的所有坏事都发生在星期四：一塌糊涂的婚姻，从一个星期四开始；两个孩子，都死在星期四——相隔几年，但都是星期四——谁能想到你会白发人送黑发人呢？多么可怕的事情。罗森鲍姆五十五年来每天抽三包烟，他儿子一口烟都不抽，结果你猜是谁得了癌症？他在驾驶座上挪了挪屁股；星期四他不得不戴上疝气托。

八十六街堵得一塌糊涂。

金贝尔斯东区商场。自从该死的东金贝尔斯在八十六街开业，这条路就再也不值得信赖了。八十六街曾经是他最喜欢的穿城路线，比七十九街好十倍，也强过只有游客才会走的七十二街。对，只要你想痛痛快快地开车，走八十六街就对了。除了黑鬼，没有人去东金贝尔斯购物——哪个犹太佬愿意被撞见在这家金贝尔斯买东西？这儿不是金贝尔斯，金贝尔斯在三十四街梅西百货的对面，这堆狗屁东西喜欢自称东金贝尔斯就自称好了，反正对罗森鲍姆来说，它只能是地摊金贝尔斯，句号。

他没有拐上八十六街，而是沿着第一大道到八十七街左转。八十七，光是这个数字就足以让他咬牙切齿。他老婆的第一次胸部检查就花了他八十七块钱。只是见了个衣着光鲜的屠夫，拍了张照片，然后听医生宣布消息。“你妻子左侧乳房上无疑有个肿块。”这是医生的开场白。罗森鲍姆觉得他蠢得让人同情，扭头对脸色惨白的妻子说：“你看咱们多走运啊，还好来看了一位真正的专家。我们告诉他说你的左乳房上有个肿块，他只靠这一丁点儿信息就断定这个肿块是个肿块。”他扭头看着医生，医生年纪很轻，多半娶了个金发碧眼的异教小妖精。

“她乳房上当然有个肿块，老天爷啊，你是奶子医生，我来不是为了问你脸上那个肿块叫什么——顺便说一句，那东西叫鼻子，不知道医学院现在还教不教这种知识。”

“您的先生非常风趣。”医生对他妻子说。他妻子疲惫地答道：“我不这么觉得。”

八十七街似乎还不赖。罗森鲍姆风驰电掣地冲向第二大道，赶上绿灯，到第三大道时恰好吃了红灯。他不耐烦地等待红灯变绿灯，朝该死的信号灯按了两次喇叭，直到信号灯顺从他的旨意，他一踩油门，轿车咆哮着驶向莱克星敦大道。所有人都说他车品很差，全家人都经常为此数落他，可他们知道个屁。三十五年，他没吃过一张罚单。没错，有几次险些被逮住，有两三次小剐蹭，有三四次几乎动拳头，但就是没吃过罚单，所以都给我见鬼去吧。就知道批评我，你们擅长的不就是这个吗？给老子心里添堵。

来到八十七街和莱克星敦大道的路口，罗森鲍姆开始给自己心里添堵了。正好是红灯，这没什么大不了的——区区一个红灯，死不了人。但他前面被交通灯拦住的是一辆该死的纳粹大众车，更糟糕的是它就停在八十七街正中央，他没法挤到前面去，等绿灯一亮就甩掉它。罗森鲍姆按了几次喇叭，嘴里骂骂咧咧，但一个混球连大众车都肯开，你还能指望他干什么呢？他本人是雪佛兰的拥护者，从战争前就是了。只要你对车辆还有一点了解，只要你希望自己的钞票花得物有所值，那就应该开雪佛兰。不开雪佛兰的都是臭傻逼。

红灯转绿灯，大众车一动不动。

罗森鲍姆又按了一次喇叭，这次声音响得多，但那辆车依然挡住他的去路。他听见大众车的引擎突突哀鸣，拼命想发动起来。“给我让开！”罗森鲍姆吼道，“好狗不挡道！”

大众车终于发动起来，半死不活地穿过莱克星敦大道，慢吞吞地驶过东金贝尔斯的后门。罗森鲍姆咬着大众的尾巴，他想超车，但大众怎么都不肯从马路中央让开。就在这时，大众的引擎突然又熄火了，缓缓停下，完全挡住了罗森鲍姆。他从车窗探出头，使劲按喇叭，扯着嗓子吼道：“让开，快他妈让开——你他妈有病啊，挡在路中间干什么！该死的害虫、智障，快给我让开，别逼老子动手！”

大众车里飘来一个词：“Langsamer。”悠着点儿。别着急。德语，愿意怎么翻译随便你。罗森鲍姆一下子火冒三丈，既是因为天气炎热，更是因为愤怒。“少他妈叫我 Langsamer，泡菜肉头，mach snell！”

大众车里的老古董从车窗里探出脑袋，扭头向后看，朝罗森鲍姆晃动他衰老的拳头。“Langsamer！”他还是这句。

看见这家伙气得罗森鲍姆咬牙切齿。老成这样，活脱脱一个棺材瓤子，眼睛蓝得就像纳粹宣传画，一个老糊涂的德国鬼子居然在曼哈顿中城乱跑，允许他坐上驾驶座简直是在侮辱人。

第二声“Langsamer！”过后，罗森鲍姆有几秒钟只是傻坐在那儿，汗流浃背。然后，他启动雪佛兰，轻轻地撞了一下大众。感觉太棒了，他后退几英尺，又顶了上去，这次撞得重一点。他有好几年没这么发自肺腑地想和陌生人干一架了。为什么？唔，因为：一，他在约克维尔；二，八十七街上；三，东金贝尔斯背后；四，被一辆大众车；五，堵住去路；六，开车的是个老不死的德国鬼子；七，害得他要赶不上每周四的牌局了；八，他这辆雪佛兰没空调更是火上浇油，尽管此刻是九月中旬的一个午后，但温度计显示有九十二度；九，华氏度；十，而且还在上升。

罗森鲍姆第三次顶上去，大众被撞出去几英尺远才停下，引擎恰好发动起来，它猛地向前一蹿，朝着公园大道而去。罗森鲍姆先是吃了一惊，然后立刻踩下油门，飞快地追了上去。他打算从右侧超车，他知道这是他这辈子的使命，归根结底只有一个任务，那就是超过该死的大众，挡在前面堵住它，然后放慢车速，慢得像蚂……蚁……爬……

但大众不肯让他轻易获胜，罗森鲍姆向右开，大众也向右开；罗森鲍姆向左开，大众也向左开。八十七街上，一场战争突然打响，罗森鲍姆正中下怀，要是雪佛兰连区区一辆进口小破车都干不过，咱们就还是回家歇着去算了。

法国人喜欢谈论密斯托拉风[①]，说它吹起来会让人陷入疯狂；圣安娜焚风刮得加州人头脑发热的时候，他们连走路都要放慢步伐。

① 密斯托拉风（Mistral），法国南部干冷而强劲的北风或西北风。

唔，曼哈顿也有一种类似的风，虽说还没有起名，但确实存在。每当天气从炎热变得闷热难当，这种风就会从西面席卷而来，裹着新泽西沼泽的所有蚊子吹过哈德逊河——也许不过是气候反常导致的某种现象，但这里面肯定有什么名堂。因为直到公园大道的红灯忽然间全变成了绿灯，雪佛兰开足马力，大众依然领先，驾驶者把油门踩到底，就好像整个世界只剩下了一件要紧事：绝对不能让后面撞我的那个疯子超车，绝对不能，无论发生什么都不能。他们像闪电似的穿过八十七街和公园大道的路口，保姆吓得抱住各自看管的孩子，十几个人绝望地寻找警察；他们冲向麦迪逊大道，大众颤抖得接近失控，雪佛兰的油门踩到底，轮胎吱吱嘎嘎响个不停；就这样，加起来超过一百五十岁的两个男人展开了殊死搏斗，仅仅因为一辆租来的大众车凑巧在莱克星敦大道路口熄火；大城市里经常发生这种事，没错，但劲头迟早会过去，暴怒的火苗渐渐平息，等等等等，要不是因为一个叫汉西克的男人，他们的冲突也会这么结束。

汉西克的工作是定期送货，他讨厌跑八十七街，因为街道狭窄。但他也喜欢跑八十七街，因为拐过去八十八街的路口就是莱诺克斯小吃店，而管柜台的是个叫依莱妮的女人。一年多以来，汉西克每周都在这家店喝咖啡吃丹麦卷，因为依莱妮身材火辣，脸蛋也漂亮，很有魅力。她离过婚，但从不提起。她喜欢和汉西克说说笑笑，有时候甚至会伸手弄乱他的头发，但就是不肯在下班后和他约会。她的前夫是卡车司机，她说不好意思，一次就够多的了。“但我不一样啊，”汉西克会灌她迷魂汤，“我可不是靠保龄球联赛得到人生乐趣的那种混球，我读畅销书，榜首作品我全读过,《爱情故事》《教父》,你说一本热门书,我拿平装本给你看。”但依莱妮就是不肯松口。车祸发生的时候,他正在对依莱妮说杰奎琳·苏珊的最新作品《一次还不够》无疑标志着她迈上了新的台阶,内容和风格两方面都有长足进步。

汉西克立刻猜到是他的车出了事,他夺门而出,像是被鬼赶似的跑回八十七街,还没拐过路口就感觉到了热浪——难以想象的酷热,因为油罐车着火能把砖头烧成灰,女人和孩童的尖叫声此起彼伏,跑上八十七街,他看见火焰正在炙烤他送货那幢楼的侧面。汉西克以最快速度冲进炼狱,想搞清楚究竟发生了什么,但其实似乎很简单。看起来像是有两辆轿车卡在一起,失控后打着转撞上了他的卡车,天晓得死了几个人。

被烟熏的汉西克踉踉跄跄地回到小吃店,先打电话报火警,再打电话报警。他傻乎乎地在柜台前坐下,依莱妮没等他开口就给他倒了杯咖啡。他喝了一口。他姿态中的某种因素打动了依莱妮,她从柜台里走出来,坐在他身旁,拿起干净的抹布,擦拭他被熏黑的脸。那天晚上,她第一次和汉西克去看电影,三次约会之后,汉西克成功上垒。因此他的未来一片光明。

比比的未来也不错。他是个二十岁刚出头的黑人小伙子,想成为摄影师,撞车时正好在前往公园的路上。只有他一个人拍下了现场的照片,有几张拍得很好。《每日新闻》买下一组照片,登在头版和中页上,后来全职雇佣了比比,因此他的结局也非常美满。

你可以说是命运作祟,机缘巧合,也可以说这件事证明了上帝之手的存在,因为被车祸夺去生命的只有那两位司机,这恐怕远远不是我们能想象的最惨烈的损失。罗森鲍姆浑身是刺，七十八岁，有一堆不讨人喜欢的怪毛病，而且近些年越来越暴躁。大众车的驾驶者年纪更大，是名八十二岁的鳏夫，在世的亲属只有一个儿子，尽管他们的血缘关系和正常父子一样浓，但两人没有亲密交流的时间已经够普通人过完半辈子了，情绪沟通早就和他们断绝了缘分，他们的互动纯粹是一种职责，除此无他。

这个鳏夫是一名流亡者，活得比他所有的朋友都久，从来都懒得考虑自己究竟有多少敌人。每个人都叫他库特·海塞，但这不是他的真名。他的驾照上写着库特·海塞，护照上写着库特·海塞；医生和邮递员叫他海塞先生，理发师叫他海生；他喜欢在公园游乐场散糖果，孩子们叫他"谢谢"；他姐姐还在世的时候，一旦养成习惯之后，也总是叫他库特。实际上，他当库特·海塞这么多年，就算你冷不防地问他叫什么，比方说跑到他背后大喝一声"叫什么！"他肯定也会结结巴巴地说"海塞，库特·海塞"，根本不会意识到自己在骗人。

他的真名是卡斯帕·赛尔，但最后一次被人这么称呼已经是二十八年前了。有时候，在睡着前的朦胧状态中，他甚至会怀疑自己是不是真的曾经叫卡斯帕·赛尔，假如他真的曾经是那个人，要是得到了活下去的机会，他后来会过上什么样的生活。

他在撞车时瞬间死亡。他的死因是撞车，而不是着火。着火只是推迟了辨别身份的时间。

从东金贝尔斯后门算起，整件事的全部经过还不到三分钟，罗森鲍姆只感觉到了不到五秒钟的剧痛。总而言之，你拜尽神佛也很难得到一场更快乐的悲剧了。

第一部

贝　比

第一章

“爬虫来了。”一个门廊小子说。

利未尽量不去理会他们，他站在褐石大屋的台阶顶上低头看，确定运动鞋的鞋带有没有扎紧。这是他最好的一双鞋，阿迪达斯的高级产品线，合脚得就像上帝亲手雕刻出来的，哪怕是穿上的第一天，也从来没有过任何磨脚的感觉。利未对衣着打扮没多少热烈的追求，但这双跑鞋是他非常在乎的宝贝。

“喂，爬虫爬虫小爬虫。”另一个门廊小子喊道。他是这帮人的首领，小个子，动作敏捷，总是身穿颜色最鲜艳的衣服。此刻他换上最轻浮的声音：“我实在爱死了你的城堡。”他指的是利未的帽子。

利未不自觉地正了正他的高尔夫球帽，三幢褐石大屋外的门廊小子报以得意洋洋的笑声。利未对他这顶帽子特别敏感。他戴长檐帽已经好几年了，根本没人注意。但 1972 年奥运会戴夫·沃特尔为美国赢下了八百米冠军，而沃特尔喜欢戴球帽，因此所有人都认为利未只是在模仿他。

在这个世界上，利未真正有信心的事情并不多，但其中之一就是他的头脑——这么说听起来是不是很自负？那就自负好了。他只有二十五六岁，思想相当有独创性，从不照抄任何人，更不用说还是一位资深跑者了。他深吸一口气，准备好迎接门廊小子的奚落，迈开两条长腿，像鹳似的跑下门前台阶。门廊小子就喜欢他的这份笨拙，他们拍打手臂，发出鹅叫的怪声。

利未最讨厌他们模仿他。不是因为模仿得不好，而是因为像得让人生气。他，托马斯·利未，跑起来确实像一只大鹅——至少有时候像。他也不喜欢这样，但事实就是事实。

这群门廊小子通常有六个人，都是西班牙裔，似乎在从利未家往公园去三个门洞那幢褐石大屋的门前台阶上扎了根。他是六月份搬进来的，他们一直栖息在那儿，现在已经九月了，依然没有要南飞的迹象。他们大概十五六岁，个头不高，身材瘦削，被惹恼了无疑会很危险。他们在门廊上吃东西，对着门廊台阶或在人行道上玩弹球，利未时常在夜晚碰见他们和附近的女孩在黑暗中热吻缠绵。天黑天亮，门廊小子永远在那儿，坐着，站着，玩耍，抽烟，毫不在意地望着世界忙忙碌碌，因为他们自己就是一个世界，关系紧密，永恒不变。利未不禁要琢磨他是不是有点儿嫉妒他们。这并不等于他盼着他们会请他也坐一会儿。假如真有这个机会，他多半会拒绝。但话也说回来，谁知道他会有什么反应呢，这些都是猜测，他们从来没问过他。

利未慢跑拐上通往中央公园的人行道，经过他们的时候，赞美过他那顶城堡的小子问："你为什么不上学？"利未突然忍不住笑了，因为六月份有一次他们特别疯狂地羞辱他，他当时对他们说了这句话："你们为什么不上学？"他不但没有让他们闭嘴，接下来的一个月他们根本不给他忘记这件事的机会。但今天是多日以来他们第一次对他用上这句话，因此他忍不住笑了。幽默是不协调元素的意外并置，谁说的来着？利未搜肠刮肚想了一阵，好像是黑兹利特[①]？不对。那就是梅瑞狄斯？还是萧伯纳？好好想，他命令自己，但正确的名字就是不肯跳出来。利未唾骂自己，因为你必须要牢记这种知识，否则就不可能成为一流学者。他父亲肯定能做到，不但记得作者是谁和引文来自哪篇文章，甚至知道创作者在写下这句话时的精神状态——但前提是他头脑清醒，不清醒的时候呢？利未觉得很羞愧，加快了步伐。

利未住在西九十五街上，阿姆斯特丹大道和哥伦布大道之间，环境算不上优美，但身为一名有志于学术的穷学生，你只能找到什么就接受什么。六月份他只能找到一个可以洗澡的单间，在西九十五街一百四十八号这幢褐石大屋的顶层。其实情况还不坏，公寓到哥大的距离恰好适合跑步，先穿过河畔公园，然后沿着一百一十六街向北，一路都是沿着哈德逊河的直行道——假如你喜欢跑步，这就是最理想的路线了。

利未跑过哥伦布大道，接近中央公园时逐渐提高配速，他向左拐上九十五街，跑了一个街区，进入真正的公园区域，他直奔网球场而去，再转过一个半圈，就来到了目的地。

水库。

几个月前利未就下了结论，水库这个点子无疑是规划师独断专行的结果。这个毫无瑕疵的人工湖堪称完美，坐落于你最意想不到的地方，周围是第五大道的亿万富翁、他们在中央公园南路

---

① 威廉·黑兹利特（William Hazlitt，1778—1830），英国随笔作家。

上的远亲和中央公园西路上远亲的远亲。

利未开始绕湖跑圈，轻而易举地超过了其他慢跑者。下午五点半，他总在这个钟点跑步，这是他的理想时间。有人喜欢早起锻炼，但利未不是那种人。他的头脑在晨间最好用，因此他一向在中午之前完成最复杂的阅读任务，下午做笔记或阅读比较简单的材料。五点左右，大脑渐渐疲惫，身体正好渴望运动。

就这样，下午五点半，利未绕湖跑圈。他显然比其他人跑得快。假如你在不经意间注意到了这个细节，肯定会很符合逻辑地推断他个子比较高，身材比较瘦，跑步的姿态会让人想起动作轻盈的大鹅。

但另一方面，你也必须考虑一下他的白日梦。

他打算去跑马拉松。就像鲁米[①]。就像已经成为神话的鲁米。几年以后，全世界的赛道大佬都会陷入痛苦的挣扎，究竟谁才是最了不起的跑者呢？是伟大的芬兰鲁米还是传奇人物托马斯·利未？"当然是利未，"他们中会有人说，"谁能像利未那样跑最后五英里呢？"其他人会反驳说："早在最后五英里之前，鲁米就跑得不见踪影了，最后五英里利未跑得再快也没用。"争论会进入白热化，专家对专家，持续几十年。

利未不只想成为一名马拉松跑者——只要你有志于此，任何人都能跑完马拉松——而是想成为马拉松的代名词。另外，他还要用智慧做出令人瞩目的成就，外加无与伦比的知识储备，把以

① 帕沃·鲁米（Paavo Nurmi，1897—1973），芬兰著名长跑名将，共打破 22 次世界纪录。曾参加三届奥运会，共获得 9 枚金牌，3 枚银牌。

上这些加起来，再用深厚得仿佛发自肺腑的谦逊层层包裹。

目前他只有一个牛津的文学学士学位，能不知疲倦地奔跑十五英里。但再给他几年时间，他就可以博士学位和马拉松冠军双双到手了。人们会欢呼“利—维，利—维”，送他奔向凡人难以想象的胜利，就像球迷鼓励心中的英雄时高喊“防—守”那样。

“利—维，利—维——”

他们不会在乎他的姿势有多难看。他们不会在乎他身高超过六英尺，体重还不到一百五十磅，他想从皮包骨头变成瘦削匀称，但无论每天灌下多少份奶昔都无济于事。

“利—维！利—维！——”

他们不会在乎他有一绺傻乎乎的额发，长相酷似印第安纳老农。虽说在英国待了三年，但表情会让你觉得假如你三分钟前刚认识他，这会儿说给他一个机会买下布鲁克林大桥，他也肯定会乖乖上钩。爱他的人并不多，他能确定的只有多克，感谢上帝，还有多克。但这一切都会改变的。对，没错。是的，没错。

“利—维……利————维！”

这就是他，跑在队伍最前面，打心底里知道谁也不可能胜过他，大概只有墨丘利除外。不知疲惫，犹如神祇，意气风发，无与伦比，前方就是芬兰飞人鲁米。

利未加快步伐。

还有好几英里才到终点，但这才是他最大的试炼，考验心脏的时刻到了。

利未继续加快步伐。

利未在缩短距离。

站在赛道两边的五十万观众不敢相信自己的眼睛。他们尖叫，拼命向前挤，几乎失控。这种事不可能发生，但就是发生了——利未正在追赶鲁米。

利未，英俊的美国人，他追得越来越近。对，没错。利未，充满自信，敢于用马拉松历史上最快的配速跑完一英里，正在摧毁鲁米的领先优势。鲁米觉察到了——他背后发生了什么可怕的事情。他扭头张望，向全世界露出了不敢相信自己眼睛的表情。鲁米想加快步伐，但他的配速已经达到极点，步伐开始慌乱，至关重要的节奏变得不规律。利未追上来了。利未做好准备了。利未这就要超过他了。利未——

托马斯·巴宾顿·利未停下脚步，靠在水库围栏上休息。今天很难集中精神做有关鲁米的白日梦。

因为他牙疼，跑步时每次右脚落地都会震动右边上颚的那颗蛀牙。利未揉了一会儿犯病的牙齿，考虑要不要尽快去看牙医。疼痛是不久前才开始的，来得快或许去得也会快，因为情况并没有恶化，只在跑步时带来烦恼。牙医肯定会抢劫你，两分钟的事情敢让你掏空腰包，钱应该花在更值得买的东西上，比方说书，有史以来出版过的所有书，还有唱片。去他的牙疼吧，利未心想。

到最后，牙疼变得无关紧要。他们发现了他的弱点，然后险些置他于死地……

第二章

塞拉走进机场酒吧，一眼就看见了戴假发的男人，有几秒钟不知该如何是好，因为他们上次见面的时候，都非常努力地想要杀死对方，尽管持续的时间并不长。

是啊，那是布鲁塞尔，他们在执行公务，这里是洛杉矶国际机场，他们在享受人生（假如飞行也有可能被称为享受）但这些因素并不能解决塞拉的难题：简而言之，你该怎么对一个最近才被你下过重手的男人说我这会儿下班了，只想找你聊几句，没兴趣要你的性命？总不能直接走过去，打招呼说“嗨，一向可好？”因为连“可好”的尾音都没发完，你的太阳穴上就会多一个不请自来的新窟窿，艾普拔枪就有这么利落。

艾普最近为阿拉伯人效力，利比亚或伊拉克或天晓得哪个国家（塞拉永远也记不清那些名字），至少他们在布鲁塞尔狭路相逢时是这样。回到分局后，塞拉请求调阅艾普的档案，他知道艾普肯定有档案，而且肯定很厚，分局向来自豪于他们收集和整理所有竞争者全部情报的能力。

倒不是说艾普始终是敌人，因为时常改变效力的国家和阵营。他为英国工作了六年，紧接着为法国工作两年，然后尝试单干，结果却不怎么好——任何人尝试单干的结果都不怎么令人愉快，只有高深莫测且阴险狡诈的陈先生算是在半永久性地单干。创业失败之后，艾普迁徙的频率比以前高了许多：为巴西工作了一小段时间，接下来在阿尔巴尼亚短暂停留，然后就是目前的阿拉伯人了。

戴假发的小个子男人单独坐在最角落的高脚凳上，塞拉望着他。最有意思的一点在于，他不得不解决该怎么安全地和他打招呼的问题，因为他和艾普这样的两个人打了照面就很难双双全身而退了。尽管艾普个头比较矮小，相貌不比米基·鲁尼①更加凶恶，但他无疑是国际间谍界十几年来最擅长使用轻型武器的高手之一，而塞拉和陈并称空手杀人最快的双雄——无论掌心朝上还是朝下、左手还是右手都不在话下。

塞拉得出结论，最符合逻辑的做法是另找一家酒吧。他不会因为风险而烦恼，但总是尽量避免意外。他已经后退了好几步，突然停了下来，因为——该死，我想和艾普聊聊。你很少能捞到这种机会，因为塞拉刚入行的时候，艾普就已经是公认屈指可数的传奇人物之一了。塞拉稍微回忆了一下，想到另外几个名字：布莱顿、特兰奇、菲德里奥，都是化名，都已退休——以极端手段被退休。

塞拉忽然行动起来。对于他这个块头来说，塞拉敏捷得出奇，尤其是启动的时候；他的动作不算特别快，但单是速度并没有任何意义，敏捷才是关键。有次他听见一位篮球教练谈到一名年轻赛

① 米基·鲁尼（Mickey Rooney，1920—2014），美国著名电影演员。

手的时候说：“他怎么这么敏捷？”这个词留在了他的脑海里——在此之前，他没有意识到一个人的动作可以既敏捷又缓慢。塞拉从高脚凳背后沿着吧台向前走，到距离近得足够采取行动的时候，他露出见到老朋友的表情，在小个子男人背后突然转身，强壮的手臂牢牢地按住艾普，看样子就像麋鹿俱乐部或扶轮会的两名成员失去联系好几年，道左相逢后开始演练他们的半秘密招呼仪式。塞拉压低声音说：“和平，艾普。”艾普的回答来得比闪电还快：“我不懂那东西。”

塞拉坐上艾普旁边的高脚凳，敬佩艾普的反应之快；怪不得他玩枪的本事无与伦比——不是因为瞄得特别准（当然了，他的准头确实很好），而是因为对手还没瞄准完，他的子弹就已经出膛了。“你不觉得是个麻烦吗？”塞拉问。

“什么？没带枪？不，为什么是？你觉得是麻烦？”

塞拉无话可说，他的两只大手扣在一起，十指交错搁在吧台上。

艾普瞥了一眼他的双手。“话也说回来，你从来不带枪，对吧？”

塞拉耸耸肩。

“用手更方便，”艾普说，“短距离内什么都比不上徒手。要是我有你的块头，肯定也专练徒手。”

塞拉立刻想到了陈，他的个头比艾普还小，瘦巴巴的，不到一百磅。他绝对不会提起这个名字，但事实上也不需要他说，因为艾普替他说了。塞拉只能微笑。他完全无法想象艾普怎么会知道他最初是在哪个国家接受训练的，不过反过来情况恐怕也相同。事实上，他们对彼此的了解都源于锁在各自总部档案室里的文件。

从一个方面说，毫无意义；从另一个方面说，代表着一切。他们有时候甚至能读懂对方的思想，现在显然就是这样的一个时刻。

“陈先生能用双手熟练地杀人，那是因为他是该死的中国佬，这种事情对中国人来说就像第二天性，就好比黑鬼都会跳舞。”艾普望着酒杯里残存的几滴威士忌。“应该很好笑才对，”他说，“但说出口就不是那个味道了，对吧？”塞拉还没来得及回答，小个子就说了下去。“现在你多半开始认真思考我是不是一肚子种族偏见了，对吧？‘艾普？我见过他一次。满脑子偏见的小混蛋，假发都不合头型。’再来一杯。”最后一句是对酒保说的，酒保点点头，拿起苏格兰威士忌酒瓶，又给他斟了一杯。“三份。”艾普说。酒保点点头，继续斟酒。

塞拉按习惯点酒。“苏格兰威士忌，多加苏打水，多加冰块，谢谢。”他说，心想，艾普这么精明，不该点三份烈酒。三份烈酒太危险，会拖慢你的舌头、大脑和拔枪反射。这些全是实话，但他当然没有说出口，他选了另一条路。“假发没那么差劲。”他说。

“没那么差劲？天哪，碰到今天这种大风天，它会在我的头顶上爬起来，前半截肯定会——后半截会待在原处，但前半截肯定会忽扇忽扇的——就好像它想朝别人挥手致意。”他盯着酒杯。“这话说出来似乎也还是不好笑。我以前很风趣来着。塞拉，真的。可以去说脱口秀。”

“我相信你。”

“你信个屁。”

“有关系吗？”

“没有。”艾普说，又说，“不，有关系，有很大的关系。”

塞拉觉得最好还是闭嘴为妙。

“我选了自己的名字，”小个子继续道，“我的化名是自己起的。他们说‘你想用什么代号？’我从二十二岁就秃得一根毛都不长了，我想也没想，脱口就说——艾普，用了美国佬奥尼尔[①]舞台剧《毛猿》的典故。你明白这有多好笑吗？我一直就是这样，整个儿一笑话篓子。”

塞拉露出微笑，因为出于礼节他应该微笑，也因为艾普最大的爱好就是隐瞒出身。他无论说什么语言都显得不像母语，说奥尼尔是“美国佬”无非是为了不让塞拉觉得美国有可能是他的祖国。

“我说假发不坏是真心的，”塞拉说，“百分之百够用了——当然了，不如美国佬辛纳屈的假发那么好，但你反正也不需要登台唱歌。”

艾普笑道：“曾经有个家伙——那时候你应该还没入行——叫菲德里奥，他发疯似的想搞清楚我的出身。简直成了他的执念——只要有最微小的一丝线索，他也要用业余时间追查到底。而我呢？总是在说话时加点作料，当作暗示扔给他。”在所有的传奇人物中，塞拉最着迷的就是菲德里奥，他热爱音乐——曾经是个小提琴神童，但天赋在成年后就耗尽了，只有对音乐的热情留了下来——按照在分局读到的档案，他是所有国家的所有间谍中最才华横溢的一位。“你和他熟吗？菲德里奥？”

---

① 尤金·奥尼尔（Eugene O'Neill，1888—1953），美国著名剧作家，代表作《毛猿》，1936 年获得诺贝尔文学奖。

"和他熟吗？我和他熟吗？老天在上，是我退休了他——"

"是你？我怎么不知道——我们的档案一个字都没提，你是怎么做到的？肯定很难吧，天哪，想一想就他妈难如登天啊。"塞拉险些喋喋不休说下去，还好他在出丑前拦住了自己。他觉得自己就像小时候的乔·迪马乔[1]问贝比·鲁斯[2]，"你是凑巧走运，还是真的抬起球棒宣告下一个球是本垒打了？你知道你会打出本垒打吗？听着欢呼绕垒跑完一圈是什么感觉？快说啊，求你了，太重要了，我必须知道。"

艾普拿起酒杯，看着威士忌。

塞拉耐心地等待着。既然你在向贝比·鲁斯请教本垒打，那就还是按他的节奏来吧。

"很高兴你能坐下，塞拉，"艾普盯着威士忌说，"我盼着你走过来呢。我看见你站在门口。"他指了指吧台里的一幅玻璃画，它偏转的角度大致对着正门。"画得不怎么好，但够我用了。看见你开始后退，我险些叫住你。"

"为什么没叫我？"

艾普喝了一口他的三份威士忌，其实只是沾了一下嘴唇，根本没喝下去。"这才是我的第二杯，而且我也只是尝尝味道。我离喝醉还远着呢。"

塞拉没听懂两者之间的关系，直到艾普说："我没有招呼你，

---

① 乔·迪马乔（Joe DiMaggio，1914—1999），美国著名棒球选手，曾三度获选年度最有价值球员。

② 贝比·鲁斯（Babe Ruth，1895—1948），美国著名棒球选手。

是因为我不喜欢逼着别人和我聊天。我好像从小就这样。”

你不该聊得这么起劲的，塞拉很想说，但事实毕竟是事实，所以他就闭嘴了。艾普在烦恼什么事情。有什么可怕的事情让他心里很不好受。

“你刚才正要和我说菲德里奥。”塞拉说。

“我会的，我没忘——塞拉，你别着急，我不会喝着喝着就开始说胡话的。”

艾普在烦恼的事情很快就会浮出水面，塞拉能感觉到。除了等待，他也没有别的办法。但这种等待并不令人愉快，于是他提起了两人都感兴趣的话题：布鲁塞尔那次他们双双侥幸生还的相遇。看起来，那次相遇纯属意外，两人出于不同目的找到了同一名已经死去的护照伪造者，他们同时闯进尸体所在的房间，艾普开枪，塞拉挥动右臂，可惜准头不好，没打中颈部，而是砸在艾普健壮得出奇的肩膀上，艾普又开了一枪，但他正在踉跄后退，那一枪更像是警告，而不是想杀死塞拉。事情到这里就结束了，他们一个朝左走，另一个朝右走。“你第一枪为什么没打中？”塞拉困惑道，“当然了，我并不遗憾，谢谢。”

“因为我没喝酒——那会儿我滴酒不沾，已经是一年多前了。”

“是十五个月。”

艾普点点头。“阴影，”他说，“阴影会毁坏你的精确性。我当时喝多了，大概吧。我瞄的是你脑袋，却打中了墙壁。要是我瞄你的心脏，你肯定会难受好一阵子。”

塞拉举起酒杯。“敬阴影。”

艾普把玩他的酒杯。

广播宣布跨北极去伦敦的航班将继续延误。

艾普咒骂一声，喝了一大口威士忌。

“我也去伦敦。”塞拉说，摸了摸上衣内袋里的头等舱机票信封。“很好。从来都没人陪我坐这个航班，总是十一个钟头无事可做。我在飞机上没法读比杂志更难懂的东西。海蒂·拉玛[1]的自传。这是绝妙的极地航班读物。”

“我坐经济舱。”艾普说，塞拉知道了是什么在蚕食这位小个子男人。

“因为要隐藏身份？”

艾普摇摇头。

“那就是弄错了？”

艾普还是摇头。

塞拉知道他最好什么都别说。其实也没什么可说的。任务在身的人肯定坐头等舱。全程。这份工作没有老龄福利和退休金计划，谁也不会保证你的人身安全。要是飞经济舱，那是为了符合分局为这次任务而给你编造的背景故事。除此之外只有一种可能性，那就是为了让你知道你的工作评价正在下跌，一旦发生这种事情，退休就只是迟早的问题了。可是，上头是不会允许你退休的。第二十三条军规。

然而，在塞拉眼中，让一位传奇人物坐经济舱，这种事就太

① 海蒂·拉玛（Hedy Lamarr，1914—2000），美国女演员。

狗屎了。天哪，给他一个不可能活着回来的任务，送他上路的时候至少让他保留几分荣耀吧，他有这个资格。

但话也说回来，连洋基队都会卖掉贝比·鲁斯，对吧？

“我曾经很厉害。”艾普说，“比绝大多数人都厉害。”

“你退休了菲德里奥。”

“还有特兰奇。这个你不知道，对吧？两个人都是我退休的。同一年。那会儿阴影对我来说根本不存在。”他又喝了一口威士忌。“知道你来之前我在想什么吗？”

塞拉摇摇头。

“想知道吗？”

其实不太想，塞拉心想。你不想听约翰尼·优尼塔斯[①]说他再也扔不出超级长传球了，也不想听埃尔金·贝勒[②]说他的跳投时代已经过去。“要是你想说，那就说吧。”塞拉答道。

“我在想，没有一个我睡过的女人不是花钱买的，没有一个孩子知道我叫什么，也没有一顶假发能提升我的形象。”

“别说这种感伤的屁话。”塞拉说，祈祷这么说能有用……扶你起来，我扶你起来，洛曼先生[③]……

小个子男人沉默片刻，忽然爆发出一阵大笑。“真该死，塞拉，这话说得好。”他露出了真正的笑容。

塞拉点点头，说：“现在给我说说菲德里奥的事情，否则我就

---

① 约翰尼·优尼塔斯（Johnny Unitas，1933—2002），美国著名橄榄球运动员。

② 埃尔金·贝勒（Elgin Baylar，1934— ），前美国职业篮球运动员。

③ 美国剧作家阿瑟·米勒创作的戏剧《推销员之死》中的台词。

去书店找《拉娜·特纳自白书》了。”

“先让我去洗个手。”小个子男人说，跳下高脚凳。“你知道的，对吧？分局的档案肯定提到了。”他急匆匆地走出酒吧，情绪显然不错。

档案说艾普肾虚且结肠不好——几年前动过手术。塞拉知道他肯定去了厕所，所谓“洗手”只是托词。

艾普还没离开视野，他刚拿起酒杯就做了个决定，一个轻而易举的决定：把机票换到经济舱——做决定的是他自己，所以并不怎么艰难。塞拉立刻走出酒吧，来到泛美航空的窗口前，等待的时间短得让他吃惊，他解释了一下他要做什么，轻而易举地得到了想要的结果，然后回到酒吧里。也许这个姿态和艾普的爆发一样，只是毫无意义的感伤，但假如菲德里奥的故事足够复杂和多姿多彩，那就没有更好的时机可以用来听它了。还有特兰奇的故事，塞拉打了个腹稿，等艾普意识到他们要一起飞经济舱，塞拉应该说些什么才能让自己更像一个前途光明但求知若渴的高级管理人员，而不是怀念逝去传奇的不成熟新手。

塞拉回到吧台前坐下，等待艾普回来。他慢吞吞地喝完了一杯苏打水兑威士忌。

旁边的高脚凳始终空着。

塞拉又要了一杯酒。喝了一口。

很显然，有什么事情出了大差错。

再喝一口。

不关你事，塞拉提醒自己。他孤零零静悄悄地在吧台前坐了一会儿，喝了一大口威士忌。也许是因为这一口足够大，让他确定了接下来该采取什么行动，因为他从不在没锁门的情况下大口喝酒，而机场酒吧里当然不可能有这种私密性，这意味着他屈服于了焦虑，也就是说他肯定非常想听菲德里奥的故事，也就是说他必须做些什么，而不是坐在这儿傻等。塞拉起身走向男厕所。

男厕所门上的告示解释了一切：非常抱歉，水管故障。请使用自动扶梯底下的设施。谢谢配合。这张纸用胶带粘在门上，字迹整齐。塞拉对自己点点头，想起来自动扶梯离这儿有段距离，怪不得假发小个子去了这么长的时间。

他走回酒吧，走到一半，他意识到那张告示是伪造的。塞拉转身回到厕所门口，琢磨着他为什么如此确定。多半是因为“设施”这个词——没有人会说“设施”——时间长了你就会培养出这种感觉。他知道告示是伪造的，就像他知道门肯定锁着，但他还是伸出手，轻轻地推了一下。

门锁着，但锁对塞拉来说毫无意义，他有办法应付门锁，塞拉的手伸进裤袋。所有人都喜欢谈论万能钥匙，作者喜欢写万能钥匙，但塞拉知道并不存在真正的万能钥匙，除非你随身携带几百种不同尺寸和类型的钥匙。撬具才是无往不胜的良药，他的口袋里总是装着一根，假如你的手指对锁芯足够敏感，那么一根也就绰绰有余了。他掏出随身折刀，很小，有两片刀刃，非常普通。但他改造了较小的那片刀刃，磨薄，弯成几乎看不出来的钩状，算不上真正的撬具，锁匠不会用它去做任何重要的活儿，但对他已经够用了。塞拉将它无声无息地插进锁眼，摸到锁芯的感觉，上下使劲一抖锁就开了。

塞拉醉醺醺地扑进厕所，摇摇晃晃地走向洗脸池。厕所里有两个人，一个年轻白人，身穿技工的工装服，正在弄天花板上的水管，另一个是黑人清洁工，推着巨大的帆布垃圾袋，正在打扫卫生。“马丁尼真要命。”塞拉口齿不清地对黑人说，打开冷水龙头，试了试。“马丁尼酒真要命。”他口齿不清地对技工说。

“喂，快关上，”技工走向塞拉，“水管爆了。”

塞拉傻乎乎地眨眼，关上水龙头。

“没看见告示吗？”黑人说。

“告示？”塞拉满脸困惑，“不是写着男厕所吗？我看见了，我当然看清楚了，我可不想听见一帮女人冲我瞎嚷嚷。”他摇摇头。“马丁尼真要命。”他对着镜子说，又打开冷水，往脸上浇了一把。

技工关上水龙头，黑人走过去打开门，看告示还在不在。“你不能用水，先生，真的不能。非常抱歉，但真的不能用。”他非常有礼貌，语气真诚，塞拉琢磨着是谁退休了艾普，是他还是黑人，是阿拉伯人还是阿拉伯人的敌人。对艾普来说已经无所谓了。塞拉知道，艾普已经安息在了帆布袋的底下。

“真抱歉。”塞拉说，他确实很抱歉。现在他再也听不到菲德里奥的故事了，特兰奇的故事肯定也会很有意思。但这种事注定会发生。艾普知道，大家都知道。塞拉有点懊悔。发自肺腑，但只是一丁点儿而已。

黑人快步走回来。“告示还在。”

技工望向清洁工。

“噢，那张纸啊，”塞拉说，“那又不是什么告示，上面说什么？”

“说这里的设施爆了，”技工答道，“请使用楼下的。”

塞拉的语气异常真诚，他险些笑出声来——“没有人会说‘设施’，时间长了你就会培养出这种感觉。”天哪，他太厉害了，对，没错。技工和清洁工面面相觑，塞拉知道他们在考虑要不要放他走。“塞拉在此安息，第一次遇见一位用词精确之人就被报销了。”他静静地站在那里，醉醺醺地抓着洗脸池，在他们允许他离开之前绝对不会动弹一下。他很确定他们会放他走，因为他不在他们的名单上；他们有他们的任务，任务已经完成，他和他们毫无瓜葛。他也肯定不会招惹他们，因为他有他自己的任务要去完成。不可能出现更多的暴力了，流血的可能性根本不存在。塞拉非常确定，因此当暴力来临时，他吃了一惊，更让他吃惊的是首先发难的居然是他自己。

因为他在一个隔间的角落里看见了艾普那顶可怜兮兮的假发。

两个狗娘养的，小个子男人的结肠有问题，他们居然抓住了他最没有尊严的时刻——趁一位传奇人物脱掉裤子的时候做掉了他。“老天在上，你们应该等一等的！”他们从彼此身上转开视线望向他，塞拉首先扑向技工，不是因为技工离他更近，而是因为他拿着一把沉甸甸扳手，那东西多半就是杀人凶器。

塞拉并起指尖，一拳打在技工下巴上，打得他飞了起来；黑人很简单，他不知道自己的对手是谁，摆出了防守右拳的姿势。塞拉轻而易举地用左手摆平了他，他用左掌边缘砍在清洁工的肩颈相接处，随着骨头断裂的脆响，黑人也躺在了技工身旁。

“你们为什么不等一等？”

技工拼命吸气，他这辈子多半都不能像以前那样说话了。黑人使劲眨眼，头晕目眩地抱住肩膀，挣扎着想让大脑排列出合适的字句。

塞拉压低声音说：“我要脱掉你们的裤子，你们喜欢这样对吧？然后我把你们放在马桶上，你们喜欢这样对吧？然后杀了你们。杀了你们！你们喜欢这样对吧？”

“命令，”黑人勉强道，“没提到你。别杀我们。”

“你们知道我是谁？”

“我知道。”黑人说，“你是塞拉。”

塞拉望着他们，认真地考虑要不要了结他们。愤怒依然控制着他，因此下手不会有什么困难，逃跑的风险也不在话下。“饶命。”黑人又说。

技工继续喘息。

黑人救了他们的小命。“他们没说过他是你的朋友。”

“唉，但他是，”塞拉说，“对，他是。”怒气开始消退。“很多年了。”塞拉继续道，想让怒火重新燃烧起来。但他不可能做到，因为艾普并不是他的朋友。不是朋友，不是熟人，不是同伙，什么都不是。他们只是职业相同。这算什么？

他忽然跪下，双手摆出杀人姿势。他需要他们的恐惧，他也得到了他们的恐惧。恐惧出现在他们的眼睛里和头脑中，他们以为自己要死了。“现在给我记住了，”塞拉说，尽管愤怒已经开始消散，但他声音依然在颤抖，“永远要给一个人留点儿尊严。听懂了吗？一丁点儿都行，要留给他。一丁点儿就够了，但必须有那一丁点儿。听懂了吗？”

“好。”黑人说。

塞拉压低双手。

“听懂了！”黑人喊道，但他知道自己在劫难逃。技工也知道他没希望了。

塞拉让两人相信了自己只有死路一条，他默不作声地起身，把他们留在地上。他回到酒吧里，喝完一杯威士忌，然后又要了一杯。

多么愚蠢的一出戏啊！风言风语会传出去的。那两个人回去向总部报告，他们的总部联系分局，气势汹汹地说塞拉行为失当。不，不只失当——塞拉动手了。当然了，分局会尽可能否认所有的指控。

但他们不可能像以前那样信任塞拉了。对，他们当然还会派他出任务，他还有很多的价值，不会被立刻放弃。但他们会盯着他。比过去更加仔细地盯着他，琢磨他为什么行为失当，他犯了什么毛病才会做那种事，以后还能不能信任塞拉，还是说过去的已经过去了。要是再看见什么征兆……

绝对不能再出现什么征兆了，塞拉下定决心。

雇佣黑人和技工的阿拉伯人（假如确实是阿拉伯人）也会盯着他。你必须保护你的部下，不趁他放松警惕的时候收拾他一顿就是你失职。比方说打断他的肩膀，让他说不出话。要是你特别生气，也许干脆打断他的脊椎，让他瘫痪，苟延残喘个十年八年的。

我绝对不能放松警惕，塞拉下定决心。

决心下够了，但我为什么会在男厕所突然发飙呢？看见隔间角落里有一顶难看的假发为什么会让我暴怒呢？

因为……塞拉意识到——

——因为……他很难表达清楚这个念头——

——因为我想死在爱我的人身边。

对。说出来了，我承认了，可以了吧？这个愿望有什么可怕的呢？问人生要一个体面的死法难道很过分吗？

很可能。

“结账。”塞拉说，为自己和艾普埋单。登机路上，他去了一趟男厕所。门上的告示被撕掉了。塞拉打开门，进去看了一圈。假发不见了。

塞拉点点头，觉得很欣慰。他离开后他们没有落荒而逃，而是留下来做完必要的清理工作，最后又检查了一遍。他们多半很不错。

很不错？

塞拉急匆匆地走出男厕所，对自己的这个念头气愤不已。你到底是怎么了？五分钟前你险些搞出一起双尸命案，现在居然说他们不错？他走到泛美航空的登机区开始排队。我想死在爱我的人身边。

“你说什么？”他前面的老太太说。

天哪，我居然把心事说出来了！

塞拉对她微笑。他的笑容很好看，自然而然，让人安心。老太太相信了他，也对他微笑，转过身去。再这么下去，他们很快就会让你坐经济舱了，塞拉对自己说。

这种可能性吓得他打了个哆嗦。

第三章

研讨室里有四个人，他们在等比森塔尔。其中三个人彼此认识，在房间前面小声交谈。利未在房间后面望着他们。他听说过他们，哪怕他在牛津念书的时候，这三个人的消息也随着跨大西洋的学术葡萄藤传到了他的耳朵里。其中最有名的是钱伯斯，黑人，据说有望成为第一位顶级的黑人历史学家。另外两个是里奥丹双胞胎兄妹，耶鲁人说他们是继比利·巴克利之后最优秀的天主教思想家。

利未虽说和他们有段距离，但知道自己时不时地成为他们议论的话题。假如你的自卑感足够严重，那就很容易看得出别人有没有谈论你。利未从他们的头部动作和微微耸肩能够推断出，尽管他们很清楚他是什么人（只有最优秀的学生才能得到比森塔尔的指导），但后面那个大汗淋漓的家伙实在是个谜。真不该跑步来学校的，利未心想，拽了拽湿漉漉的白衬衫。今天是开学日，这么做太蠢了：开学日你应该给别人留个好印象，而不是企图打破记录。应该跑回家，白痴，他告诫自己。蹦着回家都行，但别浑身大汗地来上学。在象牙塔里，谁也不会尊重满头汗水的人。

就在这时，比森塔尔像一道光似的照进了房间。“照进”是最合适不过的字眼。他的眼睛里似乎装着聚光灯——不能怪他，这双眼睛天生如此。你只需要看比森塔尔一眼，就知道他肯定聪明绝顶。利未见过一次奥本海默，他也有这个风度。奥本海默的衬衫领口太大，裤子松松垮垮的，但就算把他扔在鲍威利的马路中央，依然会知道站在那儿的是个天才。

比森塔尔也是这样。倒不是说他的衬衫不合身——不，他对衣着打扮非常挑剔，他买得起最好的衣服。他家里本来就有钱，他作为历史学家的职业生涯又成功得难以想象。两次普利策奖，三本畅销书，数不清的电视上镜和《纽约时报》专访。比森塔尔不知疲倦，永远活得多姿多彩，堪称智力非凡的萨米·格里克[①]。他一方面有钱有名又成功，另一方面又在知识分子群体中保持着显赫的地位，这都要归功于他似乎知道全世界历史上发生过的每一件事情，因此他就拥有了超过绝大多数人的优势。

"我希望你们全都不及格。"这是比森塔尔的开场白。

几个学生齐声倒吸一口凉气。

比森塔尔欣赏着这一幕。他坐在桌子上，翘起一条腿放在另一条腿上，裤管的褶线熨得笔直。"全世界自然资源在短缺，"他继续道，"可呼吸的空气在短缺。连像样的干红葡萄酒也在短缺。可是，历史学家并不短缺。我们就像挤腊肠似的生产历史学家，你们每一个都很聪明。但我要说，够了！我说，让你们去其他地方找些无聊的工作吧。弯下腰，用铲子挖出一条人生路吧。大学

① 萨米·格里克（Sammy Glick），美国作家巴德·舒尔伯格的小说《是什么让萨米跑》（What Makes Sammy Run）中的人物。

收你们是为了挣钱，只要你们付得起学费，他们就付得起我的薪水。进步，他们说这是进步；批量生产博士，这是进步。很好，我说，‘止住进步那震耳的叫声’——这是一句引文——是谁说的？来，告诉我，是谁说的？”

丁尼生，利未心想。《六十年后的洛克斯利堂》。没错，我肯定。但万一错了呢？开学第一天，你不该浑身大汗地露面，更不能犯错。再说了，搞不好是叶芝呢。万一我说丁尼生，比森塔尔说，错了，大错特错，是威廉·巴特勒·叶芝，1865年出生，1939年去世，你不读爱尔兰诗歌的吗？不了解爱尔兰诗歌，你居然还想研究历史？还有，请问你是谁，先生，为什么大汗淋漓地站在我面前？汗水在我的字典里和干红不是同义词。

“丁尼生啊！”比森塔尔叫道，“我的天，阿尔弗雷德·丁尼生啊，不知道《洛克斯利堂》和《六十年后的洛克斯利堂》，你们怎么可能在博士生的水准上和别人竞争？”

里奥丹家的女孩开始一笔一划地记笔记。利未望着她，她肯定不仅写下了这两首诗的标题，还在旁边提醒自己要尽快熟悉它们的内容。“我知道，”他想大喊，“比森塔尔教授，我真的知道。我甚至可以向你引用里面的诗句。”利未摇摇头。你这个白痴，你本来可以给他留个好印象的。

比森塔尔轻快地跳下桌子，来回踱步。他沉默片刻，像是为了让学生们看清楚他的样子，让他们确定自己就坐在比森塔尔的面前。他的现代历史讲座是哥大最负盛名的课程，也许只有巴尔赞[1]和特里林[2]的文学课能与之一较高下，但利未不确定这两位老先生是否还公开授课。“我们将每两周见一次。我会按时出现在这儿，你们也一样。我保证至少在一半时间里说得天花乱坠，偶尔还会更过分，不过会更精彩。我要预先为那些时刻道歉。我通常并不怎么见我的学生，但肯定会参加你们的口试，到时候我会尽我最大的努力——实话实说，相当厉害——阻止你们得到学位。就把我当成你们最大的绊脚石吧。另一方面，我这人嗅觉很灵敏，只要我发现了你们的长处，我就懒得朝那个方向使劲了，所以会给你们带来更多的痛苦。来，用几句话描述一下各自的论文题目。钱伯斯！”

“南方黑人体验的现实性与福克纳小说的非现实性的平行比较。”

比森塔尔停下脚步。“要是不存在切实的平行性呢？”

“我也这么希望。”钱伯斯说，“论文当然越短越好。”

比森塔尔露出微笑。

噢，钱伯斯真机灵，利未心想。而且对答如流。上帝啊，我也希望能有这样的口才。

“里奥丹小姐？哦，不，里奥丹女士，一千个对不起。”

“十九世纪的欧洲权力联盟，对它的一种评价。”

---

① 雅克·巴尔赞（Jacques Barzun，1907—2012），美国文化历史学家，哥伦比亚大学历史教授。

② 莱昂内尔·特里林（Lionel Trilling，1905—1975），美国批评家、文学家、哥伦比亚大学教授。

“先生，你呢？”他对里奥丹家的男孩说。

“库—库—卡—卡莱尔的人道主义。”他结巴了。

“多么可怕的念头，里奥丹。你这个年纪不该对这么无聊的东西产生兴趣。知识分子在二十五岁以前不该变得让人讨厌，这是我们的宪章规定的。”他转向利未。“先生……？”

“专制，先生。”利未挤出两个字，心脏怦怦乱跳——别这样！“美国政治生活中对专制的应用，例如柯立芝破坏波士顿警察罢工，罗斯福在四十年代将日裔美国人投入西海岸集中营。”

比森塔尔直勾勾地看着他。“你应该考虑一下麦卡锡[①]。”

“先生？”利未说不出别的话了。所以，比森塔尔知道他是谁。

“约瑟夫。威斯康辛州的参议员。在五十年代初主持了一系列专制的净化活动。”

“我打算用一章来写他，先生。”

比森塔尔在讲台后坐下。“全体起立，”他说，“给我麻利儿解散。最后还有一句忠告。”四个人停下脚步。“很多学生不敢联系导师，害怕他们会……怎么说呢……打扰导师。我向你们保证，对我来说，这个念头百分之百完全正确，你们这么做就是打扰我，所以请尽可能多地来找我。”他几乎微笑起来，学生犹疑着发出笑声。

利未都快走出去了，却听见比森塔尔忽然说：“利未。”

“先生？”

比森塔尔指着门说：“关上，”勾了勾手指，“过来，”指着第

① 约瑟夫·雷芒德·麦肯锡（Joseph Raymond McCarthy，1908—1957），美国共和党政治家，极端的反共产主义者。

一排的座位说，“坐下。”

利未按照他说的做，房间里只剩下了他们两人。

寂静。

利未努力不往后缩。

比森塔尔的视线烧灼着他。

“我认识你父亲。”他最后说。

利未点点头。

“说实话，我们很熟。他曾经是我的导师。”

“是的，先生。”

“他发掘我的时候，我只是个小屁孩，到处瞎混，只用了足够多的脑子不让自己掉下悬崖。”

“这我就不知道了，先生。”

比森塔尔片刻不停地打量他，视线始终烧灼着他。“托·巴·利未。”比森塔尔最后说，“你父亲崇拜麦考利，所以我猜你应该叫托马斯·巴宾顿吧[①]。”

“是的，先生，但我尽量不提后半截的巴宾顿。”

“要是我没记错，你还有个哥哥，他的名字从了谁？”

“梭罗。他叫亨利·戴维。”没错，但利未和他单独在一起的时候从不这么叫他，他叫他“多克”。这是两人最大的也是唯一的秘密。全世界只有利未这么叫他。就像全世界只有多克叫他“贝比”。

“他也是一位成就卓著的知识分子吗？”

---

① 托马斯·巴宾顿·麦考利（Thomas Babington Macaulay，1800—1859），英国诗人，历史学家，辉格党政治家。曾任陆军大臣和财政部主计长。

“不，先生，他是个很成功的商人，挣得盆满钵满，以前倒是没什么，可最近他表露出要变成一个穿布克兄弟[①]衣服的世界级品鉴家的迹象了。他提到法国餐厅就喋喋不休，酒也只喝勃艮第葡萄酒。听他说这个‘余味’如何如何、那个‘综合香味’如何如何，你很容易就会睡过去。我父亲要是还在，肯定会和他解除父子关系。”

比森塔尔微笑道：“你父亲对精确性怀有极大的信心，你们的名字就反映了这一点。”

“怎么说，先生？”

“梭罗和麦考利，他们在同一年过世。”

利未险些开口纠正他。麦考利于1859年过世，梭罗接下去又活了三年。利未的双手扣在腹部上。我该怎么办，怎么办？前后三年差不多就是同一年，对吧？但假如你去征求汤姆·麦考利的意见，他多半会在灵床上和你争辩一番。哎，巴宾顿，你想不想多活三年？你自己说了算，愿意怎么回答就怎么回答，好吗？

“我不……”利未开口道。

比森塔尔那双可怕的眼睛一动不动地盯着他。

“我是说，我记得好像不是这样……我一直觉得他们一个死于1859年，另一个是1862年，这就证明了一个人的记性能差到什么地步，谢谢你纠正我。”

比森塔尔迟疑片刻。“不——不，当然了，你说得完全正确，

① 布克兄弟（Brooks Brothers），创建于1818的美国知名男士服饰品牌。

是我错了，他们去世相差三年。是我口误，对不起。我想说的当然是他们同年出生，更准确地说，是同年同月。”

利未忍不住按住腹部。两人出生相差十七年，但你总不能纠正比森塔尔两次吧。至少不能在同一天内。一辈子之内两次应该可以，但只能这么多了，除非你非常想体验地狱烈火的滋味。“是的，先生。”利未说。

“别这样。”比森塔尔说，声音低沉，但听得出越来越不高兴。“别顺着我的话说，永远不要这样！”

“我绝对不会做这种事，先生。”

“麦考利哪年出生？”

“1800 年。”

“亨利·戴维·梭罗呢？”

“差不多 1800 年。”

“哪年？”

“十七年以后。”

“要纠正我，先生！否则我该怎么度量你思想的深度？我不喜欢应声虫。所有人每时每刻都同意我的看法，我觉得很无趣，先生，非常无趣。我在寻找像样的头脑。我尊敬你父亲的头脑。甚至崇拜他。你的头脑也有那么好吗？”

“哦，不，没有，先生。”

“这个我说了算，但你不对我显露你的智慧，我该怎么判断呢？假如你继续隐藏下去，我只能把你看作一个懒蛋，认为你和里奥丹家的男孩是一路货色。‘小利未？非常可悲。他父亲拥有我杀人都想得到的头脑，但这个孩子，唉，比挑竹签更复杂的游戏他就没法理解了。’你难道喜欢这样？”

“你知道我肯定不喜欢。”

“利未，你为什么来哥大？”

“这是一所好学校。”

“请你认真回答。”

“因为这儿有你。”

“唔，这就好一些了，显然也让我受宠若惊，但我看依然只有一半是真的。今天我查过你的档案。任何人认为自己值得我花时间指导，我都要查他的档案。利未，你觉得我傲慢吗？”

“天哪，当然不，先生。”

“你父亲就这么觉得。他经常责骂我。你上过丹尼森大学。要是我没弄错，那是俄亥俄一所标榜男女合教的野鸡学校。”

“他们在宣传册上的说法不太一样，先生。”

“结果你赢了罗德奖学金。”

利未点点头。

“罗德奖学金啊，在丹尼森大学。你要多聪明才能实现这个奇迹？我认识的罗德奖学金得主都来自常青藤大学。利未，你是怎么完成这项壮举的？”

“不知道，先生，我只是申请了。大概是那年竞争不激烈吧。”

“很有可能。也许就是这个原因。丹尼森肯定都沸腾了吧？毫无疑问，你肯定是这所学校有史以来第一个获得罗德奖学金的。”

利未坐在那儿。

“多半甚至是第一个申请者。”

利未一言不发。

比森塔尔让他在那儿坐了很久，然后才重新开口，他静静地说，“利未，你为什么来哥大？”

“就是自然而然的结果呗。”利未喃喃道。

“不，利未，不是自然而然的结果。因为你父亲也得过罗德奖学金，你父亲也上过俄亥俄的那所野鸡大学，他也来哥大念博士。詹姆斯·邦德的小说里有句台词说得好：第一次是巧合，第二次是偶然，第三次就是敌人的蓄意行动了。”

利未汗如雨下。要是我再跑步来学校，恐怕很快就要被开除了，他想这么告诉自己，但没有用，因为这并不是他此刻出汗的原因。

“麦卡锡章节是你论文的中心部分，对吧？”

“很难说，先生，因为论文似乎还不能算是写出来了呢。”

“麦卡锡章节是你论文的中心部分，对吧？”

“是的。”

“利未，你很担心。”

“比森塔尔教授，那只是一篇论文。”

“我很抱歉地告诉你，你不可能重复他的足迹。你也许能做出更大的成就，一切皆有可能，但那必须是你自己的成就，而不是你父亲的。”

“听我说，我来哥大——你想听实话，那我就说实话了——我来哥大是因为这儿给我的奖学金最丰厚，没有其他原因了。我不想打什么圣战，根本没有这回事。”

“很好。因为事情已经过去太久，无论你做什么都不可能洗清他了。”

“我知道，因为根本没有什么需要洗清的，他是清白的。”利未抬头看了一眼比森塔尔。可怕的视线不再咄咄逼人……

第四章

塞拉在伦敦办事向来不顺。不是因为他讨厌伦敦，恰恰相反，多年前他第一次来伦敦就觉得这座城市应该是他的家。在他从二十几岁变成三十几岁的那些年里，他对伦敦的喜爱与日俱增。

三十岁那年，他在伦敦认识了简尼，两人坠入爱河。这就是关键一击了。现在无论他来执行的任务有多么重要，他都无法强迫自己集中必要的注意力。他和简尼交往了五年，尽管他没见过经历五年亲密接触还能存活的激情，但塞拉觉得他们的关系已经足够令人愉快了。今天吃过晚餐后，他在蒙特街上散步，欣赏橱窗里的商品，想着家里的简尼，他忽然大声唱起《伦敦城的一个雾天》。没唱几句他就拦住了自己，周围也没有人近得能听见他的小夜曲，但这依然说明他的精神有些涣散，假如你想活下去，那就必须集中注意力。

他看了一眼手表。真他妈冷，现在是九月，快到凌晨三点半了。他对着手心哈气，拉紧风衣的领口。这件衣服是几年前在博柏利买的，他知道自己很幼稚，但谁又管得着呢？

他默默地坐在那儿等待。等待是你会逐渐习惯的事情。他讨厌等待，但有时候你必须让别人等待；等待让人精神紧张，因此你应该这么做。任何优势都值得你付出的代价。说来奇怪，他不喜欢让别人等待，就好像他不喜欢让自己等待一样。但他不会让这种事情干扰他的头脑。对手企图从中得到优势，等他们现身的时候，他会自然而然地假装紧张、焦虑甚至恼火，这样他们就会以为自己真的占了上风。当然，只要你能让对手产生这种念头，那么优势就又是你的了。这就是他如此优秀的原因：他不会被情绪控制。

至少在他能左右棋局的时候是这样。但来到伦敦，他就做不到了。他在伦敦是有弱点的，虽说迄今为止，还没有谁把他的弱点变成他们的优势。

三点三十五分。

塞拉再次改变姿势，长凳实在不适合久坐。他的视线穿过黑黢黢的肯辛顿花园，望向阿尔伯特纪念碑。多么光辉夺目的纪念碑，多么低劣的品位。平时他很喜欢这座建筑物，但大半夜冻得要死地执行一个狗屁任务的时刻不包括在内。

今天早些时候，他交给俄国人一份军方最近着力研究的所谓“聪明炸弹”的关键组件的设计图，这种炸弹不会简简单单地落下去，而是会在空中滑行，直到发现预先设置好的目标才一头扎下去。这个任务之所以是个狗屁任务，是因为俄国人已经掌握了关键组件的设计图，但他们不能让我们知道他们已经有了，因此必须来公园见他，必须答应花钱买下设计图，还必须在一番讨价还价后达成交易。实在太像《1984》里的剧情，无聊得让人想吐。

脚步声。

塞拉从纪念碑上移开视线，望着散步道对面空荡荡的长凳。

最愚蠢的节目要上演了。无论这个游戏他玩多久，都无法在对口令时消除想嗤嗤笑的幼稚冲动。亲爱的上帝啊，还有谁会选在凌晨三点三十九分的公园长椅见面？

别回答这个问题。

黑暗中，一个外形优雅的年轻女人在对面坐下。有几点不寻常：一，性别；二，俄国人居然会把按理说非常重要的事情托付给这么紧张的一个女人。好吧，她看起来挺冷静。假如你不是职业人员，肯定会以为她真的很镇定。但塞拉能感觉到她的心脏在怦怦乱跳。

她取出一盒香烟伸向塞拉。

塞拉摇摇头。“会得癌症。”天哪，已经来了，想嗤嗤笑的冲动在他内心积蓄。要是他不说“会得癌症”怎么办？要是他说“抱歉宝贝，我不抽烟”呢？她会不会起身走开？当然不会。有个人应该在这个时间坐在这个地方，而他就在这个时间坐在这个地方。发神经，真的。假如有一天他能掌权，他首先要取消的就是对口令。

她点燃香烟。“习惯了，很难改掉。”

“容易改掉就不是习惯了。”塞拉答道。说完，他长出一口气，至少最愚蠢的节目演完了。

她继续坐在长凳上抽烟，一口气吸得太深。“所以你就是塞拉？”她最后说。

唉，我亲爱的上帝，都已经到这一步了，她还以为他会是其他人吗？她的欠缺经验开始让塞拉恼火。他经历得太多，实在没兴趣跟小角色和白痴打交道。他没有说话，只是点点头。

“我以为你会是女的。”

我还以为你会是男的呢，他险些脱口而出。他确实是这么想的，当然了，他不能这么说，因此他什么都没说。

“塞拉不是女妖吗？”

“塞拉是块石头。一个大漩涡附近的一块巨石。卡律布狄斯大漩涡。”

“你是吗？一块石头？”

他确实是。至少在他状态好的时候肯定是。他没有说话。他知道女人在拖延时间，但他不知道那是因为她是个无能的新手，还是有其他的原因。

“我得到的命令是告诉你，你的开价太高了。”

“你还得到了和我谈判的命令吧？”她非常漂亮，是优雅的那种漂亮。他意识到自己肌肉发达的粗壮身体，不禁自惭形秽。

她点点头。“当然。”

“好啊，我的天，那就谈判吧，你还个价，你来我往才叫谈判。”

“当然了。”她又点点头。

她坐在那儿，惊慌失措，无论怎么掩饰，塞拉都看得出来。就好像有人要杀她似的。想到这里，塞拉的大脑终于想通了，虽说为时已晚——不是她——不是她——是有人要杀你——

假如幸运确实是残存的神意，那么他确实很幸运。因为出于本能，他抬起右手护住咽喉，只过了一瞬间，勒杀索就套了上来，钢线收紧，严重割伤他的手掌，塞拉以为这种事绝对不会发生在此时此地的伦敦，但仔细想来也完全符合逻辑，但逻辑无法解释一个细节：尽管他有些分神，但谁也不可能悄无声息地摸到他背后，没有人拥有这种潜行能力。钢线继续切入手掌，大脑开始混乱，塞拉意识到他错了，有一个人能做到，只可能是他：陈，瘦小但致命，奇人陈四龙就在他背后，正在杀他……

陈发现猎物是塞拉，内心一阵喜悦。并非出于自负，而是因为宿命。陈对塞拉的时刻终于来临，这一刻优于其他时候，因为发动攻击的是他，而不是他反过来被攻击。说实话，陈的理想方案是把他们关在空荡荡的房间里，两人除了兜裆布什么都不穿，能活着出去的只有一个人。但那是不可能的。因此，当陈发现猎物是塞拉的时候，他内心一阵喜悦。

但他不喜欢这个环境。黑暗没什么不好，深夜里的公园也没什么不好，但时节肯定会带来麻烦。陈出于本能知道这一点。假如现在是夏天，塞拉有可能只穿休闲裤和衬衫，直接空手袭击颈部即可。但现在是九月，塞拉无疑会穿大衣，天气无疑会很冷，因此他很可能会翻起衣领，假如眼睛看不见颈部的致命点，那就有可能会打偏，只是造成疼痛，塞拉就有机会反攻，甚至战胜他。

陈非常不喜欢那样，因此他决定使用双截棍。

这是一种可敬的兵器，古老得和空气一样：两根硬木棍，用绳索连接在一起。当然，假如你喜欢皮绳，也可以用皮绳。

但陈喜欢钢线。

他是双截棍大师，白人曾经对这种武器很陌生，因此给它蒙上了恐惧的光环。双棍，白人叫它双棍，千万别让陈有机会对你用双棍。

然而功夫电影风潮来袭，李小龙用的就是双截棍，陈惊恐地发现，这种吓人的武器变成了全世界小流氓的玩具。在洛杉矶，连小学生都在玩双棍。在利物浦，街头随处可见。随处可见。太侮辱人了。陈看了李小龙的所有电影，痛苦不堪。

为了对付塞拉，陈两点半就到了。他知道年轻女人应该在三点半到，但她会迟到九分钟，为了让大块头精神焦躁。陈估计塞拉会在三点到——假如要和敌人见面，陈至少会早到那么久，要是塞拉不这么做，他肯定会吃惊的。两点半，陈迅速而彻底地检查了塞拉将会坐的长椅背后的暗处，找到一个他认为最合适的地方：一方面足够狭小，另一方面就算刮起强风，灌木丛也能挡住他的身影。于是他蜷缩身体坐了进去。

陈能蜷缩身体埋伏……多久呢？一天？一天当然没问题，他完全静止的最长纪录就是一天。说不定还能坚持得更久。以后有必要的时候可以试试看。他在位置上一动不动。三点，塞拉来了，开始检查环境。陈已经成了背景的一部分，没有任何纰漏能让他现形。塞拉出道前他已经在了，塞拉退休后他依然还会在。

他松垮垮地握着双截棍，两手各拿一头，让钢线自然弯曲。三点四十一分，他站起身，双手感觉充满力量。这双手是他的骄傲，他花了一辈子锻炼它们，他身体的其他部位都很瘦弱。他的体重从没超过一百磅。

陈慢慢地向前移动。

“塞拉不是女妖吗？”

“塞拉是块石头。一个大漩涡附近的一块巨石。卡律布狄斯大漩涡。”

“你是吗？一块石头？”

塞拉一阵沉默。

陈离他越来越近。

“我得到的命令是告诉你，你的开价太高了。”白痴女人！陈心想，她为什么会突然跳到这儿？她应该慢慢地接近这个话题——他为什么总要和新手打交道？塞拉很快就会觉察到不对劲儿。陈想加快步伐，但潜行的时候，速度就是敌人。你必须非常稳定，必须非常缓慢。否则衣服织物就有可能摩擦，脚底就有可能踩断落枝，那声音宛如惊雷。

“你还得到了和我谈判的命令吧？”

陈离大块头的后背只有六英尺了。四英尺更好，但该死的女人毁了这个好机会。

“当然。”

还有三英尺。

“好啊，我的天，那就谈判吧，你还个价，你来我往才叫谈判。”

“当然。”女人说，陈将钢线套向塞拉的喉咙，但意识到塞拉已经抬起了手。塞拉用左手从喉咙口挡开钢线。臭娘们儿，陈心想，但随即从脑海中摒除一切杂念。他曾经用钢线割穿过肉体，而掌骨又很容易折断。

他保持住身体的完美平衡，开始杀死对手……

鲜血从塞拉右掌的伤口汩汩涌出，他意识到对面长凳上的年轻女人掏出了手枪——真是太愚蠢了，在黑暗中掏枪实在太愚蠢了，除了制造噪音外毫无用处，能打中对手也只是运气使然。然而，尽管她不该取出武器，但假如她的动作足够敏捷，就仍然有可能杀死塞拉，因为此刻主宰他的是剧痛，而剧痛改变了整个局势。疼痛会用云翳遮蔽你，你的视线无法穿越它，你的行为无法依靠逻辑、经验和训练。

因此，当钢线切入塞拉手掌的时候，有那么一瞬间，他足够虚弱和头脑不清，给了年轻女人杀死他的机会。

但她反应迟缓，动作太慢，这个瞬间稍纵即逝。

他的大脑变得清明。他是巨岩塞拉。记住这个！你是巨岩塞拉，你必须采取行动，而且要快。他在脑海里恶狠狠地吐出这几个字，因为年轻女人握着手枪站了起来，要是不采取行动，头脑变得再清楚也没用，无论清楚还是糊涂，子弹都能打穿你的身体组织。另外，他背后是陈，一个能和他匹敌的对手，屈指可数的寥寥数人之一，甚至有可能是他唯一的对手。因为你是巨岩塞拉，你必须采取行动！

某种出乎意料、难以想象、独一无二的行动，就这么简单，你有五秒钟时间。来吧。

陈很厉害，但陈的个头太小——年轻女人走近了——陈很敏捷，但此刻同样无法动弹——年轻女人举起枪，摆出射击姿势——假如你能搬动陈，假如你能扰乱他的平衡，假如你能做到这个……

塞拉知道他必须试试看。

他见过别人这么做。只见过一次。在篮球场上。无与伦比的门罗对上了天才弗雷泽——最厉害的前锋遇到最了不起的后卫。他们附近没有其他人。单挑。门罗向篮筐移动，做假动作向右扑。假如你做假动作向右扑，那么接下来你只有两条路：要么先向右扑，然后从左侧进攻；要么向右扑，然后向左扑，然后从右侧进攻。

两条路都不是门罗的选择。

他做假动作向右扑，然后真的向右走，被绕过的弗雷泽只能站在那儿，眼睁睁地看着门罗得分。

塞拉向右扑，然后向右走。

他将身体压向长凳，就在他似乎要放慢速度、即将做假动作向左扑的时候，他使出全身上下的全部力气，完成这个向右的动作。他感觉到钢线有一瞬间松开了，因为陈失去了平衡。

塞拉聚集起强壮身体内的所有力量，向前弯腰，小个子男人不由自主地被他拖了出来，塞拉在长凳前站稳，用上全部力量来了个过肩摔，将无力抵抗的陈扔向动作缓慢的年轻女人。

两人重重地撞在一起，年轻女人被撞昏了，手枪顺着人行道滑了出去，塞拉看见了，但陈也看见了，陈手脚并用地爬向手枪，活像一只绝望的蟑螂。

塞拉没有管他。

他的右手鲜血淋漓，基本上没法用了，他看着陈接近，飞起一脚踢向陈的脑袋。他想踢死陈，但陈早有准备，他抓住塞拉的脚，猛地一拧，塞拉跌倒在地，他挥出左拳，但擦着陈的头皮而过——尽管陈跪在地上，吃了一记过肩摔，这会儿还没缓过神来，但他依然能够躲闪。塞拉再次挥出左拳，陈再次闪过，第三拳，陈扭腰转身躲过，他确实很像蟑螂，你看得见但就是打不着，两人同时扑向手枪，但动作都很笨拙，塞拉发觉他不太可能拿到枪，于是把枪一脚踢开，枪旋转着落进黑暗寂静的草丛，陈一掌砍在他脖子上，但塞拉离他太近，所以没有打中致命点，不过依然带来了剧痛，神经抽搐，头脑混乱，但我不能放弃，塞拉心想，头脑混乱就是死路一条，他的左拳再次落空，但他无法使用右手，用右手会疼得难以忍受，他知道，陈也知道。因此，当塞拉用右手击中陈身上的一个致命点时，身体与身体接触的那一刻，有两声惨叫同时响起——很难说谁的叫声更加痛苦，但可以肯定的是陈的那一声结束得比较快。塞拉气喘吁吁地站起身，悄无声息地做掉年轻女人，然后顺着公园小径跑向阿尔伯特纪念碑，边跑边取出手帕裹住右掌。

最近的投币电话就在肯辛顿宫对面，塞拉放慢步伐，走近电话，尽管此刻是凌晨三点三刻，但很难说会不会有人还醒着，深夜奔跑的男人意味着麻烦，不想惹麻烦就只能慢慢走。

他投入数量正确的硬币，拨打正确的号码，一声铃响就足够了。“清除。”

“塞拉。”

“对，塞拉。”

“两个。阿尔伯特纪念碑和兰开斯特步道之间。”

“受伤了？”

“手。”

“好的，塞拉，我通知诊所。”

挂断。

塞拉走出电话亭，开始等待。他不需要等待，他可以直接离开，但他总是会留下，应付有可能发生的意外。

另外，他需要思考。陈为什么企图退休他？有人雇了他——谁？为什么？因为洛杉矶机场男厕所的事情？有可能，但他做的事情并不足以让阿拉伯人想做掉他。阿拉伯人很容易就能联络上俄国人，但俄国人肯定会派他们自己的人来，而不是他们讨厌的某个东方国家的人。塞拉的右手开始抽痛，非常剧烈。他晃晃脑袋——无论发生了什么事，他知道的情况都不够多。电脑缺乏数据，无法推出结论。

七分钟后，一辆看似正规的救护车开进肯辛顿花园。又过了五分钟，救护车离开。效率非常高。当然了，这些事情都不会见报。

塞拉拦下一辆出租车，到诊所附近停车，付钱，下车。他等出租车离开，然后走向诊所，他们肯定在等他。右手的情况越来越糟糕，他想跑，但跑会惹来麻烦。因此，有麻烦的时候，你只能走。鲜血流淌，塞拉慢慢走向诊所。

诊所里早就为他做好了准备。他们清理伤口，准备给他做局麻手术。

他很有礼貌地说他不需要。医生说缝合会很痛。

他说他知道那是什么滋味。

医生不情愿地开始缝合手掌，没有打麻药。塞拉从头看到尾，每一针都看得清清楚楚。他没有发出任何声音。

他是巨岩塞拉。至少状态好的时候肯定是。

第五章

利未一个人坐在图书馆的角落里，研究 1875 年的美国历史。当然，年份没这么确定，日期这种细节毫无意义。他父亲曾经写过："对学究来说，日期就是神，值得被尊敬崇拜；但在真正的社会历史学家眼里，日期只是琐碎的细节，就像用来提醒自己的速记符号，仅此而已。你不会问泰坦尼克号的幸存者，'现在请您告诉我，事情究竟发生在几点几分？'你会问他，'当时是什么情形？你有什么感觉？'这就是社会历史学家的任务——让过去与现在共鸣，让不在场的我们感受事件。让我们理解历史。"

1875 年前后的美国，利未心想，让我看看，让我看看。（前一个小时他花在英国上，再前一个小时是意大利和法国。他的德国知识相对较弱，但那是因为德国人让他厌倦，毫无幽默感可言。就好像创世之初，上帝降下法旨："很好，地球就这么开始转动吧，金发碧眼的去斯堪的纳维亚，傻瓜去波兰，会笑的都给我离开德国。"）唔，利未心想，1875，1875。"老板"特威德[1]当时在纽约坐牢，因此会有很多大城市的统治者在活动，每个城市都有它的迪克·戴

① 威廉·特威德（William M. Tweed，1823—1878），美国政客，人称"老板"，被认为是都市腐败的象征。

利；基督教科学派也是当时开始活动的，玛丽·艾迪[①]和她那些疯狂念头，第一届肯塔基赛马大会是什么时候？也是这段时间。卡斯特在小大角战役中全军覆没的时候，第一条电话线路刚开始兴建。

很好，利未心想，了不起的双重图景。第一条电话线路和卡斯特惨败处于相同的时代，当时的美国多么令人难以想象，梅尔维尔[②]年过五十，依然寂寂无名；马克·吐温四十左右，已经如日中天；乔·普利策还年轻，二十五岁左右；奥莱利夫人的母牛刚毁灭芝加哥[③]。想一想人们脑子里涌出的奇思妙想吧：雷明顿在东海岸推销打字机，格利登为开拓西部而发明了铁丝网制造机，托马斯·阿尔瓦的留声机，比塞尔的地毯清洁器，多么神奇的时代，一个正在逐渐成形的国家——这就是我们，整个街区最勇悍的孩子，但我们自己并不知道，而且也不想知道，因为勇悍意味着责任和领导，但我们正忙着争吵和倾轧，懒得统治。

利未向后翘起椅子，休息了一小会儿。他的美国知识还不错。固然比较肤浅，但他本来也不是十九世纪历史的专家，妈的，他只想尽量不荒废学业，他再怎么说都是个现代人，而且他还必须研究其他的时代呢。重点在于了解整个世界，每二十五年左右当做一个阶段，向回追溯两百年，假如你掌握得烂熟于心，知识点可以信手拈来，那你就能看到间断之处了。他父亲的头脑就是这

---

① 玛丽·艾迪（Mary Eddy，1821—1910），基督教科学派创始人。

② 赫尔曼·梅尔维尔（Herman Melville，1819—1891），美国著名小说家、散文家，诗人。代表作《白鲸》。

③ 指发生在1871年芝加哥的一场大火。奥莱利夫人饲养的母牛踢倒灯笼，先是烧掉了谷仓，后因为当时的大风和干燥的天气条件，而蔓延至城市的大部分地区。

么运转的。你不需要知晓所有细节，只需要知道大多数事件，剩下的就交给逻辑好了。他父亲钟爱逻辑，利未也一样。

他左边的一张桌子起了骚动：一个很有魅力的男人和一个很有魅力的姑娘，两人互相捶打。但你知道他们更感兴趣的是更柔和的接触。利未望着他们。他喜欢在这儿看书，而不是待在书库中的格子间里，原因就是这个。他喜欢观察别人。

撒谎。

他喜欢看年轻女人。

有几个巴纳德学院的姑娘美得让人难以呼吸。我迟早要泡一个这样的女学生，利未对自己说。大美女。求你了上帝。

他猛地转过身，意识到比森塔尔在看他。比森塔尔指了指利未面前的一大摞书本。“你骗不了任何人，”他说，“你是来过眼瘾的。”

“哦，不，先生，看起来也许是那样，但实际上我下了许多苦功夫。”

“你要是真想下苦功夫，应该找个小隔间才对。”

“我很想找个小隔间，但这会儿实在有困难，所以就只能待在这儿了。”利未说。

“我总在这儿看书，”比森塔尔说，“更方便看姑娘。”

你，看姑娘？利未险些问出口。

“我知道你在想什么，”比森塔尔说，“我认识这个表情——有一次我遇到我的一名学生，我沿着百老汇大道正在开车，碰到红灯停下，他傻乎乎地瞪着我。我问他怎么了，他只挤出一句话：

上帝啊，你自己开车。我们只是凡人——绝大多数人都是。千万记住这一点。好吧，如你所说，你正在下什么苦功夫？”

“1875 年。”利未说。

“不要忘记格利登。”比森塔尔说。

“绝对不会，先生。”

“你根本不知道格利登是谁，快承认吧。”

“铁丝网——你开玩笑的，对吧？非常重要的发明。”啊哈，狗娘养的，你给他留下了好印象。跑回家以后记得在日历上写一条。“您对电话和卡斯特有什么看法？”

比森塔尔望着他。“卡士达？利未啊，你说话能不能清楚一点？”

“不，不是，我说的是乔治·阿姆斯特朗·卡斯特，顽抗至死的白痴。他战死的时候，第一条电话线正在铺设，这难道不是一个很强有力的图景吗？难道不是一个绝妙的美国图景吗？我觉得这个图景绝妙极了。”

“正如你父亲曾经说过的：把图景留给诗人吧。”他看了一眼手表。“快七点了，我要回家吃饭。利未，陪我走几步。”他朝利未勾勾手指。“别收拾你的破烂儿了。我就住在河畔路。”

利未跟着比森塔尔走出大自习室。他肯定不认为我是彻头彻尾的傻瓜，利未心想。我打赌他不会叫里奥丹兄妹陪他回家。“我应该请你吃晚饭的，”走出图书馆，比森塔尔说，“可惜我妻子——年轻时非常美丽，利未，也是一位完美的母亲——怎么说呢？厨艺只能用‘恐怖’二字来形容。难吃就算了，而且分量从来都不够。更不用说家里也没什么娱乐了。”他们走出校园，朝百老汇大道和一百一十六街而去。路口有一家书店，格瓦拉、贝蒂·米勒[①]和肯尼迪在橱窗里并排而立。“他去世时你在哪儿？”比森塔尔说。

利未跟着他过马路。“肯尼迪？我在高中食堂里，有人——是个打橄榄球的，傻乎乎的，说话根本没人相信——他说：‘肯尼迪中弹了。’我和另一个孩子异口同声说：‘笑点在哪儿？’我们笑得前仰后合，因为我和他想到一块儿去了，直到我们看见那个傻蛋的表情，才明白他不是在说笑话。”

“我指的是你父亲。”比森塔尔说。

“好像就在他身边。”利未说。

踏上通往河畔路的陡坡，他们放慢脚步。“有件事我想告诉你，”比森塔尔说，“没什么原因，就是希望你知道，我告诉你是为了我自己好，请你明白。”

“好的，先生。”

“我要告诉你一个大秘密，利未——能够摧毁我的职业生涯，要是公之于众，一夜之间就能让我身败名裂——假如我是个没出柜的同性恋，《时报》把它当头版头条爆出来，相比我即将告诉你的事情也是九牛一毛，所以你给我听好了：利未，我是个狂热的棒球迷。不是大都会或道奇或艾伦或梅斯的球迷，而是爱每一支队的每一个人。我疯狂地研究分数表。尽管都快老糊涂了，但每个星期天早晨我还是会拿着运动版钻进浴室锁上门，假装在洗澡，其实是在背平均得分数。总之，你就用你聪明的脑袋瓜随便想象

① 贝蒂·米勒（Bette Midler，1945— ），美国著名歌手和喜剧演员。

吧。拥有我的这种爱好，你说全宇宙最重要的年度节目是什么，甚至比美国小姐选美赛还重要？”

“系列赛？”

“正确。世界系列赛。但拥有我的这种地位，情况却非常糟糕，因为有时候——有许多时候——正在打比赛的时候，我却不得不上课。知道这时候我会怎么办吗？”

“不知道，先生。”

“我有个秘书，她跟了我三十多年，人很聪明。我买了个最好的便携式收音机给她，然后告诉她，假如我在上课，那么每一局比赛过后，她都必须装出最心烦意乱的表情，仿佛刚刚发生了最恐怖的大灾难，急匆匆地走进教室，对我说：‘比森塔尔教授，我能跟您说几句吗？’我会暴躁地说：‘怎么了，怎么了，看不见我很忙吗？’她会把我拉到一边，我露出最严肃的表情使劲儿点头，听她压低声音说：‘奥克兰在第六局打出了二比一，西佛还在大都会的场上，但似乎累了，麦克格鲁正在热身。’我会犹豫片刻，像是难以决定，然后转向学生，他们一个个都觉得很自豪，因为无论外部有什么可怕的干扰，我都认为教学的时间神圣不可侵犯。”

他们走上河畔路，朝一百一十八街的路口而去。“你父亲过世是三月——”

“十三号——”

“——我正在上课，她走了进来，我神奇的好秘书，十五年前她就已经那么厉害了，我永远不会忘记她像是遭遇了巨变的表情，我记得我心想：怎么这就来报告系列赛了？赛季都还没开始呢。

我当时就是这么想的，否则还会是什么事呢？否则她为什么会用这个表情来打断我上课呢？我走向她，心想我不会已经老糊涂了吧，难道我失去了半年的记忆？十五年前，伯戴特是密尔沃基的主力投手，艾伦也在，对手是洋基队，有曼特尔和福特，这些名字我记得清清楚楚，我想知道到底发生了什么，但她没有提到这些名字，而是说：'他去世了。'说完就出去了。"

"我真是松了一口气——我没有老糊涂——我记得我甚至露出了笑容，回到学生前面坐下，这时候我才回过神来，因为我说：'你们都出去。你们都给我出去。'他们出去了，一小时后，秘书带着我的大衣和帽子回来，我问他是怎么走的，她说脑溢血。'很好，'我说，'很好，希望他走得很快，希望他没有受苦。'但我知道他承受的痛苦有多可怕，我也怀疑根本不是脑溢血。"

"其实只是一开始不想声张罢了。但无济于事。第二天早晨，报纸登出来，他饮弹自尽。"

"你当时在哪儿？"

"家里，走廊另一头。我十岁，他帮我写了一篇文章，得到了非常好的成绩——有时候他还算清醒，能够教我读书。一篇该死的文章，关于羊毛的蹩脚小文章……他什么都知道，这个我就不必说了。我心想我应该让他知道我们合作得很好，但转念再一想：要是我去说了，吃晚饭的时候岂不就没话题了吗？于是我决定先缓一缓，然后就听见了枪声，我记得我站在他门口，他不在我的视野内，而是在床另一头的地上，但我能看见血，血像一条小溪，不，大河。我记得我心想：谢天谢地，还好不是我弄洒了油漆，然后我看到了它有多么美丽，它如何装点了房间，让房间变得多姿多彩。我不知道我在那儿站了多久，但最后我终于回过神来，打电话报警，警察来了，我请他们留下枪，他们说不行，枪是证物，我说行啊，但结束侦查后请还给我，他们说枪不能给未成年人，但我有时候非常执拗，总之你记住枪后来回到了我手上。警察结束调查后，我哥哥把枪要回来交给我——他已经二十岁了——到了合法持枪的年龄后，我一直在用它练习射击。我会保留到我死的那一天，真的。”

他们在一幢高级住宅楼前停下，门童迎上来，比森塔尔挥手让他离开。两人单独站在人行道上。“为什么？”

“不知道——大概是希望麦卡锡还活在什么地方吧。当时我心想——你也看见了——我的体格并不健壮，我不是重量级拳手，但我觉得在死前干掉一两个坏蛋岂不是很妙？现在我保留它是只是因为它属于我，因为它属于我父亲，但我不知道究竟是为什么。晚安，比森塔尔教授。”利未转身离开。

“汤姆？”

天哪，他叫我汤姆。利未转过身。“先生？”

“我引用《六十年后的洛克斯利堂》的时候，你为什么不回答我？看你的表情，你明显是想回答的。”

“害怕。”

比森塔尔点点头。“我确实能吓住别人，我练得很辛苦，好不容易才有这个效果。我的小女儿叫我埃比尼泽……”他的声音弱了下去。

利未望着比森塔尔。有什么事情让他觉得很尴尬，利未心想，他卡住了。

然后他一口气说道：“他去世的时候我哭了，我希望你知道这个。”

“那天对我们所有人都不是个好日子。”利未答道。

第六章

塞拉站在城堡门口，顺着王子街放眼望去。天黑得很快，但王子街依然是你能想象到的最美丽的一条大道。不但在爱丁堡无与伦比，在苏格兰、大不列颠岛、欧洲、全世界甚至整个宇宙都找不到对手。王子街是神赐的礼物，就好像有谁拿起第五大道所有精致的商店，轻轻放在中央公园的对面，又将无聊的普通草木变成了高达数百英尺的山丘，在顶上建造了一座巍峨壮观的姜饼城堡。要是我不得不挑个地方横死街头，王子街无疑是我的不二选择。

别再想什么死不死的了。

但他忍不住。他沐浴着清冷的微风，望着那些可爱商店里的灯光，福赛斯，莉莉怀特，满脑子生死问题，不，主要是生的问题。右手还在抽痛，缝针的地方像是着了火。这是他自己的错：他攥紧拳头的次数太多，摩擦双掌的频率太高。

原因很简单：罗伯逊迟到了。

假如是其他人，区区迟到并不值得担心。但罗伯逊的说到做到是出了名的。假如你在贝弗利山，他从贝鲁特[①]打来电话说："星

① 贝鲁特（Beirut），黎巴嫩首都。

期二见，珠穆朗玛峰，北麓，半山腰，两点半。”很好，假如你两点四十才赶到，那你千万要准备好一个特别有说服力的借口。

往光明面想——很可能只是他遇到了堵车或爆胎。逻辑上说得通，但塞拉能看见王子街，车流这会儿颇为畅通，而要是罗伯逊遇到爆胎，他才懒得停车换轮胎呢。他会靠路边停下，拦出租车，和平时一样准时赴约。

不，不存在光明面。

罗伯逊迟到是因为死了。问题在于，他是自己掉下去的还是被人推了一把？天晓得，他犯过心脏病，随时有可能倒地而亡。他不但超重，而且大量抽烟、狂喝滥饮，只吃油腻的美食，因此从逻辑上说，中风是完全说得通的。

但最近怪事连连发生，尤其是陈突然冒出来想杀他，因此罗伯逊很有可能死于非命。塞拉希望事实并非如此。尽管他和罗伯逊只有业务关系，而且不怎么合规，与分局和塞拉的日常工作都毫无关系，但他依然希望罗伯逊在睡梦中过世，最好是刚吃过他最喜欢的美食——双份烟熏鲑鱼和三分熟肋眼牛排，不配任何蔬菜，厚厚地浇上荷兰蛋黄酱，再来一大盆泡芙当甜点。

塞拉犹豫起来。罗伯逊欠他上次交易的钱，大约两万美元，但塞拉知道他在爱丁堡待得太久了，应该立刻赶往巴黎，离开伦敦后的绕道旅行必须足够短暂，否则分局就会起疑心的。

去他妈的，塞拉心想，下山走向王子街。我要搞清楚究竟发生了什么，我要确定他没有受苦。罗伯逊经营全苏格兰最精致的古董店，主攻有历史的珠宝，或许这就是他遇害的原因。贪婪。

普普通通的一次抢劫，罗伯逊抵抗得过于激烈，盗贼惊慌之下杀死了他。

塞拉很喜欢罗伯逊。他们没有多少共同之处，但塞拉觉得这位年长的胖基佬很可爱。有一次他来送东西，罗伯逊的父母意外到访，他们四个人共进晚餐，罗伯逊顿时变得笨口拙舌，手势打得也没那么花样百出了，他们在弗雷德里克街的开胃餐厅吃饭，在店里引发了小小的骚动，因为罗伯逊是个常客，而且小费给得特别大方。饭桌上主要聊什么来着？

女孩儿。

真是非常好玩。他父母完全不知道他们的小杰克是西欧最出名的同性恋之一。罗伯逊应对得很好，演活了一个苦恼的单身汉，说没有哪个女孩儿愿意要他，因为他太胖了，毫无魅力可言。

塞拉坐在出租车上经过跳蚤市场，罗伯逊的店铺一片漆黑，没有任何活动迹象。旁边一幢建筑物是空置的，塞拉能感觉到的只有死亡和朽败。又开了一个街区，他叫司机停车，付了车钱后向回走。他在马路对面打量罗伯逊的店铺。里面没有人。毫无动静。

塞拉穿过马路，三两下撬开前门的门锁，小刀的带钩刀锋轻而易举地征服了锁芯。罗伯逊住在店铺楼上，塞拉悄无声息地爬上楼梯。罗伯逊的卧室在三楼，塞拉走过去，发现门开着，他一眼就看见了死者庞大的身躯瘫在床上。

塞拉走进房间，忽然停下，他惊呆了。

罗伯逊在打呼噜。狗娘养的死胖子没死，而是在睡觉。塞拉打开台灯，叫道："杰克——杰克？"罗伯逊诧异地眨了眨眼，忽然瞪大双眼，目不转睛地盯着塞拉。塞拉意识到，天哪，我以为他死了，而实际上他以为我死了，所以才没来。

塞拉一屁股坐进台灯旁的椅子。“杰克，你为什么没来？”他问。

“我们不是约了明天见的吗？”罗伯逊气呼呼地说。

“你以为我死了，对不对？”

“我怎么可能回答这么愚蠢的一个问题？”

“你为什么以为我死了？”

罗伯逊掀开被单。“我的好上帝啊，塞拉你到底在胡说什么？”

“我可以让你说实话的，杰克，别逼我。”

罗伯逊叹了口气，扔下被单。“既然要吵架，那咱们还是去厨房吧，我饿了，让我穿上睡袍。”他走向衣橱。

塞拉坐在台灯旁一言不发，双手放在大腿上，脚踩台灯的电线。

罗伯逊在房间的另一侧穿上睡袍，一字一顿地说：“你绝对不要再威胁我了，听明白了吗？”他手里拿着一把小手枪。

塞拉叹了口气。

“你他妈的回答我。”

“杰克，现在有危险的是你的小命，你不懂这些游戏的规则，求你了，别再乱说话了。”

“你给我举起手来。”

“我的天，这可新鲜了。”

“我宰了你。”

塞拉举起双手。

“现在听清楚了，”罗伯逊站在房间对面说，灯光照出一条巨大的黑影，“你绝对不要再威胁我第二次，因为我们做的事情，我们怎么揩油的细节，我全都写下来了——每一次交易都有详细的注解，装在一个封口的信封里，由我的律师保管。他会在我死后打开信封，里面说清楚了他应该把情报交给谁。一旦消息传出去，你能活下去的可能性微乎其微。”

“我还没插手前，你就已经在揩油了。”

“所以？”

“我只是在想，你是不是把所有事情都写下来交给了律师。”

“当然，一件不落。”

塞拉摇头道。“不可能。杰克，你这人喜欢保密。你父母不知道你的性取向，我看你也乐于活在阴影中，我不认为你有可能把任何事告诉任何人，更别说写下来了。”

“你难道要我杀了你？”

塞拉摇摇头。“你弄错了，杰克，是你在找死。”

“你给我举着手——”

“没问题，但你给我听好了，刚才我说‘别再乱说话了’，我是认真的——要是你当时停下来，要是你闭嘴了，咱们也许还能相安无事。但现在，你要明白，我别无选择，因为假如我不杀你，你就会认为你有可能威胁塞拉，而且你还成功了。一旦你有了这种想法，怎么说呢，你就压了我一头，对吧，你就可以对我为所欲为了。但是，没有人能够拥有这种权力。”

“你怎么可以威胁我？我有枪——”

“因为你看不见我。”塞拉说，踢了一脚电线。房间陷入黑暗。

罗伯逊朝椅子开枪。砰地一声，很轻。寂静随之而来。

“塞拉？”

毫无声音。

“我知道你活着——没有你倒地的声音。”

“我骗不了你，对吧，杰克？”房间的一个角落传来声音。

罗伯逊再次开枪。又是砰地一声。“你没有机会。”罗伯逊说。

又是一阵寂静。

“我真可怜。”房间的另一个角落传来声音。

“我可以说我撞见你抢劫商铺。”

“听听你的声音，杰克，多惊慌啊。”

“不许动！”

“我已经动了。”

“给我站住。”

“我已经站住了。”塞拉贴着侧墙蹲下。

“你不明白吗——你不可能赢——我有枪——”

“而我有两只手，杰克。”耳语般的声音。

“塞拉——听我说——”

还是耳语般的声音。“别开枪了……听我的，扔掉枪……你要是再开枪，那就最好打死我……否则假如你没打中，我保证你会痛苦几个小时才死……”

“我没写下来——你说得对——我给你钱——”

“我们已经回不去了——要是我放过你，你就会真的写下来——已经不存在信任了，因此现在你能选的只有怎么死。”

“塞拉，我不想死。”

“唉，你必须死。但可以死得毫无痛苦。”

“我听说你死了，我很伤心——真的，塞拉，我喜欢你，我父母也喜欢你，他们总是向我问起你。”

“多么贴心的好人。杰克，说说你都知道什么。”

“没什么。我接到巴拉圭的电话，说会有新的信使和我接头。我只可能认为你死了。”

“当然。我过来了，杰克。扔掉枪！”枪落在地上。

“好孩子，杰克。现在去床上。”

“毫无痛苦。你说过的。”

“躺下。”

床垫承重的声音。

“你希望弄得像是自杀吗？你可以留张字条，说你担心自己的心脏，担心会成为别人的负担。你可以对父母说，你有多么爱他们。”

“好的，塞拉。”

塞拉把台灯插回去，取出手帕，捡起手枪。“你的记事本在哪儿，写字台抽屉里？”

罗伯逊点点头。

塞拉拿给他记事本和钢笔。“多写点有感情的话，杰克。我认为你对他们很重要。”

罗伯逊写下字条，塞拉耐心地等待着。罗伯逊写完，塞拉扫了一眼。“你是个好人，杰克。他们会记住你的好的。闭上眼睛。”

罗伯逊闭上眼睛。

塞拉惊讶地发现自己难以扣动扳机——罗伯逊胡乱开枪的子弹嵌在墙里不是问题，警方很容易就会认定他是自杀，不会引起任何怀疑——他最近动用暴力不是为了自卫，就是出于强烈的情感驱动，而现在要做的事情只是他的本职工作，是工作中最基础的部分，此刻却变得如此艰难……

塞拉用手枪瞄准罗伯逊的太阳穴，但无法扣动扳机。

“杰克，说说你今天的午餐。”他还是无法扣动扳机。

“为什么？”

“因为……我要你想一想食物，泡芙，陈年波尔多红酒，因为……过去这几年你过得很不好……下一次中风眼看就快来了，到时候你只能吃芹菜，所以我想让你知道……我这是帮了你一个忙，对不对，杰克……”

“我的天哪，塞拉，你说过毫无痛苦的！”

塞拉开枪了，子弹击中太阳穴的致命点。他小心翼翼地把枪放进罗伯逊手里，让那只手自然而然地垂下。

“很快就来。杰克。”塞拉说。

这是实话，真话。塞拉坐在椅子上望着尸体。我和你没什么区别，杰克，除了性格。

我必死无疑，但我不会躺着等死。

第七章

贝比坐在图书馆他的角落里——他已经把这里当成了“他的”角落和“他的”桌子，要是有其他人占据了左手边离门最远的这个位置，他就会恨得咬牙切齿。他趴在桌上，一肚子气，全都因为意大利人——该死的意大利人气得他要死。他们的名字逼得他发疯。

大多数人会被俄国人的名字难住，他们确实有道理，动不动就要一个字母都不差地拼写“费奥多尔·米哈伊洛维奇·陀思妥耶夫斯基”的生活肯定不会有任何乐趣。但叫这个名字的毕竟只有他一个人。你说“陀思妥耶夫斯基”，大家都知道你指的是那位世界名著作家。

但提到美第奇，你指的是洛伦佐[①]，还是大科西莫[②]或者小科西莫呢？提到贝利尼，是真蒂莱、乔凡尼还是雅各布呢？更不用说波拉约洛家的小子们了，安东尼奥和皮耶罗。肯定有什么杀千刀的混蛋作怪，否则怎么会既有弗拉·菲利普·利比又有菲利皮诺·利比呢？除了几位美第奇，其他的都是画家、雕塑家或建筑家。

---

① 洛伦佐·德·美第奇（Lorenzo de'Medici，1449—1492），意大利政治家。

② 科西莫·美第奇（Cosimo Medici，1389—1464），文艺复兴时期著名的佛罗伦萨僭主，大商人。科西莫有两个儿子：皮耶罗·科西莫·美第奇、乔凡尼·科西莫·美第奇。

贝比绝望地向后一靠。我永远也理不出头绪的，他心想。我只会是个二流角色，我的墓志铭将是“托·巴·利未在此安息，他永远也记不清意大利人名”。也许他天生不是社会历史学家的那块料。无所不知实在太困难了，但话也说回来，他父亲有这个本事，比森塔尔差不多有，因此并非完全不可能，只是不容易而已。

假如你有这种想法，击败鲁米可就是痴人说梦——跑马拉松是一项任务，这也是一项任务，仅此而已，有时候你必须从身体里压榨出力量，对大脑来说道理相同。桌上乱七八糟地摆满了艺术书籍，利未抓起一本打开，翻到讲述波拉约洛兄弟的段落。很好，利未对自己说，看他们的作品，感觉到了什么吗？安东尼奥有一种风格，皮耶罗则有另一种。他们是人类，各自有各自的特点，就像你和我。因此，你必须找到画布后的那个人。你能依靠的只有大脑，那就发挥出它的威力吧。思考。逻辑。

就在这时，她走进了图书馆，逻辑顿时被冲进下水道，飞出窗口，烟消云散，无影无踪。

利未在角落的位置上，陷入了失神凝视的状态。剪短的金发，灵动的蓝眼睛，身穿光面的黑色雨衣。值得为之献出生命。我的天，利未心想，视线穿过整个房间，在近处看那双眼睛会是什么滋味？更美好的：不但在近处，而且对你流露出情谊，那会是什么感觉？

别再折磨自己了，继续研究波拉约洛兄弟吧。利未闭上眼睛，尝试集中精神冥想，先是安东尼奥的作品，然后是皮耶罗，寻找区分两者的微妙差别，细小但关键的不同之处，也许能领他走上……走上……

算了吧，利未心想，睁开眼睛，希望能多看几眼刚才的姑娘。

她在扫视整个自习室，怀里抱满了书籍，显然是想找个座位。过来啊，利未想高喊，坐在我附近。这是一个符合逻辑的选择。他孤身一人，这张桌子能坐六个人，有足够的空间，伸懒腰都没问题。他在大自习室的角落里列举这个位置的优点，但心底知道那只是痴心妄想。

美丽总有办法躲过他。

是的。他在丹尼森大学的班级被公认为学校历史上最没吸引力的一个班级。另外，你可曾见过好看的罗德奖学金得主？这是他的命运，他很清楚，爱上一个美神，娶个面如鞋底的丑婆娘。

事实上，女孩是个问题。当然不是他不喜欢女孩，而是他有感觉的女孩都对他没感觉，想要他的女孩却无法让他说服自己付出等量的真心。追他的女孩无一例外地都那么聪明；他念大学的时候，没有哪个优等生不至少向他送过一次秋波。他约会了许多姑娘，和其中几个亲热过，但她们都让他觉得无聊。仅仅因为她们很聪明而他也很聪明，她们就以为他想要的是智性对话。不，他讨厌这种女人。给她一个大胸好心肠的女招待，他多半会兴高采烈地安顿下来。但现实永远事与愿违。过去如此，未来也将如此——噢，我的上帝，利未心想，她朝我走过来了。

他连忙拿起一本书翻开，假如她在我这张桌子边坐下，他该怎么办？淡然处之，这是唯一的出路。光彩夺目的女人看惯了出奇制胜的招式，所以让她来接近你吧。镇定，等待时机。假如她问你借橡皮擦，你就漫不经心地滑给她，别让她觉得你被她打动了，因为漂亮女孩习惯于见到男人被她们打动，一旦她们得到了你，就会把你当一张废纸、一块橘子皮，这就是你对她们的全部意义，而天哪，利未，你根本没有橡皮擦！

唔，他只需要去找一块橡皮擦来就好了嘛，他站起身，环顾四周。里奥丹家的妹妹在另一头学习，她一看就是永远带着几块橡皮擦的那种人，利未走向她，知道她会以为他企图和她认真交往。不好看的女人总是对他产生这种误会。只需要他说一句“不好意思，能借我一张笔记纸吗”，她们就会认为他在求婚。不过，这么做还是值得的，因为他离开了那张桌子，假如美人儿最后坐在了别处，他也不会难过。

“呃，打扰一下，”他对里奥丹家的妹妹说，“我是比森塔尔课上坐在你背后的那小子，不知道我能不能借用你的橡皮擦？”

她对利未微笑。眼睛里有一双婚戒在跳舞，利未看得清清楚楚。“什么样的橡皮擦？”她问。“墨水笔的？铅笔的？炭画橡皮？”

“最普通的日常橡皮就行了，谢谢。”

“法布尔橡皮棒，我的最爱，”她把一块橡皮递给他，“送给你了，我还有好几块呢。”

什么样的人会有最爱的橡皮擦呢？利未不禁心想。这个秘密的尺度让他震惊，因为这头怪物迟早会成为系主任，很可能是在布尔茅尔学院，她会把某个学生的分数从 A 改成 B，就因为这个学生在擦除错字的时候选择了迪克逊·提康德罗加牌橡皮，而不是法布尔橡皮棒。“谢谢，感激不尽。”利未说，转身回去。

然后就看见了她。已经坐下。正在看书。一个人。在角落里他那张书桌前。蓝眼睛的奇迹。

利未攥紧法布尔橡皮棒，以非常认真的姿态回到座位边，干净利落地坐下，拿起一本书翻开，一眼都没看她就开始学习。他这一排有三把椅子，她坐在对面一排椅子离他最远的尽头。利未专注地盯着书本，直到从眼角看见她的一个动作，他抬头望向女孩。你这个傻瓜，他心想，看见她用一支黄色铅笔做笔记。她自己有橡皮擦。他低头继续看书，耐心等待机会，因为他想仔细打量她的面容，但不希望被她察觉，等她沉浸在了书本里，等她翻过去六到八页，他就会抬起视线望着她。

她确实非同寻常，这一点不存在讨论的余地。也许她并不美丽。嘉宝[①]称得上美丽，坎迪斯·伯根[②]也许会变得美丽。这个姑娘仅仅是漂亮。像珍妮·克兰[③]或凯瑟琳·罗斯[④]那样漂亮，但也就是这样了。非常漂亮，对，仅此而已。这个——

《丧钟为谁而鸣》里的褒曼[⑤]！这姑娘就让他想起了她，金色短发，那双眼睛，还有……这双眼睛真是让人难以置信。

那么蓝，蓝得发黑，那么深邃，而且——别盯着她看了，别长时间地盯着她看，快停下——贝比骂了自己几句，这才意识到，该死，来不及了，他看得太久，女孩已经感觉到了。

---

① 葛丽泰·嘉宝（Greta Garbo，1905—1990），瑞典国宝级电影女演员。
② 坎迪斯·伯根（Candice Bergen，1946— ），美国电影演员。
③ 珍妮·克兰（Jeanne Crain，1925—2003），美国女演员。
④ 凯瑟琳·罗斯（Katherine Ross，1940— ），美国女演员。
⑤ 电影《丧钟为谁而鸣》（1943）由英格丽·褒曼主演。

因为她也望向了他。“什么？”她说。但意思并不是在问他有什么事，而是在说滚开，滚远点儿，小子，别烦我，朋友，你很讨厌。

“啊？”利未答道，尽可能地厚着脸皮说，“你说什么？我没听清。”

她瞪了利未一眼，低头继续看书。

好吧，利未心想，我惹得她不高兴了，但至少我没有畏缩。

二十分钟后，女孩抓起雨衣，走出自习室。

利未开始收拾书本，打算尾随她，直到脑海里的福尔摩斯推断出她并不会一去不返，因为她的书本还摊在桌上。利未把他的书也同样留在桌上，得体地稍等片刻，然后跟了上去，让她远远地留在视线内。她穿过图书馆，在阴冷的大厅披上雨衣，打开手包，拿出香烟点燃。这时，她转过身，发现利未跟着她。

一个难堪的时刻。他不能站住，这会泄露他的意图，他也不能躲起来，因为女孩已经看见了他。唯一的出路是同样走进大厅，也抽一根烟。他走进大厅，这里只有他们两个人，他不抽烟的事实这才成为一个巨大的麻烦，他不肯束手待毙，傻乎乎地站在那儿，他反正也没了退路，于是毫不犹豫地对着那双灼人的蓝眼睛说：“借个火？”

她犹豫片刻，拿出火柴递给利未。

利未接过火柴，心想，傻瓜，应该先要香烟的，然后才能说借个火。他硬着头皮，假装翻遍了全身上下的口袋，最后对她露出他心目中的加里·格兰特[①]微笑，说：“很抱歉，好像我还需要借支烟。”

她犹豫的时间稍微长了点，但最后还是给了利未一支烟。

利未点燃香烟。“你大概在想，接下来我要请你替我抽烟了。”他说，尽量挤出他在此刻能挤出的嗤嗤一笑。

她转过身去，留给利未半个背影。

利未更喜欢看她的侧影。她实在太漂亮了。当然了，不是从老天的装配线下来的最完美的线条。胜过格蕾丝·凯莉[②]，但不如索菲亚·罗兰[③]。偏向丰满，而不是瘦削，但缺乏性感。

他们沉默地抽了一会烟。

“你都没吸进去。”她忽然说，吓了利未一跳。

“因为我在训练。”他勉强说，很高兴自己居然答得上来。她没有产生足够的兴趣，没问他在训练什么，于是利未告诉了她。他不喜欢半途而废的话题，这是父亲留给他的遗产。“我跑马拉松。”他说。

她的兴趣似乎又减退了一些。

你要失去她了，利未的叫声在身体里回荡。倒不是说你拥有过她，但是啊，朋友，找个稍微有意思一点的话题吧，让她知道你并不是真正的傻瓜。“香烟，”他绝望地耸耸肩，“我可以抽，也可以不抽，没什么难的，但有意思的是，女性似乎一抽就很难戒

---

① 加里·格兰特（Cary Grant，1904—1986），英国男演员。
② 格蕾丝·凯莉（Grace Kelly，1929—1982），美国电影演员。
③ 索菲亚·罗兰（Sophia Loren，1934—　），意大利女演员。

掉了，《时报》前两天有一篇很长的文章，说女性无法像男性那样戒烟，真不知道为什么。”很好，你侮辱了她的性别，白痴，说不定她是自由派呢。你怎么就能轻而易举地翻出最不该提起的话题说出口呢？

大厅里，美人儿还是半侧着身子背对利未，扭头死死地盯着他。“你为什么跟着我？”

利未扔掉烟头，踩灭，好不容易忍住一阵咳嗽。“跟着你？跟着你！我只能说你肯定是疯了吧？你以为你是谁，杰姬·奥纳西斯[①]？为什么会有人跟着你呢？我是说，我不想打击你的自信心，女士，但你选了我那张桌子坐下，我看书看得好好的，结果你突然插进来，我的书摊了一桌子，研究做得正起劲，直到被你打断，要是有谁跟着谁，那肯定是你跟着我，你要跟着我也没问题，不是什么稀奇事，经常有人跟着我，姑娘都喜欢我，但你不能反咬我一口对吧？我是说，看见别人犯傻，你必须留给他们回旋的余地，能下去的台阶，至少我见到别人跟着我，我总是这么做的，对，温和，谅解，还有……”他可以滔滔不绝地说下去，但已经没有了原因：女孩踩熄香烟，快步走向图书馆外的夜晚。

“我骗你的，”利未想对她的背影大喊，“是我在跟着你，因为你太漂亮了，而我是个废物，书呆子，连全马都跑不下来，请你再给我一次机会吧，求求你，我保证我会逗你露出微笑。”但她的身影已经消失。

---

① 杰姬·奥纳西斯（Jackie Onassis，1927—1994），美国第35任总统约翰·肯尼迪的夫人。

大众情人、传奇人物托马斯·巴宾顿·利未震惊全场的又一次自我介绍。利未呆呆地站了一会儿，思考着刚刚发生的这场惨败。他很少会这么彻底地表露自己的无能，甚至有可能是第一次。天哪，他的目标气得连书都没收拾就跑掉了，你能把一个人惹得这么愤怒——

——她的书。

利未跑回自习室，收拾起他的研究材料，然后是她的书，径直走向管理台后视线外的杂志区。

五分钟后，美人儿回到自习室，快步走向角落里的书桌。她停下脚步，张望一圈，转身走了几步，又扭头看了一眼，终于离开房间。

五十分钟后，利未来到校园附近她居住的宿舍楼，在门厅里揿下标着她名字的按钮。

她在对讲机里答道："请问是谁？"

通话音质不怎么好。"欧普小姐？"她叫艾尔莎·欧普。唔，人无完人嘛。

"你是哪位？"这个口音——瑞士人？也许是斯拉夫人。他很不会分辨口音，对一位伟大的历史学家来说，这可是个障碍。比起在门厅里咬牙切齿说话的时候，此刻的口音显得清晰得多。

"汤姆·利未，跑马拉松的男人。"

"想再要一支烟，对吗？"

利未大笑。"不，不，只是你忘了你的书，我觉得它们应该很重要，所以我做完功课后就给你送来了——反正我回家顺路，也不麻烦。”

“算你好心。”她说，揿按钮打开门锁。

利未看见她站在靠里面的门口。“给你，”他说，把书递给她。

姑娘点点头。“谢谢，晚安。”

“晚安，”利未说，然后又说，“你的名字和地址写在笔记本上，欧普小姐，免得你怀疑我为什么能找到你。”

“我没有怀疑。再说一次，谢谢。还有晚安。”

“晚安。”利未重复道。

“你说‘晚安’，但站在那儿一动不动。”

“我来这儿的路上扭了脚。”利未解释道。“正在让脚腕休息一下。”

“你走过来的时候好像没有一瘸一拐的。”

他撒谎的本事实在太差劲了。“一个人想跑马拉松，就不能向疼痛低头。”

“你刚才躲在哪儿了？”她说。

“躲？”利未答道，心想他是不是应该准备好弹药再次发难，就像她在图书馆大厅里说他跟着她的时候那样。

“我意识到我忘了拿东西，很快就回去了，但书已经不见了，还有你的。”

“天哪，怎么可能？”利未说，“我一直坐在那儿看书。”

“肯定是我弄错了。谢谢，利未先生。晚安。”她关上门。

“管理台背后。我躲在那儿。”利未在走廊里说。

她打开门，仔细打量他。“为什么？”

“似乎是最适合躲人的地方。”

“不，我没问你为什么躲在那儿，而是你为什么要躲？”

“呃，我不能被你逮住我在偷贵校价值连城的书籍，那可就太尴尬了。”

“你现在觉得尴尬吗？”

“嗯，对，无地自容。”

“所以你才在出汗？”

“那是一半原因。我是跑来的，我不管去哪儿都跑着去。”

“为什么要这么麻烦？”

“其实并不麻烦。你差不多就住在我回家的路上。呃，总之没有绕太远就是了。”

“你总是跟踪在你那张书桌前坐下的人吗？是什么偏执情结吗？”

利未摇摇头，又点点头，他耸耸肩，再次点头。“因为你太漂亮了。”不该选现在说这个的，话刚出口他就意识到了。“就这么发生了，我也无能为力。”

利未做出了他最后的努力。“唉，我不可能说因为你很聪明什么的，我根本不认识你，你也许其实是个笨蛋，总之我不会再骗你了。”

“但你想认识我。”

“是的，女士。”

“因为我太漂亮了？”

“和这个有很大的关系。”

“你几岁？”

“二十五。”

“你对女人总是这么没办法吗？”

“嗯，对。实际上，这次已经超过我的平均水平了。”

“嗯，我也二十五，你为人也许不错，十年后你大概能长到二十六，但现在我是个护士，我没有时间。”

但我想让你开心，利未想说。然后他心想，听着，傻蛋，别把该说的话隐藏成秘密，告诉她，反正你已经没什么可失去的了，她反正不会搭理你。“我想让你开心。”

她确实吃了一惊。

“我会的，这是实话。”利未继续道。“我会学习有关护理的一切知识——我聪明得没人能比——我们可以聊止血带聊得不亦乐乎——”

她爆发出一阵大笑。

“你愿意再次见到我，对吧，快说你愿意。”

“你不该恳求女人——”

“我没有恳求你，老天作证，谁在恳求了？我他妈为什么要恳求，我入校就是优等生联谊会成员，我是罗德奖学金竞争者里的前几名，我是最顶尖的学生，听我说一句，有我这种背景的人绝对不会恳求一个抽烟的傻护士——什么样的护士才会抽烟？你什么都不懂吗？要是你连恳求和哀求都分不清，那你和我就肯定没缘分了。”

“要是我答应，你能不能少说几句？”我赢了，利未心想。想象一下吧。他使劲儿点头。

“那好吧，”她过了几秒钟说，“好吧，我愿意。”令人吃惊的事情发生了，她伸出手，哀伤地摸了摸他的面颊。“但不会有任何结果的。”

“这就难说了。”贝比望着她的眼睛说。她显得这么哀伤，真的，但为什么反而更加漂亮了呢?

艾尔莎用手指摩擦他的皮肤。“不，我能，”她轻声说，“悔恨是我们最好的希望……”

独自一人，她点燃香烟，一口气抽完，揿熄烟头，又点燃一支。她拿起电话，打给埃尔哈德。“他实在太可爱了，”她说，“那么天真，那么善良。”

她听了一会儿。

“对不起，我听上去心情不好。不，我没有，我只是累了。”又是一阵停顿。

“对，我认为他觉得我很有吸引力。”

停顿。

“我有多少时间？”

更长的停顿。

“我尽量。”她闭上眼睛。“要是运气好，一周内他就会爱上我……”

第八章

贝比取出古老的雷明顿打字机，开始写信。

多克？是我，你给我坐稳了。我说真的，事情就有那么重要，那么难以置信，那么扣人心弦引人入胜。（我的天，你在想，他又爱上什么人了——我的好弟弟又在发神经了。）

没错。

多克，多克，我都不知道该从哪儿说起——

（先说她的大板牙好了，你在想，先说她头发稀疏的脑壳在月光下闪闪发亮。）

错了。

（板牙和秃头居然说错了？真奇怪。上一个姑娘的头发比牙齿还少。唔。没有奶子，却有个好脑子？要么是有三个奶子和一个好脑子？）

都不是，去你的。

（上高中那会儿肯定是草地曲棍球冠军队的。小腿比布隆科·纳格斯基[1]粗，肩膀比拉瑞·克桑卡[2]还宽，不过毕竟喜欢户外运动，所以肤色很漂亮。）

---

① 布隆科·纳格斯基（Bronco Nagurski，1908—1900），美式橄榄球运动员。

② 拉瑞·克桑卡（Larry Csonka，1946—　），美式橄榄球运动员。

闭嘴，听我说——我认识她还不到一个星期，每天去接她的时候都觉得我发疯了，没有哪个姑娘能那么完美，但每一天她都比前一天更完美、更温柔、更可爱、更符合理想、更毫无缺陷、更无与伦比、更尽善尽美、更宛如乌托邦。不，我这还是收着说了。

（我应该尽快送你进门宁格精神病院才对。）

我先从她的缺点说起吧：她的名字，我不得不承认这是个缺点，她叫艾尔莎·欧普。

（这有什么不好的，我有过一辆车就是这个牌子。）

她和我年龄相同，瑞士人，护士——

（往好处看嘛，总算不是空中小姐。）

——除此之外，没有缺点了。除此之外，全都让我头晕目眩。我这辈子一直在垂涎其他男人的姑娘。你不知道看着其他男人垂涎我的姑娘是什么滋味。

（她流口水，对不对？你想暗示的就是这个？流口水没什么不好。对于唾液来说，你很难找到更好的处理方法了，真的。限量供应，我说的是唾液。还有什么别的缺陷？你还是一次全说出来吧。莫非是智障？你在丹尼森爱上的一个姑娘好像离智障就只差一丁点了，对吧？）

每个人都会犯错。但这次不一样。天哪，多克，你要是肯屈尊来一趟见见她就好了。纽约又不在世界尽头，来吧。我想看你头晕目眩的样子，真的想看。对了，还有一件事情我没有告诉你。

（好，尽管说吧，我鼓起勇气了。）

她也爱我。她真的爱我。一个美丽的姑娘，一个美丽、与世无争、可爱感性的姑娘，她对我有感情。糟糕的岁月已经过去，如今我的福杯满溢。

坏小子，

贝比

第九章

塞拉躺在床上，使劲眨眼。

在梦里，他变得那么迟缓，这不是好兆头，哪怕在梦里，他也从来没有迟缓过。不但如此，击败他的不是别人，居然是门格勒。

门格勒，奥斯维辛集中营实验室的主管，外号“死亡天使”的医生，痴迷于培育蓝眼睛的人类，就像痴迷于培育垂耳狗的狗场主人。

他们在门格勒的实验室里，奥斯维辛集中营，但塞拉很冷静。杀人医生身高五英尺六，塞拉比他高一头，而且门开着，门外就是自由。塞拉没去过奥斯维辛，也没见过门格勒，但梦里什么事都有可能发生，此刻发生的就是他遇到了门格勒。

“我已经绝望了。”门格勒说。

“为什么？”

“我没法让婴儿的蓝眼睛长出我想要的特定蓝色。昨天我感到挫败，一使劲把婴儿扔进了火堆。我这么做真是太可怕了，居然让情绪控制了自我。”

“控制对我们来说非常重要。”塞拉赞同道。

“你能赶在这个时候来帮忙，我必须要感谢上帝。”

“要我怎么帮你？”

“我需要皮肤。我需要移植皮肤，你的肤色刚好是我需要的。”

塞拉耸耸肩。“一小块皮肤算不了什么，拿去好了。”

“不，不行，”门格勒解释道，“一小块皮肤没什么用处，我需要你所有的皮肤，每一寸都要，你必须让我活剥你的皮肤。”

“我好像不太喜欢这样。”塞拉说，悄悄地朝敞开的房门和门外的自由走了一步。

门格勒没有要追他的意思。“你要听我的，我给你的是极大的幸福。”

塞拉摇摇头。“没有了皮肤，别人一眼就能看穿我。”

“这就是我说的幸福——你还不明白吗？这个世界能够看穿你，你再也不需要撒谎了。不再需要撒谎，想一想那将卸下多么重的负担吧。撒谎将失去意义，因为没有皮肤能够遮蔽你，无论你说什么，这个世界都会知道真相。你已经撒了太多的谎，承认吧。”

“是的。”

“你想结束撒谎，承认吧。你编造了那么多的谎言，有时候难道不想喊出真相吗？”

“想。”

“很好，我给你的就是这么一个机会。永恒不变的真实。平静。只有诚实者才有可能知晓的安定。”

“不。”

“别让情绪控制了你。”他向塞拉伸出外科医生的纤细双手。

塞拉跑向敞开的房门。

但他太慢了。

门格勒比他快，门格勒关门，上锁。实验室里只剩下他们两个人。门格勒逼近他。

他，双手都能杀人的巨岩塞拉，居然被小个子狂人逼得步步后退。他，了不起的塞拉，竟然被这么个小角色吓住了——对手只是个瘦弱的医生，甚至无法培育出想要的特定蓝色的眼睛。

“你为什么害怕我？”门格勒问。

“我不怕你。我这具身体里不存在恐惧。”

门格勒伸出双手。

“我会动用武力的。”塞拉警告道。

“喔，别这样，不需要这样。”门格勒说，用纤细的双手领着塞拉躺在解剖台上。“不会有任何疼痛的，我保证，只需要从额头到颈根切一条小小的刀口，然后我就能剥掉你全身的皮肤了。不会比脱内裤更疼。”他开始下刀。“你看，”他说，手术刀划破塞拉的皮肤，“连一滴血都没流，”他放下刀，扒掉皮肤，说，“我给你拿镜子，你看你的血管是多么美丽。”

“不！”

“来，”门格勒说，把镜子递给他。

塞拉忍不住看了一眼，然后就陡然醒来，躺在床上使劲眨眼。

我的天。

他一动不动地躺着，气喘吁吁，盯着天花板，空无一物。他不知道这个梦对精神状态有着什么样的暗示，但有一点他很清楚：无论他的精神状态是什么样，深处都无疑有个非常阴暗的角落。

他推动肌肉发达的身体下床，坐在椅子上搓着冰冷的双手。

他觉得自己变成了海绵塞拉。软蛋塞拉。

够了！

他站起来，抓起苏格兰威士忌酒瓶（昨晚上床时好像是满的？），走向拉斐尔旅馆房间的窗户。他喝了一口酒，望向窗外的凯旋门。几点钟？他看了一眼手表。快五点半了。美国已经过了午夜，简尼肯定睡得很香。要是奥运会愿意增加一项睡眠质量，简尼肯定能稳获参赛资格。睡美人。

塞拉穿上衣服，到楼下叫醒门房，换了一大把硬币。这个预防措施其实没什么必要，因为他家里的线路无疑有人窃听，就算拉斐尔旅馆被人装了窃听器又能怎么样呢？习惯成自然。行动起来，他的感觉好多了。

再说他也需要呼吸新鲜空气。他走出旅馆，开始寻找投币电话，天还没亮。他从不担心夜晚。他人高马大，双手都能杀人——是的，街头劫匪不可能知道后者，但他的动作像运动健将，而且块头也是明摆着的，劫匪从来不会打扰他。

他在凯旋门附近找到一部电话，用半通不通的法语和接线员扯了好一阵，听了许多拨号音和滴滴声，等了不知道多久，最后总算听见了简尼睡意浓重的声音。“嗯？啥——谁？现在几点……噢，没关系，”然后，终于，“嗨。”

“这是自动答录服务台，”塞拉说，“请问您是否要留下叫醒电话？”

“开玩笑？”简尼哀叹道，“大半夜地，从三千英里之外打电话来开玩笑？有人因为比这轻得多的罪行被做成了肉冻。”

塞拉开始对暗号。刚开始他也觉得很恼火，因为很不方便。现在已经成了一种为了讨好主人而不得不玩的游戏。“现在足够清醒了吧，能帮我记点东西吗？”

“很抱歉，只醒了一半。”

关键词是“一半”。“完全醒了”等于平安无事。“一部分”意味着出了一些塞拉应该知道的事情。“那我就不说了。我打电话只是想说我会提前三天回家，但既然你只醒了一半，那我就不用这种消息打扰你了。你不会因为被我吵醒而生气吧。”

“永远不会，”简尼说，“我本来就要起床的，因为电话在响。”

开完这个玩笑，他们结束通话，各自挂断，然后塞拉要等待十分钟。他回答“一半”意味着他会再打过去，打到他们公寓楼地下车库的投币电话上。十分钟是简尼起床穿衣出门下楼需要的时间。

时间还不到六点，很冷。塞拉瑟瑟发抖，责怪自己把酒瓶留在了床头柜上，床头柜上的一瓶酒对他没有任何用处。他在死寂的街头踱步，寻找一个合适的理由解释他为什么不辞职，带着简尼去伦敦，租或买一幢小小的马车房，无所事事地看电视和找杂货店老板聊天，总之就是过上他们应该过的生活，幸福快乐直到永远。

去他妈的分局不准辞职，只能由他们让你退休。假如你足够有钱，假如你能通过某些手段变得比克罗伊斯还有钱，那就能用金钱砸出一条路了，就算做不到，他也可以在太平洋上买个小岛建成堡垒，随便分局使坏好了。

太平洋上的小岛，天哪——塞拉摇摇头。还好他把酒瓶放在了旅馆里，因为灌几口黄汤就容易让人想入非非。不过，克罗伊斯的念头还是留着吧，至少能给他一个供他崇拜的文化偶像。

塞拉第二次打电话，又是好一阵滴滴声和拨号音，最后终于再次听见简尼的声音。“你在哪儿？”简尼说，显然很生气。

“在欢快的巴黎放风呢，一个非常活泼的城市。还是伦敦？咱们去伦敦吧，我愿意，你愿意吗？”

“我是说具体地点。街上？旅馆里？你为什么不睡觉，还不到六点。”

“做噩梦醒了，出来散散心。”

“所以你是一个人？”

“当然。”

“最好如此，你个混蛋。我不喜欢你扔下我，一个人出差。有多糟糕？”

“噩梦？”塞拉耸了耸宽阔的肩膀。没必要撒谎。简尼总能感觉到他有心事，天晓得她是怎么做到的。大概是从说话的语气吧。“非常。不，应该说极其。”

“我的医生总是会建议喝几口威士忌。”

“没用。”

“那就回家吧，我总是这么建议。据我所知，最好的药就是我。”

“每隔四小时用一次。”

“做梦吧你——你已经不年轻了。”

“庸俗的家伙，你会为这种话付出代价的。”

“叫我简尼，我的朋友都叫我简尼。”

塞拉仔细听着，确定简尼的声音里已经没了怒气，然后开始处理正事。“刚才的‘一半’是什么意思？”

“卡斯帕·赛尔死了。”

“哇。”

“就知道你会这么说。”

“什么时候？”塞拉问。

“差不多两周前，曼哈顿。约克维尔。他在开车，另一个家伙企图超车，两个人撞上一辆油罐车。彻底烧成了灰。消息过了这么久才传出来，我猜这就是原因。辨认身份很困难。他用的名字是海塞，再说战后谁也没听到过他的音讯。但他现在死了。你还在吗？怎么不说话？”

塞拉哼了一声。

“生气了？”

“大概吧——不知道为什么。我还没理清头绪。”

“会引出许多变故吗？”

已经引出了。他无法确定，但纽约那起死亡说不定和陈企图杀他有什么关系——尽管陈只是一名自由杀手，但必定受什么人的雇佣。另外，可怜的罗伯逊提到南美打电话通知他会换一名新的信使。塞拉沉思片刻，他必须给个回答，但用细节让简尼烦恼毫无意义，大体上的实话就够了。“许多变故？不，所有事情。”

“哇。”简尼说。

“保守估计。”塞拉说。

第十章

“冷吗？”利未问。

艾尔莎摇摇头。不冷。

他们坐在中央公园湖畔的一块石头上。阵阵晚风吹过，划艇在脚下的湖面上微微摇动。利未知道她在骗他，因为他身穿厚毛衣，她没穿，而他觉得很冷，因此她至少不可能觉得很暖和。天气正在变冷，因为他该死的牙齿疼得越来越厉害。那颗牙遇到降温总会这样。疼的是一颗上门牙，他尽量用舌头盖住蛀洞。他们应该回去了，他很清楚。自从太阳西沉，两人已经在这儿坐了一个小时，感觉实在太美妙了，他不想打破平衡。

艾尔莎搂住他。“现在没那么冷了。”她说。

利未轻轻地亲吻她。刚开始他对她很粗鲁，因为他以为她喜欢这样，勇猛刚健，男子气概，一个光彩夺目的姑娘肯定见过许多胜利者，他不想被他们比下去。但她退缩了，两晚亲热过后，他意识到艾尔莎要的就是他的本性：温柔。唔，他看起来不是这样——他全身都是骨头和关节，胳膊肘突出，整个人都那么笨拙，无法变得柔软。但事实并非如此。他喜欢耳鬓厮磨，甚至喜欢两个人握着手。他的床上功夫并不差，利未有过不少经验，只不过不是和艾尔莎而已——至少现在还没有。上床很好，高潮很棒，但在他有限的经验中，最后的部分总是有些粗鲁和迅速，甚至太粗鲁和太迅速。只要和性爱有关，他从来不会着急。有时候，在内心深处，他意识到自己说不定很擅长性爱，假如他相貌英俊，假期里说不定会像送外卖一样忙碌，但他并不英俊，因此也没那么忙碌。

艾尔莎抚摸他的面颊。“多么可爱的一张脸。”她耳语道。

“所有人都这么说，”利未答道，“我走在大马路上，甚至会有陌生人过来对我这么说。”

她在夜色中对他微笑，舌尖扫过他的嘴唇。

“非常有创造性，”利未说，“再来一次如何，确定你学会了。”

她再次用舌尖扫过他的嘴唇。

“我怜悯无家可归者和怪人，你是个非常幸运的姑娘。”

她用双臂搂住利未。他能感觉到艾尔莎的身体在颤抖。

“喂，你都快冻死了。咱们还是把船还回去吧。”

“让我冻死好了，我就喜欢这样，你继续说，别停下。”

利未温柔地亲吻她的颈部，用嘴唇轻轻摩擦。

“荷马·维吉尔，”她说，“你问我冷不冷之前正在说他。你父亲，他有名吗？”

“荷马·维吉尔老先生？唔，不像安·玛格丽特①和唐尼·奥斯蒙②那么有名，但作为一名历史学家，他混得不错。”

“这么一个名字，他小时候一定很痛苦。”

---

① 安·玛格丽特（Ann-Margret，1941— ），美国电影演员、歌唱家、舞蹈家。

② 唐尼·奥斯蒙（Donny Osmond，1957— ），美国歌手，演员。

"都怪我祖父——他给所有孩子起的名字都很可怕——你要明白，他是中西部一所中学的校长、班主任、厨师和杂工，他声称叫什么不重要，反正别人只会注意利未。相信我，那时候俄亥俄中部没多少犹太人。他热爱希腊文化和其他老掉牙的东西。我的一个叔叔中名是希罗多德。他已经过世了，我叔叔——我不想说是名字害死了他，但肯定也没给他带来什么好处。"

"你父亲也过世了？"

"也过世了。脑溢血。突然犯病，毫无预兆。"

她在黑暗中望着利未。

"怎么了？"利未问。

"没什么。"

他犹豫片刻，考虑要不要说下去，澄清事实，但很难说她知不知道。她当时不在美国，就算在，年纪也还小，再说荷马·维吉尔也没那么有名。

她使劲亲吻他，然后飞快地起身，高高地举起手臂伸展。贝比望着她。这个动作并不优雅，但艾尔莎做出来依然美丽。

接下来的事情就没那么美丽了，艾尔莎微笑着轻声说"来吧"，然后走向小船，他们背后的灌木丛里突然响起声音，一个瘸腿男人钻了出来，反手一耳光打在艾尔莎脸上，艾尔莎失去平衡，倒在地上。

利未看在眼里，他仿佛变成了街头闹剧的旁观者——事情发生得太快，他来不及插手，只能眼睁睁地看着一个瘸腿恶棍殴打他视为珍宝的女人。"喂！"利未叫道，冲了上去，但为时已晚，因为背后的灌木丛里又传来响声，一个宽肩膀男人拉着利未转身，一拳捣在他脸上。

利未踉跄后退，鲜血喷涌而出，但他没有倒下，他觉得鼻梁断了，瘸子将艾尔莎拖向灌木丛，企图抢走她的手包，利未正要喊“给他好了”，但宽肩膀男人没有给他机会，一脚踢在利未的肚子上。他惨叫一声，跪倒在石块上，宽肩膀重重一拳打在利未脸上，他手脚着地，然后翻倒下去。宽肩膀拖着他走向树丛，伸手去掏利未的钱包，利未本能地抬手挡开，这就太愚蠢了，因为他得到的是腰眼的一记膝撞。第一拳打出的鲜血在流淌，舌头尝到了咸味。都怪他，他不该这么晚还待在公园里的，只有游客才这么蠢。他一动不动地躺着，袭击者想掏出他的钱包，但遇到了麻烦，利未的裤子后袋系着纽扣，宽肩膀没法三两下就扯开，于是他又给利未腰眼一记膝撞，然后一拳打在已经断裂的鼻梁上，利未被鲜血呛得咳嗽，他听见艾尔莎的哭叫，像是瘸腿的混蛋在摸她，他要——他要——

——他要怎么样？——

——什么都做不了——他妈的什么都做不了——就算他们想强奸她，他也无能为力，就算他们想活活打死她，他也还是无能为力，他的鼻梁断了，肋骨可能也断了，他们可以为所欲为，他无能为力——

无能为力！这个词从鲜血中跳进脑海，现实的屈辱让利未忽然有了力气，他飞起一脚踹向宽肩膀，这一脚正中目标，敌人吃痛惊呼。无法否认，这是一次胜利，但不幸的是没能持续太久，因为利未刚爬起来，正要跑向艾尔莎，宽肩膀就回来了，气势汹汹，两个拳头雨点般地落在利未脸上，打得他面目全非，利未最后昏沉沉地倒在地上。

两个歹徒都站在了他身旁，瘸子拿着艾尔莎的手包，宽肩膀拿着利未的钱包。“我们有你们的钱包，知道你们的姓名和地址。”瘸子拍了拍艾尔莎的手包。“敢报警，就等着我们来找你们吧。”

艾尔莎在哭。

“下次再见面就不客气了，”宽肩膀说，“知道‘不客气’是什么意思吧？”

利未躺在那儿。

歹徒扬长而去。

利未慢慢地爬向艾尔莎。“……你有没有……”他说，意思是被他碰过，被他猥亵？

她摇摇头，没有。她明白他的意思，这是他们之间最了不起的一点——他们理解彼此。所有的意思都懂。“只抢了我的包。”她撑不住了，延迟反应开始了。“只抢了包，”她说，“我没事。”

利未使劲搂住她。“我们都没事，”他挤出几个字。他再也不想放开她了，但他的血弄脏了她的衣服，他不得不松开手……

第十一章

多克，

我想我不会寄出这封信，因此我可以随便说出心中的话，但假如我寄出了，请记住此刻的我不是我自己。我的意思是说，我有点昏头了，但还不至于发疯。

多克，我被抢劫了，被人打得满地找牙，我对此并不生气——不，胡扯，我非常生气，但那是我自己的错，日落之后还待在中央公园，只有白痴傻瓜混蛋才会这么做。

但你要明白，我不是一个人。艾尔莎和我坐在一块石头上，我划船带着她转了几圈，因为她一直想这么做，但没有得到过机会，所以管他的，天气那么好，我说来吧，咱们去划船。感觉实在太好，我们在湖畔的石块上坐了太久，这时候一个瘸子突然钻出来，我坐在那儿，看着狗娘养的打她，拖着她往灌木丛走，我心想我要修理一下那混球，谁都不能碰我的宝贝——

——但我无法阻止。我什么都做不到！因为有个宽肩膀的大块头冒了出来，我发誓不是我编故事，这家伙是职业打手，他踢得我屎尿横流，我从没吃过这样的苦头，他很清楚该用膝盖顶什么地方，打哪儿能让我站不起来，我知道艾尔莎在挨揍，甚至有可能发生了更坏的事情，我希望这辈子就一次，让我成为英雄吧，这家伙掏出我的钱包，打得我站不起来，我都快失去知觉了，但最可怕的不是该死的疼痛和该死的流血——

——而是无能为力的感觉——

——他妈的无能为力——

——多克，我想杀了他。

我发誓，要是我有刀，我会捅死他，要是我有炸弹，我会把他炸成肉酱，然后我会去追瘸子，会用双手掐死他——我，一个自由主义者，一个历史学家，从来没动过伤害任何人的念头，甚至不希望理查德·尼克松受苦，现在我却想杀人，这个念头让我害怕。

我刚刚花了五分钟用凉水洗脸，我的脸肿得厉害，破了好几块，到处都疼，我脑子里只有复仇，我想报复让我觉得无能为力的那两个人，你不该让任何人产生那么绝望的念头，尤其不能在爱他的姑娘面前，我知道她心里肯定会想我为什么不采取任何行动，我就在这儿，为什么不来救她。妈的，我想上查尔斯·阿特拉斯[①]的所有课程，我想变得强壮，然后徒手撕开两个家伙的喉咙。

多克，有一帮青少年罪犯似乎住进了离我几个门牌号的一家门廊上（我说的不是可爱的青少年罪犯，就像《西区故事》里那种忸怩作态的小孩，我的这些家伙能为了一颗葡萄挖人眼珠），他们平时喜欢取笑我，说我是小爬虫，随他们便吧。今天晚上我回家路上经过他们的时候，我以为我满脸是血，至少能赢得一点尊

① 查尔斯·阿特拉斯（Charles Atlas，1892—1972），美国健美运动员。

重，结果你猜怎么着？有一个小子说：“谁干的，侏儒还是娘们儿？”他们一起大笑——因为，你看，他们能照顾好自己，换了是他们，会把敌人打成肉酱，他们所有人的智商加起来估计都不如我，但这又有什么用处呢？

我大概会寄出这封信，因为我想知道你认为老爸会怎么说。明白吗？我猜他会告诉我，所有经验都有益，只要你能吸收教训，所有行为都有益，无论你因此吃到了多少苦头。真正的历史学家永远不会满足。他将一辈子奉献给了不休的探索。

但是，多克，无能有什么益处呢？

你告诉我。

贝比

第十二章

星期天，利未寄出了那封信。淤肿不算太厉害，脸上的伤口很快就结疤了，但他还是觉得自己像个怪人，因此他拉下棒球帽，用帽檐遮住半张脸，跑到哥伦布大道路口的邮筒寄信，然后回到房间里继续躲藏。

星期一他应该去上比森塔尔的课，但他没法去。早晨，他望着镜子里的自己，没刮过脸，形象狼狈。他从小就不擅长动武，看见自己的伤口和淤肿，他很惊讶地发现自己感到气馁。他从未意识到过他居然有这么虚荣，但事实证明他确实有。

他给艾尔莎打了几次电话，艾尔莎也给他打了几次，她想过来——她一遍又一遍地解释，说我的专业就是医护，所以怎么可能伤害你呢——但他不想被艾尔莎看见，只想一个人待着。他在脑海里反复重演那次抢劫，有时候获胜，有时候大败，他试着看书，但一整天他只顾着照镜子了，希望镜子里的东西能尽快变成他认得出的那张脸。

愿望成真。星期一夜里，这张脸不再是会引得路人回头的怪物了。宽肩膀用拳头造成的伤害依然如故，但经过长时间的冷敷，淤肿比他想象中散得更快。吃了几记膝撞的腰眼还在疼，不过已经在忍耐范围内了。

反而是艾尔莎的歇斯底里更加烦人："——你告诉他们了

吗——我没有告诉他们——”

“他们是谁——别着急……”星期二早晨，她使劲儿捶门，直到吵醒利未。她还没进门，利未就从她的语气里听出来了：她即将惊恐发作。

“——他们说他们会来找我们——他们说他们知道我们的姓名和地址，你不是说了你不会吗，为什么要去——”

“艾尔莎，你到底在说什么——我发誓，我什么都没做——”

“瘸子……”她说。

“他怎么了？来，告诉我。”

她的声音变得低沉。“我出门的时候，今天我出门的时候……就是今天早晨……他在那儿……跟着我……”

“你确定吗？你看清楚他的脸了？”

她的嗓门又大了起来。“你说过你不会报警的，但你报警了，肯定报警了，因为瘸子来找——”

利未想抱住她，但没有成功。“我发誓我没报警。肯定是个误会——你看清楚确实是他吗？”

“我看见……大门口有个男人，他站在那儿……我想走开……他跟着我……一瘸一拐……我拐弯，他跟着拐弯……这就够了，我拔腿就跑。”

“呃，艾尔莎，纽约大概有九百万人走路一瘸一拐，”贝比说，“这是世界著名的跛子天堂——美国瘸行者协会除了纪念体育竞技馆都不会考虑其他的大会地点，我以为所有人都知道呢。”他滔滔不绝地说下去，也让她说了几句，确保不至于冷场，他烧了一壶水，给两人冲速溶咖啡，没多久她艾尔莎就开始放松了。他有办法让她放松，这就是两人这么合拍的原因。到了十点来钟，她承认也许确实只是她在胡思乱想。

中午，她说她没事了。

他们去看伯格曼双片连映，《第七封印》和《野草莓》，贝比狂热地喜欢伯格曼，艾尔莎对伯格曼一无所知。看完电影，他请艾尔莎在一家川菜馆吃了顿便宜的晚餐——他也狂热地喜欢川菜。吃过饭，他送艾尔莎回家，两人亲热了一会儿，然后他径直回家。他很累，因此没多久就睡着了。深夜里，他不知道具体几点，忽然意识到艾尔莎的说法并非全是胡思乱想，因为尽管半梦半醒，他依然能感觉到房间里除了他还有别人。

没等自己有机会害怕，贝比就决定以卡格尼为榜样，他尽可能模仿《歼匪喋血战》里的卡格尼，用低沉而淡然的声音说："我有枪，我知道怎么用，你敢动一动，我就把你的屁股轰到上海去。"

黑暗中响起了全世界他最想听见的一个声音："别杀我，贝比。"

贝比从床上蹦了下来。"啊，嘿，多克，妈的，太好了。"

"真是好口才，"多克说，"不过呢，这位小伙子从小就知道怎么遣词造句。"

贝比欢呼一声，正常情况下他从不这么做——还好如此，因为艾米丽·波斯特[①]恐怕不会赞成这种行为。但是，去他妈的，你唯一的亲生大哥来看你了，在这种罕见的场合下，什么行为都是可以接受的……

---

① 艾米丽·波斯特（Emily Post，1872—1960），美国礼仪专家、作家。

第二部

多　克

第十三章

“我去开灯。”贝比说，他打开灯，多克走过来，“咦？”

“怎么了？”

多克指着他的伤口说：“你的脸。”

贝比耸耸肩。“没什么。我不想谈这个，就是司空见惯的抢劫呗，没什么值得大惊小怪的。星期天的事情——今天星期几？星期二。我写信告诉你了。等你回到家，自己看信吧。”

“你还好吧？”

贝比点点头。多克担心起来会变成一个真正的老妈子。“说起来，帮我一个忙，等你回到家，别读那封信，直接扔掉，行吗？”

多克转着他的钥匙链，其中之一是贝比的公寓钥匙。他转了几圈，高高抛起钥匙链，看也不看地在背后接住。他的动作一气呵成，从贝比记事的时候开始，他就会耍这个把戏了，只是以前他扔的是垒球或弹珠。现在——至少是两人在一起的时候——多克只有在斟酌考虑的时候才会这么做。尽管多克很可能不知道，但贝比意识到这已经是个根深蒂固的习惯了。“我会烧了那封信。”多克说，然后松开领带，“我去出差了，回来等着我的是……怎么说呢？一曲华丽的颂歌，罗塞蒂读了都会脸红。确切地说，信里仔仔细细地描述了某位女神，我觉得我应该以最快的速度赶来，在她升入天堂前见她一面。”

“去你的，”贝比说，“我才不会那么写呢，你知道的。”

多克拿起古驰手提包，扔在贝比的书桌上。“你没有？还好我知道你有心智缺陷，不能为行为完全负责，否则我下半生就能靠勒索你生活了。我记得你说她‘宛如乌托邦’，原话好像是‘无与伦比、尽善尽美、宛如乌托邦’，妈的，连安妮特·弗奈斯洛[①]都没这么完美。”

“去你的。”贝比又说，这次吼得很大声，因为某次他不小心对多克说，他觉得从某些角度看安妮特·弗奈斯洛还“挺可爱的”，多克的记性特别好，你向他奉上弹药的时候尤其如此。

多克看了一圈贝比的房间。很寒酸。光秃秃的地板积满灰尘，到处都堆着书本，沙发露出了弹簧，卫生间永远蒙着灰扑扑的颜色。“你做出了奇迹。”多克说。他只来过这儿一次，是贝比搬进来后一两周的时候。

“不该是这个样子的，”贝比承认道，“但我的装修师傅太他妈靠不住了。我早该开除他的，但没几个顶尖高手能接这么浩大的工程。”

多克点点头，打开手提包，取出三瓶红酒，对着书桌上只有电灯泡的台灯端详片刻。“希望沉淀别被搅起来了。”他说，扭头问贝比：“有起子吗？”

贝比指了指厨房，等待演讲家开始歌颂勃艮第葡萄酒的光辉。

---

① 安妮特·弗奈斯洛（Annette Funicello，1942—2013），美国女演员，也是迪士尼首位童星。

“我开一瓶风车酒庄，”多克说，“来自博若莱产区，但它的劲头会让你吃惊。”他集中精神开酒瓶。

“好极了。”贝比说，假装打鼾，垂下眼皮，“继续说，你继续说。”

多克在拔瓶塞时遇到了麻烦。“它被誉为博若莱之王，弗俐叶是皇后——”

“引人入胜，我的天。”贝比说，发出更响亮的鼾声。

多克没有搭理他。“七一年是个极好的年份，我希望你用心品尝的是那份平衡感。”

贝比耷拉下脑袋，吸气打鼾，吐气吹哨，吸气打鼾，吐气吹哨。

“没品位的土鳖。”多克说，然后大笑道：“好吧，我放弃，不谈酒了。”他停下来。“该死，我忘记带酒杯了。”

现在轮到贝比大笑了。“混蛋，你知道我有酒杯的。”他走向碗柜。

“一次性纸杯不算酒杯。”多克说。

贝比取出一个酒杯递给他。“够了，拿着。”

多克开始倒酒，但立刻停下。“杯子是脏的。”

“我没说过我有干净的酒杯，白痴。”贝比说，然后两人异口同声道：“不包括肩膀，只有脑袋。”两人放声大笑，因为这是他们家最喜欢的段子。荷马·维吉尔爱说这个故事，讲的是布鲁克林道奇队一个笨拙的球员，他叫贝比·赫尔曼，有个体育记者在报纸上说赫尔曼在外野太迟钝了，迟早会被飞来的球打中脑袋，赫尔曼非常生气，堵住那个记者，用各种难听的话骂他，最后说：“我和你赌五十块你说的不对。”记者说：“行啊，咱们说定了，五十块，你被飞来的球打中脑袋或肩膀。”赫尔曼想了一会儿，末了说：“不——不行——不包括肩膀，只有脑袋。”

多克笑着到水槽前打开龙头，过了几秒钟，他问：“水锈什么时候才能流完？”

“假如你现在去拉屎，等你结束大概就流完了。”

“我也给你洗个酒杯吧。”多克说，从水槽里拿起另一个脏杯子。

“我就喝几口，”贝比说，“我最近在练二十英里，喝小酒不利于顶风跑。”

“勃艮第可不是什么‘小酒’。”多克忙着洗刷杯子。“对不起，不该取笑你的房间，”他说着转过身，“你是学者，为什么需要豪华的宫殿呢？你愿意怎么住就怎么住吧。原谅我了？”

“我都不知道我受到了侮辱。”

“那就好。”多克继续洗杯子。“这是一个疯狂的世界，我实话实说，这一分钟过完，天晓得下一分钟会发生什么，我刚读过今天上午的《华尔街日报》，说加州有个公司——你肯定不会相信，但我跟你说，加州住的全都是疯子，不疯都不够公民的资格——总而言之，西海岸的这帮人申请了一项专利，让我先洗杯子，好了，他们管那东西叫‘斯—奥—帚’，就是一根长棍，一头绑了一捆干草，《日报》说他们会靠这东西发大财——他们声称你拿起‘斯—奥—帚’，只需要轻轻一扫就能清理东西，比方说地板。”

“我永远也搞不明白。”贝比说。

多克转过身，水里依然锈迹点点。“天哪，贝比，你怎么能在这么一个胳肢窝似的地方过日子。”

“杯子洗干净了，”贝比说，“快倒酒吧。”

多克给两人斟酒，转动瓶口，免得美酒洒出来。

贝比品了一口，多克也一样。贝比不记得他见过哥哥喝得微醺，更别说喝醉了，对他来说也是这样。不过，他们全家的饮酒量是荷马·维吉尔一个人撑起来的。至少最后那些日子是这样。不，确切地说，最后几年。最后几个可怕的年头。

“这酒贵吗？”

“有点儿，怎么了？”

“没什么。闻着就不便宜。很醇。只要进喉咙我不想咳嗽，我就觉得肯定很贵。原油生意大概很挣钱吧？”

多克举起酒杯，摆出祝酒的姿势。“原油生意永远挣钱。”他虔诚地微微鞠躬。

“那个方向不是东。”贝比说。

“我在朝底特律鞠躬，白痴——通用汽车对美国比耶稣重要多了。”

“该死的污染者和强盗。”贝比说。他打心底里痛恨多克的职业。钻井设备，卖给各国，污染整个世界。

“你要是再给我来那套生态学训话，我发誓等我见到英格丽，一定会告诉她你十二岁的时候怎么被我撞见正在撸那东西。”

贝比大笑。“那天是我的好日子，真的。在此之前，我以为世界历史上只有我一个人做这么丑恶的事情。我以为你会把我赶出家门，或者把我装进麻袋，让村民用石头砸死我。但你告诉我大家都这么做，我记得我心想：该死的成年人，为什么把它当成秘密，这么多年都不告诉我？”

多克微笑，指了指床。“收拾你的破烂。”贝比去收拾东西。他们有个规定：只要多克来就睡床，贝比睡露弹簧的沙发。

多克看着他收拾床，轻声说：“听着，别住在这么一个猪窝里了，来华盛顿吧，我给你找个像样的住处，咱们可以当邻居，试试看嘛，我能养活你，你知道的，没问题。”

贝比摇头道：“华盛顿没有像样的研究生院。”

“什么也比不上光荣的哥伦比亚大学，是这样吗？”

“哥大也没那么了不起，我不是这个意思，但无聊货色的百分率确实比……比方说，乔治城大学低。”

多克突然吼道：“该死，贝比，老天在上，你不能因为老爸上过哥大就必须也上哥大！”

“这种话我听够了！”贝比也吼道。

多克忽然停下，困惑道：“听够了？我这是第一次说吧。”

“哥大的比森塔尔教授。他也说过类似的话。”

“老爸的天才学生之一？”

贝比点点头，然后说：“听我说，我喜欢我的猪窝，谢谢你的好意，但我会待在这儿，而且和老爸没关系。”

“狗屁！”

贝比耸耸肩，抖松枕头，多克拿出随身衣物挂起来。“好吧，我请你和埃塔吃顿饭，可以吗？她需要吃东西的，对吧？还是说她能从空气中汲取神性？”

“等你见到她，你也会垂涎的，我向你保证。”

多克大笑。“孩子，你在和谁说话？我没到二十五岁就结婚一次订婚三次了——想让我流口水没那么容易。”

“你这是想吹嘘什么？四次被捕一次进监狱？”

“自从进入石油行业，我就没认真考虑过进监狱了——行规不让你这么做。”他合上古驰包，塞在贝比衣橱的角落里。他漫不经心地说：“对了，那东西你不会还留着吧？”

贝比知道答案，但还是说：“什么东西？”

“刚才我自己摸进来，你说你要把我轰到上海去，听起来煞有介事，非常像乔治·拉夫特[①]。”

“谁敢去吓唬乔治·拉夫特？我演的是卡格尼。”

“还留着吗？”

“上了膛。”他从书桌最底下的抽屉里取出手枪和一盒子弹。“给你。”

“取出子弹，然后给我。”

贝比飞快地取出子弹，动作很熟练。当然了，他应该熟练，因为这些年他花了无数个小时练习。多克恰恰相反，他向来讨厌枪械。“给你。”贝比说。

多克接过去，尽量做出镇定自若的样子。“你怎么能保留这样的东西？”

“‘怎么’是什么意思？因为你不要。”

“要？谁有可能想要这东西？”

---

① 乔治·拉夫特（George Raft，1901—1980），美国电影演员。曾与玛丽莲·梦露合作电影《热情如火》。

“我啊，这还用问？”

“为什么？”

“不为什么。留个念想呗。你很清楚为什么——为了复仇。”

“贝比，老爸自杀的前一年，乔·麦卡锡[1]就死了。”

“有可能，有可能没死。华盛顿那会儿流言四起。”

“海尔嘉也是个暴力狂吗？所以你们两个小可爱这么合得来？要是没有吸血鬼电影上映，你们靠什么找乐子？”他把枪还给贝比。

贝比边上子弹边说：“你想给我下套，混蛋，你了解我，一开始你叫她英格丽，我没有纠正你，然后你叫她埃塔，我还是没有纠正你，现在你叫她海尔嘉。哈，我不会生气的，不过我告诉你吧，她叫艾尔莎，艾尔莎，你听见了吗？不是伊尔丝或艾拉或艾娃，不是希尔达或莱拉或丽达，不是莉莉也不是劳拉。”

“对不起，”多克说，“长途旅行我肯定累昏了。我不会再记错奥尔嘉的名字了，我保证。”

“奥尔嘉，差不多，但还是不对，”贝比耐心地说，“你记得很接近了，我为你自豪，像你这样这么晚才认字的人，记不住三个字的名字当然很正常，咱们再练几遍好了，是艾尔莎，不是波西娅、帕梅拉或宝拉，也不是罗妲，更不是萨拉或斯黛拉，索菲亚或茜拉。”

“厄休拉？”多克试着说。

---

① 乔·麦卡锡，同约瑟夫·雷芒德·麦卡锡，注释见40页。

“很接近了，”贝比说，“该夸奖的时候还是要夸奖你的，但她叫艾尔莎，不是薇达、薇拉或凡妮莎，不是薇尼蒂亚、薇娅或伊索达。是艾尔莎！”

“艾尔莎。”多克说。他喝了一口酒，然后看着弟弟说：“她的名字我记住了——呃，你叫什么来着？”

第十四章

只有一条路经过这座庄园。“庄园”这个词或许太夸张了，在棕榈泉它大概只算一幢普通住宅，“没什么值得羞愧的”。但这幢蓝色房屋的三面被巴拉圭的森林包围，离科迪勒拉只有半小时车程，无疑近乎于独一无二，至少也是超乎寻常。

科迪勒拉的农夫大多听说过这幢蓝色房屋，但亲眼见过它的人就寥寥无几。原因有几个。首先，就算你认识有车的人，开到那儿去也需要半个小时。其次，唯一的道路坑洼不平，相当危险。

第三，警卫。警卫永远有两个，驻守在蓝色房屋两侧各四分之一英里的地方。来往车辆本来就很少，但只要有人来，就必须接受警卫的检查。他们从不解释他们为何有权检查和是谁授权他们检查，只是抱着步枪走到路中央，等待车辆停下。他们不讨人喜欢，永远一脸凶相。他们像是在说，除非迫不得已，否则回程就别走这条路了，我们不想再看见你这张脸。

他们只放送东西的车辆进去。每周会有一辆破旧的敞篷卡车载着食物从科迪勒拉开来。每隔一天会有人送邮件来。每天下午会有另一名警卫离开蓝色房屋，开车去最近的村庄接洗衣女工。

她永远裹着一块黑色披肩，普通身高，肩膀拱起。她会走进蓝色房屋，几小时后出来，同一名警卫会开车送她回村里。

她通常不带任何东西，但九月的这天傍晚她裹着同样的黑色披肩出现时，手里多了个一英尺见方的黑色箱子。她坐进每天都坐的同一辆车，同一名警卫开车从蓝色房屋送她回家。车看起来和平时没什么区别，事实上也差不多，除了后座上的一块毯子底下放着一个帆布提箱。车开出蓝色房屋，朝村庄开去，路口的警卫开始抬起右臂敬礼，要不是司机恶狠狠地挥手叫他放下胳膊，他肯定会真的敬礼。路口的警卫垂下手臂，傻乎乎地站在那儿，耷拉着脑袋，感到万分羞愧，祈祷蓝色房屋的主人不会残酷地惩罚他。

车继续向前开。洗衣女工默默地坐在那儿，和平时一样拱着肩膀，紧紧地抓着放在大腿上的黑色盒子，仿佛那是一块黑色皮革质地的安乐毯。黑色披肩似乎比平时遮住了更多的面容，但除此之外她怎么看都是个正在回家路上的洗衣女工。

所有情况看起来必须和平时一模一样，这一点至关重要，因为蓝色房屋的主人很清楚，尽管偶尔偷偷摸摸走过庄园的农夫只是普普通通的巴拉圭农夫，愚钝，没有逻辑头脑，但其中有一些（不多，但足以让他担心）是犹太种。

车开到洗衣女工居住的村庄，径直穿了过去。司机一言不发。洗衣女工端正而冷漠地坐在座位上。两人都大汗淋漓。酷热难当，假如你不够强壮，甚至有可能中暑而死。司机非常强壮，尽管浑身充满了力量，但他是两个人里比较弱的一个。

两小时后，他们来到了亚松森的机场。

司机下车，伸手去拿帆布提箱。

“坐好！”洗衣女工呵斥道，用的是西班牙语。司机连忙回到驾驶座上，一动不动地待在那里，洗衣女工一只手拿起提箱，另一只手拿着黑色皮革的盒子。

司机用西班牙语说：“我能提个问题吗？”

裹着披肩的人点点头。

“洗衣女工闹起来怎么办？该怎么处理她？”

“用耐心和爱心照顾她，”披肩里的人答道，“告诉她，我出去三天就回来，这段时间她是我的客人，什么都不需要做，舒舒服服地享受生活吧。告诉她，她工作得太辛苦了，我想让她好好休息。”

“她很笨，”司机说，“我看她不会明白的。”

“你的任务就是保持耐心。我希望我回来的时候她能高高兴兴的。高高兴兴的，而且活着。这两个条件少了一样，你就要吃苦头了，听懂我的意思了吗？你将感受到巨大的痛苦。”

司机点点头。

“她在熨烫衣服这方面拥有无与伦比的天赋。把这个国家交给我，我一定会宣布她是国宝。自从四五年到现在，只有她能把衬衫熨得那么挺括。”

洗衣女工搭飞机从亚松森到布宜诺斯艾利斯。巴拉圭海关人员全是无能的蠢货。在预计中护照不会引来麻烦，事实上也确实没有。阿根廷当然是另外一码事，所谓的“洗衣女工”留在了布宜诺斯艾利斯，走向泛美航空柜台的是一位生意兴隆的商人。这位中年商人秃得很彻底。没有头发无疑让他很痛苦——他还不到二十五岁就变得满头华发，浓密的白色卷发是他最显著也是最迷人的特征。他对此非常自豪，这头白发是将他与其他人区分开（也是他优于其他人）的几点要素之一。他当时的外号是“白天使”。

因此，前天在蓝色房屋里剃光头发的时候，他觉得非常痛苦。当然了，他不是那种毫无魅力的秃子。他的面容体现出权威感。等他回到巴拉圭，他会重新蓄出那头漂亮的浓密白发。

他搭泛美航空的班机去肯尼迪机场。不间断地飞行十几个小时后，第二天清晨六点一刻，他来到了纽约。这天是星期二，他计划周三乘夜班飞机回布宜诺斯艾利斯。顶多星期四，最好星期三。

速度永远越快越好。

飞行途中他始终清醒，黑色盒子搁在大腿上。其他人在睡觉，而他在考虑各种意外情况。太多的事情有可能出岔子，他必须为所有可能性做好准备。让他活到现在的是他的头脑，他完全相信这次他的头脑依然不会辜负他。他的头脑，加上这个黑色皮革盒子。只要盒子在他手上，痛苦就是他最好的伙伴。有可能体会到痛苦，撕心裂肺剧痛的切实威胁，往往比疼痛本身更加行之有效。

飞机准点降落，大多数乘客睡眼惺忪地通过海关。他假装困倦，但他百分之百清醒，事实上他必须保持敏锐，因为这个降落时间是他最容易遇到麻烦的时刻，就像大型喷气机最危险的时刻就是起飞。他并不怎么担心护照。是的，伪造这本护照没花多少时间，但亚松森很有几位手艺高超的伪造大师，早就习惯了快工出细活。不，海关人员会乐于放他进关，他们不会看出任何破绽，但万一发生了什么未知的灾难，比方说某个匿名线人通风报信，他的身份已经暴露，那么选在此刻逮捕他就是最符合逻辑的了。

他取回行李，通过海关，走向外面的接机区。他环顾四周，这是他第一次来这个机场，它巨大得让他困惑。事实上，这也是他第一次来到美国，美国的巨大无疑也会让他困惑。不过他没有游览的念头，他只有一个地方要去，那就是曼哈顿。他一动不动地站在接机区里。埃尔哈德应该来接他的，他下达了这样的命令。但万一电报被截获或电话被人窃听呢？有一瞬间，尽管他宁死也不承认，但他真的在考虑夺路而逃。冲出离他最近的大门。但出去以后呢？该往哪个方向跑？

就在这时，他看见了小个子埃尔哈德在人群中一瘸一拐地走向他，宽肩膀卡尔紧随其后，他心想，假如“安全”这个词也适用于有他那种过往的一个人——更不用说现状了——那么此刻他就安全了，甚至有可能获得永远的安全……

第十五章

多克选在卢特西请他们吃饭，贝比当然听说过这家餐厅，但从没进去过。艾尔莎根本没听说过它，贝比接上她，告诉她那是全纽约最昂贵的去处之一，本来已经很紧张的她就变得更紧张了。贝比和她一起坐上出租车，平时他们不管去哪儿都搭地铁，但除了洗碗工，谁会搭地铁去卢特西呢？无论他怎么努力，都无法让艾尔莎平静下来。她说她脸色不好，衣服不对，她讨厌时髦的上流场所，人们会盯着她看，会知道她不属于这儿。

贝比只赞同一点，那就是人们会盯着她看。她身穿款式简单的蓝色裙装，美丽的脖子上挂着一串珍珠项链，衣物的颜色非常搭配她眼睛的颜色。走进餐厅的时候，贝比说："你漂亮得犯法。"这是他的真心话，但似乎依然无法让她镇定下来。

多克在二楼的内间等他们。这个房间只有三张餐桌。假如你希望被人看见在卢特西吃饭，那就待在楼下。假如你认为交谈更重要，那就去内间，最好的选择是角落里的那张桌子。

看见他们走进房间，多克起立迎接。他扫了一眼艾尔莎，摇头道："你不是说她很漂亮吗？"然后对贝比说，"汤姆啊，我必须和你谈一谈审美标准了。"

"这位是汉克。"贝比说。他们在公共场合就是这么互相称呼的：汉克和汤姆。没什么特别的原因。荷马·维吉尔去世后两人开始这么做。他们需要一些能够共同依赖的东西。秘密是个好选择，而且不需要付出代价。那是两人之间的桥梁。父亲去世后，他们渴望拥有秘密。假如没有人可以让你依赖，那么激流就会强得难以忍受，铺天盖地而来的流言足以击倒你，夺走你的空气，把你拖进大海。

“你非常可爱，”多克说，“虽说不会比格蕾丝·凯莉更可爱，但已经过得去了。”

三个人坐下。侍者领班走过来，多克问介不介意让他帮大家点菜。贝比和艾尔莎连忙说：“谢谢。”多克说了一会儿法语，领班也用法语回答他，然后转身出去，艾尔莎说他的法语说得真好。

“谢谢夸奖，我也这么希望——我都不知道我说了什么，其实我只是想点一瓶夏布利葡萄酒。知道夏布利吗？勃艮第的一个产区。”他对贝比露出灿烂的笑容。“大产区嫉妒得眼睛都绿了，这里的葡萄酒最接近钻石品质。”说到“钻石”二字，他望向艾尔莎，用指尖轻轻爱抚她的皮肤。

天哪，贝比心想，他喜欢她，真是太好了，对吧？

吃完松露抹脆饼，羊排上桌，这时候就没那么美好了。刚开始好得不可能更好的晚餐，此刻让他心里打上了无数个死结。

因为多克的手就离不开她的身体。

给我停下，他想对多克大吼。

叫他停下，他想对艾尔莎大吼。

但你不能在卢特西大喊大叫。你只能压低声音说话，只能吃吃笑，用餐巾轻擦嘴唇。侍者不需要你招呼就会上来斟酒，而你会对他点头致意。无论内心有多么不痛快，表面上都只能谈笑风生。哪怕你哥哥在你面前调戏你的女朋友，哪怕你的女朋友似乎毫不在意，你也只能坐在那儿有说有笑。

贝比的双手放在大腿上，手指攥成拳头。

“了不起的女人。”多克说。他们这会儿在喝勃艮第红酒，六二年的邦马尔园，他喝完一杯酒。

侍者给他斟满，贝比点点头。

多克对艾尔莎微笑道，“怀念家乡吗？瑞士？”

“我认为每个人偶尔都会想家。你不会吗？”

“大概吧，”多克说，“你老家具体是哪儿？我不怎么熟悉瑞士。只知道苏黎世和日内瓦。”

“我不是那儿的人。”

“但肯定是哪儿的人吧？”

“一个小地方。没有人听说过。”

她为什么要卖该死的关子？贝比心想。她老家在博登湖附近，她告诉过他，为什么不直接告诉多克？

“我打赌你会滑雪。”多克换个话题。

“我是瑞士人，所以肯定会。”

“我没听懂。”多克说。

“哦，那是个段子，不过我不擅长讲故事，说有个威尔士演员，我忘了他叫什么——他演过不少电影，但我也不记得电影的名字了——”

“你说得对，你确实不擅长讲故事。”多克插嘴道。

两人大笑。

贝比傻坐着。

“是谁不重要，也许是理查德·伯顿，就当是理查德·伯顿好了，他反正是威尔士演员，有人请他演一部电影，也许是话剧，我记不清了，反正不是电影就是话剧——”

“你讲故事的水平太差劲了。”多克说。

两人痴痴笑。

贝比望着她的蓝眼睛。它们从没这么美丽过。他害怕自己会做出什么可怕的事情，不堪设想的可怕事情，于是用全身力气把双手压在大腿上。

“——无所谓是电影还是话剧，总之重点是这个角色要唱歌，制片人还是导演——反正不是制片人就是导演，也许两个人都在——他们问他能不能唱歌，他说：我是威尔士人，所以肯定会。”

“我没听懂。”多克说。

“威尔士人对他们的音乐才能很自豪。”艾尔莎解释道。

“而瑞士人会滑雪，我听懂了。”多克说。他喝光一杯酒，又点了一瓶。“你在哪儿学会滑雪的？”

“博登湖——那个地区，附近的一个小城，我从小到大一直住在那儿。”

“我的天，”多克忽然兴奋起来，“我知道你在哪儿学滑雪的了——我们公司有个滑雪狂，讨厌得要死——对不起——特别无聊，因为一开口就是滑雪，基茨比厄尔的粉雪怎么好，斯阔谷的积雪有多少英尺，乘直升机到加拿大山区的峰顶，然后在新雪上一口气滑到底是多么带劲。你觉得钻井设备这门生意很无聊对吧？你该听一听那家伙说话——”

“你说故事比我还差劲。”艾尔莎说。多克放声大笑。另外两张桌子的人悄悄瞪他们，他连忙安静下来，小声说：“不好意思，请原谅，我刚才那通胡话里的重点是，这个滑雪狂全世界最喜欢的就是博登湖地区，因为那儿有罗莎峰，对不对，对不对？你是在罗莎峰学会滑雪的，快承认。”

“我太吃惊了。”艾尔莎说。

“罗莎峰旁边是沙尔峰，也很不错，但比罗莎峰还是差了一丁点，对不对，对不对？”

“百分之百正确。”艾尔莎说。

“前面的话都是我编的。”多克说。

艾尔莎说：“什么？”

“不存在什么滑雪狂，罗莎峰不在博登湖附近，更不存在什么沙尔峰，对不对，对不对？”

艾尔莎没有回答。

贝比望着他们。他不知道究竟发生了什么，但无论是什么，相比之下，他还更喜欢先前多克摸她的时候。

“我在瑞士做过很多生意，我知道他们说话的口音，你不是瑞士人。”

“对。”

“你从哪儿来？”

"从口音听不出来吗？"

"德国，我猜是德国，而且你也不是二十五岁。三十？"

"三十二。你还想知道什么？"

"你的工作签证还有多久到期？"

艾尔莎等了一会儿才开口，她静静地说："你为什么要羞辱我？"

"不为什么。有很多外国人想和美国人结婚，然后他们就可以合法地待在美国了，有时候婚姻的结局不怎么美妙。"

"你是这么想的吗？我想骗婚？你为什么不直接问我？"

"毫无意义，"多克平静地说，"你一句实话都没说过，现在为什么要说？"

"对，没有理由。"就在贝比的注视下，她跑出了小餐室，贝比起身想追出去，多克牢牢地抓住他的手腕。"让她去。"多克说。

贝比扭头对他吼道："为什么？因为你这么说？"

"这是为了你好——"

"狗屁——"

"确实是。"多克抓住他不放手，贝比无法挣脱。多克太强壮了。"我四海为家，我看人很准，全世界有几百万美女想来美国，但她们做不到，她们会用各种各样的办法——"

"我不需要你的批准——"

"你会感谢我的。她走进来的时候我就看穿了她是哪种人——妈的，你写信给我的时候我就猜到了，人们不会像那样坠入爱河，除非有人别有所图——"

"你不知道——"

"我当然知道，该死，相信我——"

"凭什么？你都干了什么？先是对她甜言蜜语，然后把她送上烤架——"

"这是做生意的战术，先软化一个人，让对方放松警惕，我没有别的念头——"

"撒谎没有任何意义——"

多克用的力气更大了。他感觉到了疼痛，但他们依然在这个安静而优雅的房间里小声交谈。"没有人会永远说实话，大家都会隐瞒事情，就像我邀请你去华盛顿的时候，我是真心诚意的。要是我说我收到了那封说抢劫的信，你会以为我请你去是因为你受伤让我惊慌失措了，所以我没说实话——我知道你被抢劫了——但我没有撒谎——我说你应该让她走，她不爱你，你应该忘了她，我也同样没有骗你——"

"你什么都不知道——"

"我知道，你用一用你的脑子，她那么漂亮，为什么会爱你？"

"因为我爱她！"贝比叫道，挣脱开多克的铁掌，跑出餐厅。他险些撞上一个端着咖啡杯的侍者，他旋身让开，继续向前跑，就连背后响起杯子摔碎的声音也没停下，他一步两三级台阶地跑下楼，经过吧台，冲进十月的夜晚，直到踏上人行道才停步，他朝一个方向张望，然后转身看另一个方向，他跳上最近的出租车，以最快速度赶到艾尔莎的住处，使劲按门铃，一次又一次接连不断，但她不在，不在。贝比等了五秒钟，再次按门铃，依然没人回答，五秒钟，继续按，还是没人回答，她不在家，也许他赶在了她前面，也许他快了一步。不，不是这样，显然不是这样。她没有回家，没有回来等他找上门，因为在她心中，是贝比把她领进了陷阱，让她遭受那样的屈辱。在她心中，贝比和多克一样有罪，此刻她大概走在街上，只是向前走，或者坐在黑洞洞的电影院里，但没有看银幕。艾尔莎，她有许多事情要思考。

他爱她。就算她是朝鲜人他也不在乎，他爱她。但她不可能知道，不可能知道经过二十五年的笨拙生活，在她身旁的时候他忽然觉得自己是多么优雅。

现在他只能回家等她打电话了。祈祷她会打电话。他可以在她门口等着，但那样太黏糊了，他讨厌黏糊的犹太人。多克大概会去他的住处，但不可能待太久。他花一分钟就能收拾好行李。他们没有任何话要对彼此说。至少他没有话要对多克说。现在不可能有，绝对不可能。贝比拔腿就跑。他跑得很快，比平时更快，以他的最快速度奔跑，回家这三英里路他不会放慢脚步。贝比的身影撕破黑夜。牙齿疼得要命……

第十六章

快到十一点，他们走进河畔公园，朝着游艇码头而去。拱肩膀的光头让穿黑雨衣的人走在前面。黑雨衣说：“当心，”但只说了个开头就被拱肩膀打断，“说英语。永远。免得被怀疑。”

“遵命。当心脚下。这里非常暗。”

“我不喜欢在这种地方和别人见面。连我那儿的报纸都在说美国公园里暴力活动猖獗。”

“见面地点和暗号是塞拉定的。他喜欢公园。”

“太蠢了。”

“你难道会害怕？”

“你觉得很好笑？”

“是的。”

“我们都接受恐惧的存在，哪怕占上风的时候也一样。有脑子就有知觉。一旦你忘记恐惧，就会被偶然性支配，然后离坟墓就只有一步之遥了。”

十一点整，他们来到游艇码头，然后向北走，经过了约定数量的长椅。十一点零五分左右，他们坐进一张空无一人的长椅，望着哈德逊河。拱肩膀时不时地回头张望。习惯。背后有树木、灌木和阴影，但没有人类的动静。十一点一刻，拱肩膀问：“几点了？”

黑雨衣说："一刻了。你为什么不戴表？"

"我有表，就戴在手腕上，我只是想确定表走得准不准。"

一个年迈的女人蹒跚走过，沿着哈德逊河回家。

"她不该一个人出门的。"拱肩膀说。

"我不认为她是女的，"黑雨衣答道，"很可能是警察。他们如今就喜欢这样。"

"美国。"拱肩膀摇头道。他们默不作声地目送老妇人离开视野。

"时间！"拱肩膀说。

"二十五分了。"

"塞拉迟到了！他想刺激我！"

"塞拉从不迟到。"他们背后响起一个声音。

他们连忙转身。

阴影中响起塞拉的声音。"自从你们走进公园，我就在看着你们提心吊胆——请允许我加一句，我看得非常开心。"

"给我出来！"拱肩膀说。这是他的命令。

但没有得到执行。"难道不先对暗号吗？"塞拉的声音里满是诧异。"怎么能破坏礼节——你对传统的尊重都去哪儿了？"

拱肩膀气呼呼地说："以前这儿可以游泳，"他指着哈德逊河说，"现在，下水就是死路一条。"

黑暗中传来打响指的声音。"我说了你也许不信，"塞拉说，"我完全忘掉了我该怎么回答。"

"'死路有无数条'——说吧——'死路有无数条'——行了，暗号对好了，现在你给我出来。"

“好吧，”塞拉说，“可是，假如我是冒牌货，那就只能怪你了。”

就在拱肩膀的注视下，树丛中忽然分出了一条黑影，沿着稍有坡度的草坪走向他们。

“我必须告诉你，你的行为让我非常生气。”拱肩膀说，他本来还想再说几句的，但塞拉已经来到他的面前，“你想想你都干出了什么狗屁事情，就别唠叨我的行为怎么样了。”

“你很清楚我那么做是为了什么。”

“我们有过生意往来，就这么简单，只是生意关系，但你做的事情和生意毫无关系。”

“做生意的前提是信任，”拱肩膀愤怒地瞪着塞拉，“所以归根结底就是一个问题：我能不能信任你？”

“你从来都不能，但你必须信任我，而且现在已经不信任我了——是你雇了陈，对不对？你已经尝试过要杀我了，所以你就别一脸无辜地说什么‘我能不能信任你’了。”

拱肩膀软了下来。“我们现在怎么办？我当然打不过你，连陈都失败了，我再怎么尝试都毫无意义，徒手格斗对我来说太老了……”说到这儿他停下了，因为说到“意义”的时候他已经握住了刀，因此他不再需要用胡说八道拖延时间。

想阻止一位技巧大师发挥出巅峰水平，需要做的事情其实并不多。这一点会让许多人吃惊，但依然是不容置疑的真相。想防住阿卜杜勒·贾巴尔[①]的勾手投篮，你根本不用撞倒他。你甚至不

① 阿卜杜勒·贾巴尔（Abdul-Jabbar，1947— ），美国 NBA 著名球星。

需要碰到他的手，轻轻一推胳膊肘就足以让导弹射失目标。与此类似，黑雨衣也不需要对塞拉做出太多的事情——只需要牢牢抓住塞拉的手，一瞬间就够了，转眼即逝的一瞬间，这就足够了。

塞拉当然看见了刀——至少是看见了某种武器——他立刻明白过来，拱肩膀即将发动致命攻击，但他并不担心。塞拉也知道他不需要太注意黑雨衣，因为在力量和技巧这两方面，敌人都不可能比得上他。

他是正确的，但他弄错了一点。

黑雨衣并不想和他正面作战，而是牢牢抓住塞拉的双手，持续的时间还不够一次吸气，用这么简单的一个动作拖慢他的反应。但这就足够了。塞拉当然挣脱了他，强壮的双臂飞快地前去保护腹部。

但为时已晚。太晚了。刀已经插了进去。

是匕首吗？塞拉曾经被刀捅过，但从没见过这样的利器，没见过能这么快就插得这么深的利器。他就像用鲜奶油做的小人，匕首（或手术刀，或天晓得什么东西）从他肚脐眼底下插进身体，可怕的速度和力量让塞拉只能诧异地闷哼一声，虚弱地垂下双臂。

刀锋开始向上拉。

塞拉完全没料到拱肩膀居然有这么大的力量，因为无论刀锋有多么锐利，血肉和软骨依然需要力量才能被切开。拱肩膀贴近他，使出更大的力气，刀锋径直撕开他的身体。

塞拉开始喷血。

拱肩膀默不作声，继续给他开膛破肚。

塞拉开始倒下。

拱肩膀让开一步。他非常熟悉死亡，他拔出刀，塞拉还没倒地，他就已经在离开公园的路上了。他知道大块头男人不是已经丧命就是濒临死亡。黑雨衣紧紧地跟着他。

“真是太糟糕了。”拱肩膀说。

“你也是迫不得已。”

“我知道。但事情现在有点难办了。”

黑雨衣知道这是真的。

塞拉躺在长椅上。他了解人体解剖学，知道他已经没戏了。他注定要死，能选择的只有是不是死在哈德逊河畔。

一个肮脏的狗屁地方，夏天臭气熏天，只适合老鼠做窝，想到老鼠会来啃他，他不禁有些动摇。让愤怒驱使你，他对自己说。保持愤怒，愤怒能让你动起来，他强迫大脑还能工作的区域集中精神思考自己有多么愚蠢，居然没有留意来自背后的袭击。等他的死讯传到分局，不知道会引来什么反应。了不起的塞拉，被一个老头子和一个新手联手做掉。

“天哪！”塞拉吼道，他的愤怒激起回声，他弯着腰站了起来。他用双臂抱住身体，尽可能让自己不散架。他踏上离开公园的小径。这一路会很艰难。甚至不可能做到。不。没什么是不可能的。

他是巨岩塞拉。他有他必须坚守的承诺。

第十七章

贝比踱来踱去。

房间很小，腿很长，他没走几步就不得不停下，然后转身再走。此刻他最想做的就是一口气冲到水库，使出浑身解数，看他能绕水库跑多少圈才会力竭倒在十月的草坪上。

他停下脚步，看一眼手表。还没到十二点，但已经不远了。假如艾尔莎愿意打电话给他，那肯定很快就会打了，因为电影即将散场。她离开餐厅时顶多八点半，他们预约的是七点半，这场大灾难从头到尾还不到一个小时。

贝比已经取出了多克的古驰包，收拾好了他的行李。这么做其实挺傻气的——“永远别再踏进我的家门”——做完后他觉得自己像个混蛋，但他刚回到住处时，走进卫生间里看见多克的盥洗用具，他气得神志不清，抓起所有东西，一股脑地塞进该死的古驰包。

还是拿出来吧，他心想。总比踱来踱去有意义。他打开包，看了一会儿。我会把他的东西拿出来放回原处，但我会放得乱七八糟，这样他就会知道我没有原谅他，但我也不是那么小肚鸡肠。

贝比知道多克会怎么说——他只是想保护他的宝贝弟弟。多克会这么说，这大概也是实话，因为自从父亲去世后，照顾他的一直是多克。他当时十岁，多克二十岁，接下来的那些年里，是多克在为他抚平青春期的创伤。他取出多克的衬衫扔回原处，拿出盥洗用品包和该死的勃艮第酒瓶放回去，这时，电话响了。

贝比一把抓起听筒。“艾尔莎？”他说。“他没有问我爱不爱你。我等着他问，但他一直没有问。”

“艾尔莎——听我说——什么都没发生过，听懂了吗？”

她的声音显得很空洞。“我们该怎么办，汤姆？”她说，隔了一会儿，“现在？”

“忘了吧，我说过了——根本不值得记住。”

“我去看电影了。差不多看了两场，我一直在思考。我们不可能忘记，因为发生过的事情就是发生了，我们都在场，而且他揭穿的也都是事实。但他没有问过我在乎什么。”

“我来找你吧？我叫出租车，一秒钟就到。”

“别来。你会抱住我，我会抱住你，我们什么都不会说。我对年龄撒谎是因为你看上去像个孩子，甚至比实际年龄还要小，我不想吓跑你。我对我是德国人撒谎是因为利未是个犹太姓，还有很多犹太人痛恨我们。希特勒死的时候我只有四岁，但很多犹太人认为是全体德国人发动了闪电战。”

“呃，我不是这么想的，让我过去吧，我发誓我只想和你谈谈，就像现在。”

“还不止这些。还有他没问到的事情呢。我结过婚，又离了。我逃跑前险些吼给他听。他只犯了一个错，那就是没有问我爱不爱你。我允许他碰我，假装微笑，因为他是你哥哥，他看上去就是你们美国的那种成功商人，很傲慢，像是在说这个是我的，那个也是我的，我有的是钱，我看见的东西全属于我，连你都是我的，他喝多了，我不想闹得太难看，因为他应该喜欢我，他应该赞成，他是你哥哥，你爱他。我想把今天从日历上撕下来烧掉。”

“今天的事根本没有发生过，”贝比说，“我已经说过一百万遍了，忘记吧。”

“这样的话，伤口反而会溃烂。你不想知道我前夫是什么人吗？”

“实话实说？不，我不想，”贝比撒谎道，“我为什么想知道他是什么人？假如我说我结过婚，假如我不向你描述我的前妻，你难道会突然崩溃吗？不，我没结过婚，没那种事，但去他妈的，假如你告诉我能让你感觉好一点，我肯定不会拦着你。你当时也许还小，对吧？还年轻，他是运动员，英俊潇洒，但很蠢，然而你那么年轻，不可能知道他有多蠢。后来你知道了，就结束了婚姻，是这样吗？”

他听得出她想像条顿人一样板着脸说话，拼命克制住自己不笑出声来。

“多半是扔铅球的，”他继续道，“你们泡菜佬最热爱投掷类运动，球出手的时候他肯定会闷哼一声——喂，你们德国人是不是用德语哼哼？我是说，假如他是美国铅球运动员，球出手时他会叫‘呜呼’，你们呢？‘哦豁’还是什么？”

“真是受不了你。”她终于说，忍不住笑出了声。

真他妈的，我做到了。

“贝比。”

多克站在门口，手臂捂住腹部。

他挂断电话。

“贝比！！！”多克叫道，向弟弟伸出手臂。

他的内脏流了出来。

多克向前倒下。

贝比在他倒地前抓住他，抱住他，用他全部的力气搂住他，直到鲜血浸透了两个人。多克想说什么，贝比努力去听。

大约五十秒后，多克死了。一段漫长的时间。

第十八章

警察的行为很奇怪。

刚开始并不奇怪。但没多久，不寻常的事情就发生了。

贝比静静地坐在角落里。或许他们一开始就很奇怪，只是他没有注意到而已。当时他什么都注意不到。他打电话报警，两个男警察很快就来了，没多久又来了三个。五个人压低声音交谈——至少贝比觉得他们在压低声音交谈，但也许他们并没有。当时他什么都听不见。他只是静静地坐在那儿。静静地坐在一把椅子上。椅子在房间的一角。他的手臂无力地耷拉着。

思考。

现在只剩下他一个人了。他的脑子里只有这一个念头。唯一的一个念头，从一个角度飘过他的脑海，然后是另一个角度。曾几何时，他们一家有四口人。母亲，父亲，多克，贝比。他六岁那年，母亲死于车祸，他没有她的记忆，只见过父亲摆在钢琴上或书架边的几张照片。

杀死她的其实不是车祸。车祸只是用来填表的死因，她驾驶的轿车撞上一棵树，杀死她的其实是丑闻，荷马·维吉尔遭遇的羞辱，这才是她的真实死因。有时候贝比会想象她没有死，而是在佛罗里达，和麦卡锡、肯尼迪还有罗斯福一起消磨时间。每次只要有公众人物去世，坊间总会有传闻说这个人其实在佛罗里达活得好好的。为什么是佛罗里达呢？贝比心想。肯尼迪在佛罗里达过着呆板的生活，斯大林和其他共党分子用炸弹暗杀罗斯福，但他幸免于难，同样在佛罗里达生活，悠闲地晒着太阳。有时候贝比会琢磨，这说不定是个可以写篇论文的好玩题目。前提是你有点偏执妄想，而且喜欢揪住怀疑寻根溯源。就像百慕大三角洲——也是个写论文的好玩题目。

正如他告诉比森塔尔的，发现父亲自杀的是他。在接下来的十五年里，每次只要有了自毁倾向，他就会大喊：“都是你的错，你的错，要是你拿着该死的羊毛文章去找他，他就不会自杀了，你会及时赶到，你本来能让他活下去的！”

然而，哪怕是他在向比森塔尔讲述实情的时候，他也没有完全说实话。因为他只有十岁，能听见父亲在卧室里跌跌撞撞地走来走去，不停咒骂，时而跌倒，他很害怕，害怕要是推门进去，他父亲会对他施暴，因为被打扰而挨揍，带来更多的痛苦，当时他们谁都无法承担的痛苦。简而言之，假如他不是那么怯懦，父亲就不会丧命了。

父亲自杀时多克在上课。除了上学的时间，多克总是待在家里，他在学校里成绩很好，只有化学除外，他讨厌化学课。多克回到家，发现父亲死了，贝比陷入歇斯底里，这就是他的第一反应。“都怪化学课，”他一遍又一遍说，“我要砍掉这门课。要是早点砍掉这门课，就能让他活下来了。”

说来有趣——事实上并非如此——多克自责说父亲的死应该

怪他，而贝比却知道那是胡扯，其实都是自己的错。那篇羊毛文章就是证据。等贝比长到能在言语上和多克匹敌的年纪，这个想法将成为绝佳的证据。没有什么能比痛快淋漓的争吵更泄愤了，两个男人针锋相对，互不相让，将对方的论点砸成碎渣。天哪，他们有过多么美好的时刻，彼此扯着喉咙叫喊，当时的贝比无论怎么努力都跟不上青春期的发展。

现在，不会再有争吵了。

贝比瞥了一眼警察盖在哥哥身上的床单。床单底下无疑有一具尸体，但绝对不可能是多克。贝比很少会想到他自己的死亡，就算想到，画面里也会是多克在安葬他。多克那么高大强壮，从不生病，但贝比不一样，就算辛辛那提爆发流感，贝比待在克利夫兰也会被传染。毫无疑问，贝比去世后，事无巨细多克都会安排得面面俱到，从头到尾不会出任何岔子，全都那么得体和优雅。

警察又在交头接耳了。领头的说不可能是抢劫，因为钱包还在。动机——贝比思考片刻。警察压低声音讨论的肯定是动机。领头的翻了一遍多克的钱包，然后飞快地跑向电话。

贝比猜想，然后情况就变得不寻常了。

首先，他们没有盘问他。哦，问了几句，比方说身份和时间，贝比尽可能说出完整的句子，但他很难做到，因此他只是点头和耸肩。他不想为难警察，他想解释清楚，但当时他的情绪实在不适合交谈。不过，他也不需要解释什么，警察似乎明白他的心情，只问了必不可少的几个问题，而且还问得很简单。

领头的警察对着听筒嘀咕。贝比听不清他在说什么。我应该试着听一听的，他对自己说。他们在谈论的是你哥哥，集中精神听清楚。

但他无法集中精神做任何事情，直到听见艾尔莎的声音在走廊里响起。一名警察堵在门口，贝比起身走向他们，嘟囔着对警察说：“请让一让。”他来到走廊里，看见了艾尔莎。

“你刚才突然挂断电话，我不知道该怎么办。我等了一会儿，但你没有打回来。我必须知道你没出事，所以就来了。”

“多克死了。”贝比说。这么多年以后，他终于泄露了秘密，想也没想地用“多克”称呼他哥哥。但已经无所谓了。两个人之间才存在秘密。“我哥哥死了。谋杀。”

她不相信。看她摇头的样子就知道，她左右转动头部。

“是真的，相信我，好吗？我累极了，艾尔莎。”

“你确定吗？”

贝比的声音开始失控。“有什么不确定的？我不确定他是我哥哥还是不确定他死了？对，他是我哥哥，对，他死了，艾尔莎，我确定。”

“对不起。”她说，后退一步。“我只是担心你。我这就走。”

贝比点点头。

“怎么可能发生这种事？唉，多么可怕的一个城市。是抢劫吗？还是车祸？”

“那是我母亲。”贝比答道，这句话刚说出口，他就看见困惑的神情闪过艾尔莎精致的面庞。就在住处的门口，他挚爱的家人惨死还不到半个小时，贝比居然笑出了声音。他听说过有个女人在同一个小时内发生于两个州的两起事故中分别失去了父亲和儿子。先死的是父亲，她几乎崩溃，得知儿子死讯的时候，她却听见了自己的笑声。并不是她不爱他们，只是有些时候你只能大笑，否则就会陷入狂暴。

听见他的笑声，艾尔莎的表情愈加困惑，他觉得更好笑了，笑着笑着，他注意到艾尔莎的表情，她无疑认为他肯定发癔症了。“我没事。”贝比说。

艾尔莎点点头。

“还有，我爱你。不，我不爱——不久前我爱你，稍微过一段时间我还会爱你，但眼下我没法爱你。”

她走向贝比，用食指碰了碰他的嘴唇，然后贴上他的嘴唇。她转过身，快步走向楼梯，贝比回到房间里。

五分钟后，第一个小平头出现了。

领头的警察走向他，表情非常尊敬。

贝比坐在角落里望着他们。

小平头走到多克旁边，掀开床单，直到露出多克的脸。他看了一会儿，点点头，走过去拿起电话，拨号，开始小声嘀咕。

集中精神，贝比对自己说。听清楚。他抻着耳朵听，但只听见小平头恭敬地说了几次“是，长官”和两次“中校”，除此之外就没什么了。电话挂断。贝比盯着小平头。大概三十来岁，体型很好，肌肉发达但不算特别发达，你不会多看他一眼。只是一个很注重保养的男人，没什么特别的，眼睛里也没什么表情。

赶来的第二个小平头就完全是另一码事了。年纪比较大，四十来岁，个头比较小，但并不瘦弱，肌肉也不松弛。眼神锐利，蓝眼，金发——对平头发型来说颜色太浅，光线从背后照来的时候让他显得像个光头。除此之外，他和靠燕麦广告发财的模特就没什么相似之处了。

他在多克旁边跪下，和前一个只是扫一眼尸体的小平头不同，他仔细勘察了一遍，贝比转开视线，望向房间的另一个角落。那儿的石膏板有不少裂纹，看久了能从中找到你想找的任何一种动物，因此接下来的几分钟他只用耳朵听。

“他肯定被伏击了，中校。”前一个小平头说。贝比听过他打电话的声音，所以知道是他。

“或者是他认识对方。”金发平头答道。说话的应该是他，虽说贝比不敢百分之百肯定。但他拥有你最讨厌的那种权威口气，好像他从来不可能犯错。

“我的人怎么办？”这次是领头的警察。

“你们可以走了。”金发平头说，他显然说了算。

“接下来就交给你们了。”领头的警察说。

贝比正想琢磨究竟是谁能像这样指挥警察，但忽然在石膏板上找到了一头河马，只要能勾勒完线条，就肯定能画出一头漂亮的河马。

“救护车？”金发平头说。

“我来之前就安排好了，”黑发平头答道，“应该已经在底下等着了，叫他们上来吗？”

“立刻。”

贝比望着前一个平头快步出去。金发平头看了他一眼，然后继续研究尸体。贝比扭头接着看河马。

三个男人抬走了多克。前一个平头带着另外两个人。他们身穿白色上衣，贝比看不出他们来自哪家医院，但仔细想来似乎并不重要。

多克被抬了出去。

他们把他搬上担架，担架抬到半空中，出力的是两个白上衣，前一个平头带路。

贝比感觉到自己即将失控。

不。过一阵，可以，但现在不行。别在这些该死的陌生人面前失控。

多克走了。

“要我留下吗？”黑发平头问。

摇头。金发平头。

贝比望着黑发平头出去，关上门。房间里只剩下他们两个人。贝比扭头继续看动物。他找到一只特别好看的猫头鹰，你甚至能听见它在“咕咕”叫。

“咱们似乎应该谈一谈。你很介意吗？”

贝比望向金发平头。他把书桌前的椅子搬到了贝比旁边。

贝比耸耸肩。他甚至不想和艾尔莎说话，为什么会有兴趣和这个傲慢的孙子浪费口水呢？

“我知道这个时候很不合适——”

对！贝比险些吼道。“说对了。给这个天才一盒他妈的棒棒糖。”但不值得他浪费力气，因此他只是耸了耸肩膀。

“我知道你和你哥哥很亲密——”

“你知道——你真的知道？老天在上，你怎么知道？你怎么可能知道任何事情——”

“我不知道，对不起，我只是想打开话题——”

“什么话题？到底发生了什么？你他妈到底是什么中校——”

平头吓了一跳。“你怎么知道我是中校？”他试探道。

“另一个剃平头的走狗这么称呼你——‘中校’，他说的，我听见了。”

“哦，没什么，海军里的称呼。我曾经是海军的一名中校，这是我得到过的最高军衔，就像参议员或副总统，退役后别人还是会这么称呼你，谁知道呢，多半是出于尊重，‘参议员，您好’，或者‘早上好，副总统先生。’”

“胡扯。”

一段长久的沉默，然后对方说：“好吧，你说得对，我不胡扯了。你看，咱们似乎有点合不来，但我们必须好好配合，这个很重要。忘了什么中校不中校的吧。我会解释清楚的。我叫彼得·简威。”他伸出手，露出灿烂的笑容。“叫我简威好了。我的朋友都这么叫我。”

第三部

牙　髓

第十九章

“我不是你的朋友。”贝比说，毫无抬起胳膊和简威握手的意思，简威的手难看地悬在半空中。

“我明白，相信我。但现在并不重要。重要的事情只有一件，那就是你和我必须谈一谈。”他收回手臂，无疑觉得很尴尬。

我应该和他握手的，贝比心想。又不会要了我的命，只是随便握个手而已，有什么大不了的？尽管他的脑袋在这么想，说出口的却完全是另一码事。“和你有关的事情都很重要，对不对？咱们合不合得来很‘重要’，咱们必须谈一谈很‘重要’。假如你有一整个‘重要’事项的清单，最好现在就告诉我。”

“我希望你别这么为难我。”简威说。

“我还没开始为难你呢。”贝比答道，挺欣赏他说出口的这句话。亨弗莱·鲍嘉①就会说出这种台词。不是《非洲女王号》或《卡萨布兰卡》里的著名台词，但放在华纳总安排他演的那种廉价 B 级片里也是镇得住场面的机智回答。

简威叹了口气，做个斟酒的手势。“有什么喝的吗？”

贝比耸耸肩，朝水槽的方向点点头。

---

① 亨弗莱·鲍嘉（Humphrey Bogart，1899—1957），美国男演员，主演《卡萨布兰卡》、《马耳他之鹰》等影片。

简威起身，找到一瓶勃艮第红酒，干净利落地打开。“喝一杯？”他问，朝手边还算干净的杯子里倒酒。

贝比摇摇头，琢磨着他对简威为什么这么刻薄。他看起来似乎挺和蔼，谈吐得体，有礼有节。他让贝比想起……贝比搜肠刮肚想了一会儿，终于想到了：盖茨比——要是简威年轻几岁，留长头发，无疑非常适合演盖茨比。你很喜欢这个人物，为什么要对简威发脾气呢？不是简威本身的问题，他忽然意识到，让他烦恼的是简威这个人非要留下。

因为我需要静一静，贝比心想，我想得到哀悼的机会。

他母亲去世的时候，他太小，所以不记得。他父亲去世的时候，有他和多克共同承担。“我应该早点去的，多克，我应该给他看那篇羊毛的文章。”

“闭嘴，你什么都不知道，都怪我，是我的错，全都是我的错，该死的化学课。”然后他们会陷入沉默，因为无论怎么争吵，父亲都不会起死回生了。

现在轮到多克离开尘世，贝比必须保证他不会死得无声无息。是否流泪并不重要，但他们有过许多欢笑的共同记忆，他必须牢牢记住那些时刻。

简威几口喝掉第一杯酒，然后又倒了一杯，这杯比较少。他回到贝比身旁坐下。

“你认为你能帮帮我吗？”

贝比没有说话。

“听我说，我没兴趣和一个近乎天才的历史学家打嘴仗，假如你想证明你比我会说话，那你已经证明了，游戏结束，我认输，你赢了。”

“谁和你说过我的事情？你怎么知道我学什么专业？”

“回头说，我会解释所有事情的，但现在更重要的是你先回答我几个问题，好吗？”

“不，不好，因为你说‘咱们必须谈一谈很重要’的时候，你的意思是我说你听很重要。也许我非常不会为别人着想，但我哥哥刚被人杀害，要是你不介意，我实在没有和人聊天的心情。”

简威晃动酒杯的红酒，闻了闻。“去换身衣服，”他轻声说，“需要的话，冲个澡。然后咱们继续谈。”

“换衣服？”贝比完全不明白他是什么意思，过了一会儿才想通，“哦。”因为他还穿着怀抱多克去世时的蓝衬衫和灰裤子，衣裤上都是正在干涸的血迹。他用指尖摸了摸血迹。我必须留下这件衬衫，他提醒自己。我要用它包裹父亲的手枪。手枪和备用子弹，全都包在这件衬衫里。真可惜，他没有母亲的纪念物，应该留下一块那棵树的树皮的。贝比诧异地眨眼。树皮？我在想什么？哦，对。留下沾血的衣物。“你还好吧？”简威问。

贝比使劲眨眼，天旋地转。“还好，”他说，声音比他想象中响得多。

“我在寻找动机，”简威说，“相信我，我和你一样，也急于找到凶手。”

“别说这种愚蠢的大话了。他是我哥哥，甚至算是我父亲，他抚养我长大，我一次也没听见过你的名字，因此我比你更急，你难道不同意吗？”

简威犹豫了很长一段时间，最后说：“唉，当然。”

但他的语气很奇怪。贝比望着他，等他说下去。“我和他是同一个行当的，明白吗？我和他认识很久了。”

“我不相信你是石油业的。”

“我不在乎你信什么不信什么，但有一点请你相信——我想抓住杀他的凶手。”

“肯定是什么疯子——这是纽约，每次月圆之夜就会有疯子杀人——毒虫想抢他的钱，他处理得不够机灵，剩下的你都知道了。”

“我不认为存在这种可能性，”简威说，“我认为他的死与政治有关。至少在证实我说的不对之前，我会一直这么认为。我希望你可以尽你所能帮助我。”

“政治？”贝比摇头道，“我的天，为什么？”

“因为只有这样才说得通。你想一想你哥哥做过什么。当然了，还有你父亲。”

“我父亲怎么了？”

简威喝了一口酒。“你难道下定决心要为难我？有这个必要吗？”

“我父亲怎么了？”

“你父亲是荷马·维吉尔·利未啊，老天在上。”

“他是清白的！”

“我没说过他不清白。”

“你说了——妈的，你当然说了，那是你的言下之意。”

“唉，法庭判他有罪，对吧？这比言下之意有用得多，这是事实。”

"他没有！他怎么可能被定罪——"贝比的声音终于失控。"你知道吗？在四年时间里，麦卡锡连一条法律指控都没有提出过——全都是大众意见的法庭在作祟——你知道吗？麦卡锡是个纳粹，他妈的纳粹，他把整个美国吓得连屁都不敢放。我父亲是历史学家，伟大的历史学家，艾奇逊请他去华盛顿，他去了，就像后来的史勒辛格[①]和加尔布雷斯[②]，结果却遭到了麦卡锡的攻击。受苦最多的是两个人——希斯进了监狱，但至少他活了下来，如今在卖文具，还有我父亲。他尝试为自己辩护，但面对狗娘养的纳粹，他毫无胜算——那是一场参议院听证会，我父亲被攻击得体无完肤——每次他想证明一个观点，麦卡锡就开始冷嘲热讽。我父亲说出不着边际的长句，麦卡锡拿他开玩笑。有没有切实的证据根本不重要，麦卡锡杀死了他。麦卡锡杀死了我父亲的自尊，像荷马·维吉尔·利未的这样一个人，沦落到连孩子都开始嘲笑他的时候，那一切就都结束了。1953 年听证会的时候我五岁，父亲从哥大辞职，想写一本书讲述前后经过，洗清自己的名声，让生活恢复正常，但他做不到——第二年我母亲死了，抛下我们三个人走了，父亲开始酗酒。他熬到了 1958 年，在酒瓶里泡了五年，每天跌跌撞撞走来走去。我记得那段时间，真是不堪回首，因为他已经什么都不是了，他已经是个废物了，我愿意付出任何代价去认识以前的他。我读过他写的每一本书，它们都是经典，我读过他发表过的每一篇演讲词，它们都铿锵有力，但我从没见过这个人，我记忆中的父亲不是这个样

① 史勒辛格（Schlesinger，1917—2007），美国作家、历史学家。

② 约翰·加尔布雷斯（John Galbraith，1908—2006），美国经济学家。

子，我认识的只是他留下的空壳，所以你少给我拐弯抹角用那些蠢货指控我父亲，等着看吧，等我写完，所有事情都会白纸黑字地写在我的博士论文里，而——而——”

而你给我停下，贝比对自己说。别说了。他又不在乎。

“而什么？”简威说，不动声色地坐在椅子上看着他。为什么所有人都要瞪着我看呢？为什么所有人都有一双好眼睛和许许多多时间，可以用来瞪着我看呢？比森塔尔，艾尔莎，现在又是这家伙。贝比琢磨了一会儿，考虑这会不会是偏执妄想的早期症状。记下来，他对自己说，有时间了查一查。

“而什么？”简威又说。

“别瞪着我看。”

“对不起。只是因为我感兴趣。”

“别讨好我。”

“那就说完吧。”

“什么？”

“我希望你一吐为快。我提到你父亲，碰到了你的痛处，你的情绪爆发了。刚才那一通训斥只是发泄而已。你不说完，咱们就永远也没法说重要的事情。所以，说完你父亲吧。”

“没什么可说的了。”

“很好，”简威说，“你说了算，那就暂时不讨论他有没有罪了，咱们先说别的事情。”

贝比不敢相信他的耳朵。“你没听见我说了什么吗？”他再次失去了对音调、音量和音色的控制。“他根本没有罪。这是我的博士论文的核心，我要出版我的论文，前后经过都在我的脑子里，我调查了一遍一遍又一遍，我有好几箱笔记，都是事实，没有报纸上的八卦，没有大众偏见，我要用真相为我父亲洗清名声，只有真相，除此无他，但真相能完成使命，你等着瞧，等着瞧……”贝比快要喘不上气了。过了一会儿，他说，“唉。”

简威看着他。

“你存心的，最后这段，关于出版。我都说完了，但你激我继续说下去，对不对？你所谓的一吐为快就是这个意思。”

简威耸耸肩。“大概吧。”

贝比望着他锐利的蓝眼睛。“也许你不像我想象中那么蠢。”

“难说。”简威答道，咧嘴笑了笑，露出满嘴白牙。

他连该死的牙齿都这么整齐，贝比心想。他整个青春期大概都没长过一颗痘。这时他想起自己问过哥哥青春痘和打手枪的关系，打手枪会不会让人长青春痘，因为有个叫韦佛的家伙说有关系，贝比说他胡扯，韦佛答道：“是吗？但我开始打手枪之前从不长痘，你给我解释一下。”贝比解释不了。他在知识竞赛中甚至战胜不了韦佛这样的一个肉头，那天晚上他假装随口提到痤疮和手淫以及两者之间可能存在联系，等他好不容易说完，多克一本正经地想了一会儿，最后说：“《新闻周刊》登过一篇研究报告，统计数字到底是怎么说的来着？”他闭上眼睛，贝比说：“快说啊，不需要确切结果，只需要有个概念就行。”多克答道：“黑头粉刺和打手枪之间绝对不存在因果关系，手淫也不会让人变得意志虚弱。”贝比说：“我就知道韦佛在胡说八道。”多克说：“最诡异的是他们发现了撒谎会让鼻子变长。”贝比正要心有戚戚地点头，忽然意识到他又被多克戏耍了，多克利用了从他心里源源不断涌出的负罪感。不过，多克这么做的时候你并不会生气，不，你会生气，但第一反应是捧腹大笑。

贝比能感觉到自己即将失去控制。希望这家伙离开，他心想，越早越好。他起身给自己倒了一杯勃艮第。

简威在房间的另一侧说："我还在寻找动机。一个特定的原因。今晚与其他晚上有什么区别？"

贝比回去坐下，心想简威确实不傻，因为他刚才用的是个犹太典故，是逾越节仪式中一个问题的变种。

"你为什么不跟我讲讲今晚都发生了什么呢？"

"我在家。他进来。他死了。警察来。你来。"他晃动红酒，闻了闻，琢磨多克会如何形容这种酒香，而他会如何假装打鼾。

简威凑近他。"只有这些？你不会遗漏了什么小细节之类的吧？"

"我在细节上比魔鬼还魔鬼。"

"你希望我先解释一下，是这样吗？"

"我认为这很重要。"贝比答道。

简威叹了口气。

贝比只是坐在那儿。

"我一直在害怕这种事的发生，你都没法想象。"简威说，"你有权知道，但还是让我很难办。我讨厌这样，这是明令禁止的事情。"他深吸一口气，切入正题。"你不会真以为你哥哥是做油井生意的吧？"

“他当然是，做了好多年，否则你以为他靠什么挣钱？”

“我很清楚他靠什么挣戈比，相信我，他和石油最接近的时刻就是他在标准加油站加油的时候。”简威摇摇头，“你真是不可思议，知道吗？他经常说你容易上当，但我做梦也想不到你居然轻信到了这个地步。”

简威在胡扯什么？

“他不可能对我说谎。我和他之间从不说谎——哦，好吧，也许有些无伤大雅的小瞎话，但这怎么了？是人就会偶尔说两句小瞎话。”

“好吧，他住在哪儿？”

“华盛顿。”

“华盛顿是什么的中心？”

“所有——政府。”

“很好。你明白政府的各个部门如何彼此憎恨吗？比方说军队，陆军痛恨海军，海军痛恨空军。为什么？因为曾几何时，军队就等于陆军，然后世界改变，海军成了更光鲜的分支，然后时代又变了，如今空军要风得风，海军上将和陆军将军只能吃土。你想象一下华盛顿如今都在发生什么——电视上从早播到晚，全是烂事。联邦调查局痛恨中央情报局，而两边都痛恨特勤处。他们争吵、抱怨，永远在内斗，离权力的界限越近，抱怨声就越大。边缘总是很锋利，而边缘之间存在缝隙。”

“我们生存于缝隙之中。”说出这句之前，简威先沉默片刻，喝了一口酒，让它成为独立的段落。他是个了不起的骗子，贝比心想。

“我们组建于缝隙变宽之时。具体来说，就是猪湾事件后。到了今天，假如出现某个空洞，联邦调查局无法有效地处理，而特勤处——怎么说呢？——还不能动手，那就轮到我们出场了。”

“你们到底是什么人？”

“假如你还有半点儿智力，那么最让人尴尬的就是这个了。我是达特茅斯的荣誉毕业生，那些代号和口令蠢得让我想尖叫。我们是分局。就这么简单。一个‘分’，一个‘局’。这是个非常不确切的名字，因为这个局之所以存在，只是因为其他组织之间有分歧。”

“你们是做什么的？”

“提供服务。我们的名称就是这个。在被提拔到管理岗位之前，我也曾是一名服务提供者。要是我活得够久，别干什么蠢事，我就有可能掌权。找到杀死你哥哥的凶手对我的事业并非没有帮助。他遇害时就是一位服务提供者。”

“他提供什么服务？”

“任何必须的服务。”

“这么说未免太笼统了。”

“唉，是啊。”

“你说‘任何’服务的时候，不是真的指‘任何’服务吧？”

没有回答。

“我是说，不会包括，呃，不好的事情吧？”

“一位历史学家会用这么简单化的视角观察世界各国角逐终极权力的斗争吗？‘好的事情。不好的事情。卑鄙小人。’”

“他不可能伤害任何人。我百分之百肯定。我不在乎你说什么。”

“你知道塞拉是谁吗？”

“当然，但塞拉不是‘谁’，而是‘什么’，塞拉是一块巨大的礁岩，位于意大利的海岸边。”

“塞拉就是你哥哥的代号。”

贝比摇摇头。他想呼吸新鲜空气，然而他并不需要，并不真的需要，但他需要某些东西。多克，我大概需要多克，贝比心想。我要多克回来。

“随便你摇头好了，这是真的。”

“你在对我说我哥哥是间谍——不，对不起，服务提供者——而我一点也没有觉察到。”

“我在对你说你哥哥是极为优秀的服务提供者，因为你一点都没有觉察到。他喜欢喝苏格兰威士忌，但在你面前只喝红酒。没有一种手枪是他不擅长使用的，但在你面前他假装见到弹珠枪都会惊慌失措。要我说，他最害怕的就是有一天你会找他对质这些事情。”

“为什么？”

“他担心你会不赞成。”

“为什么？我从小到大一直在学他。他开始说某个口头禅，我一定会跟着说。他走路的样子，他的面部表情，每次能穿上他传给我的衣服我都欣喜若狂。我……”他失去了说下去的力量。他筋疲力尽，他浑身血污，在被这个消息震撼之前，他已经耗尽了力气，慷慨激昂地为父亲辩护用掉了大量精力。为一个人辩护总是这么艰难。假如你只需要进攻，生活将变得多么轻松。某天早晨醒来，发现你变成了阿提拉[1]，那该多么美好啊！

“对不起。”简威说，声音很柔和。

“就这些吗？现在我全都知道了？”

“你什么都不知道，顶多知道了冰山上的一角。我向你保证，戴夫的死不会登上《每日新闻》，该处理的已经全处理好了。”

打击从四面八方而来，他无力阻止。“戴夫……”贝比诧异道，“戴夫？”

“我们都叫他戴夫，他要我们这么叫他。原因很简单，你也知道他的中名。他的全名是亨利·戴维·利未。”

贝比向后靠去，闭上眼睛。“这辈子我们在一起的时候，我一次都没有这么叫过他。在人前叫他‘汉克’，私下里叫他‘多克’，来自《我爱谜案》[2]，那是他最喜欢的广播剧。他总在说杰克、多克和蕾吉如何如何，有段时间我叫他蕾吉，但他说：‘不，我宁可当多克。’于是就定下来了。我八岁的时候，他送我去打小联盟，我是投球手，应该是我父亲送我去的，但他醉得不省人事，所以多克就送我去了，我打出一个本垒打。我第一个真正的本垒打。球真的从外野手的脑袋上头飞了出去。大概是因为他们小看了我，以为我是投球手，投球手不该擅长击打，我兴奋极了，回家路上我说：‘多克，我不投球了，我不会去大联盟投球，那是小孩子把戏，我要打长球，多克，

---

① 阿提拉（Attila），古代欧亚大陆匈人领袖与皇帝。

② 《我爱谜案》（*I Love a Mystery*），美国广播剧。

我认为我能挑战贝比·鲁斯的记录。’从此以后我就变成了贝比，除非周围有陌生人在场。”他依然闭着眼睛，“我不认识任何人”的叫声响彻房间。过了一会儿，贝比说：“对不起，现在我没事了。”

简威站起身，在房间里走来走去。贝比睁开眼睛。“晚餐，”简威说，“从晚餐开始说。”

“晚餐很好，晚餐好极了。不——等一等，并不好，对，晚餐糟透了。感觉已经是很久以前了，现在几点？”

“快一点了。”

“才一点？”

“晚餐糟透了。”简威说，静悄悄地走来走去，一会儿在这儿，一会儿到那儿，动作轻快，片刻不停。“能说得具体点吗？”

“晚餐在卢特西，有我和多克——不对，是我和戴夫——还有我女朋友，艾尔莎，需要她的全名吗？”

点点头。

“艾尔莎·欧普，她住在哥大校园附近，西一百一十三街四一一号，电话号码四二七四零零一——”贝比停了下来。“既然这么重要，你为什么不记笔记？”

“因为我们受过训练，什么都不会写下来，这样最好。”他飞快地背诵道，“艾尔莎·欧普——西一一三街四一一号——四二七四零零一。”他喝了一小口红酒。“我向你保证，我听得很仔细。继续说。”

“呃，好……第一个小时，多克一直在揩她的油，她很漂亮，他动手动脚，就好像他是条色狼。”

简威喝了一大口酒。

“结果他只是在哄骗她放松警惕，等她卸下戒备，多克诱使她承认她在对我撒谎——年龄、家乡，等等等等，都是假的——她觉得受到羞辱，就跑掉了。多克和我吵了几句，我跑出去找她，没有找到，我回到家，希望她会打电话给我。最后她终于打了，然后多克忽然回来，剩下的你都知道了。”

“好，你仔细想一想，在你脑海里从头到尾重演一遍。咱们来看一看——楼梯上全是血，因此很明显他迫切地想回到房间里。只是为了见你吗？会不会还有其他原因？任何可能性？”

“比方说？”

“我不知道，但他有没有留给你任何东西，让你保管什么东西，把他的邮件寄到这儿来——诸如此类的？”

“从来没有。没有，长官。”贝比摇摇头，努力回想。“只要你愿意，随便去翻他的手提箱好了，但我认为里面只有几件衣服和盥洗用具，随便你检查好了。”

“假如你不介意，我走的时候会带走他的手提箱。我们会做一些检测，但多半什么都差不多。”

“他忽然出现在门口——靠在门框上——他叫我的名字，然后又叫了一声，很响，‘贝比’——然后就倒了下去，我抓住他，抱着他，直到他死去。然后我搂着他晃了几下。”

简威揉了揉眼睛。“这个开头不坏。”

“我不明白，‘开头’是什么意思？然后呢？”

“我说不准，眼下这个局面，我们或许只能反击——那我们就反击——但按照我的猜想，杀死塞拉的人不会冒险，坐看局势发展得难以收拾。同样符合逻辑的推测是他们认为他知道某些事情。他来纽约时住在你家，而且死在这里，假如换了我是他们，我有理由认为你也知道一些事情。至少有这个可能性。众所周知，人临死的时候会做不寻常的事情。结论：假如我是凶手，我肯定很想问你几个问题。”

“但我什么都不知道——我甚至不知道他在干什么，完全不知道。”

“我知道，你知道，但你告诉我，凶手怎么可能知道？”

贝比不知道该怎么回答了。

“汤姆？”

“怎么了？”

“我要说一些你很难接受的话了。有两个原因。第一，因为我相信有这个可能性。第二，因为我想吓得你魂不附体，这样我说什么你就会做什么。”

“听我说，简威先生——稍等一下。我不想违抗你的意思，我保证。我的精神已经非常紧张了。”

简威点点头，开始收拾多克的物品。“好吧，那我说说我认为你会遇到什么事。”

“我不确定我想不想听。”贝比说，然后又说，“你认为我会遇到什么事？”

简威从手上的东西移开视线。“我认为他们会来抓你，我认为他们会拷问你，我认为他们最后会杀死你……”

第二十章

简威在沉默中收拾完多克的行李。过了一阵，他问："还醒着吗？"

贝比点点头。

"只是我的猜想，但这个行当做久了，你就会产生对这种事情的直觉，知道其他人的脑子会怎么运转。在我们这个行当里，任何人的直系亲属受到伤害，我们自然而然地就会认为那不是意外。戴夫说过你被抢劫和他为什么来找你——他想劝你去华盛顿待一阵。"他拉上手提包的拉链。"我猜他在这儿留了些备用的东西，以防短缺。"

"你就别给我下套了——这个问题你已经问过了，他有没有留给我什么东西，我也已经回答过了，不，没有。"

转瞬即逝的笑容。"看来你不愧是你哥哥的弟弟。"

简威走向房门，贝比站起身。

"我住在卡莱尔饭店——我们石油业的喜欢享受——就在公园对面，很近，需要什么就打电话给我——七四四一六零零，二一零一房间。"他伸手抓住门把手。"听我说——我们要到明天上午才能安排人员监视你，在此之前只能交给警察，我对纽约的蓝衣精英谈不上有多少信心。所以你照我说的做，锁好门，在房间里过夜，懂了吗？”

“监控？开什么玩笑！”

简威转身瞪着贝比。“我没叫你当苦行僧，只是希望你待在房间里，直到我信得过的人赶到。”

“然后呢？我下半辈子永远会有平头混蛋鬼鬼祟祟跟着我？”

“你可以享受优待，跟着你的都是知识分子和长发佬。你听我说——我和戴夫共事了很长时间，我和他非常亲近，请相信我，我和他会在地狱相聚的，他有无数理由可以怪罪我，但我不想因为没有照顾好你而被他骂得狗血淋头。所以你就按我说的做，别再跟我胡扯了。”

“既然你这么关心我的健康，为什么要留下我一个人呢？”

简威放下手提包。“原因不是明摆着的吗？要是凶手不来找你，我们该怎么抓住他们呢？你以为我们在和白痴打交道吗？你以为他们会闯进你家里，看一眼说：‘妈的，他搬走了，’而我们从壁橱里跳出来，大喊一声：‘举起手来，肮脏的家伙？’假如你不待在房间里，他们肯定会发现，然后就不会来了。就算你待在这儿，他们说不定也不会来。风险必然存在，他们知道我们的大脑是怎么运转的，他们会猜到有人监控。但假如他们想不出其他办法——我认为实情确实如此——就肯定会来找你。”

“换句话说，你既想照顾我，又想利用我当诱饵。”

简威第一次露出疲态。“我想逮住杀死他的凶手。我找不到更好的办法。要是你能想到，千万记得告诉我。要是你想和我一起去卡莱尔饭店，老天在上，请你直说。我帮你安排房间。我带你去华盛顿躲起来，等风头过去再说。无论你想要什么，告诉我就行。”

贝比甚至没有犹豫，鲍嘉从不犹豫。“我没有生气，简威先生，我发誓，只是好奇而已。你已经把话说清楚了，我认为这是个好办法。明白吗？历史学家很少有机会亲身冒险，这是个坐书斋的行当，知道我在说什么吗？从早到晚坐在椅子上一动不动，读书，读书，读书。再说，下午之前我也不打算出门，因此你要我做的就是我本来要做的事情，只是没有警察保护而已。”贝比看得出简威在仔细打量他，想搞清楚他说的是不是实话。但他并不在意，因为这就是实话。要是书桌最底下的抽屉里没有一把上膛的手枪，他不知道自己还能不能这么从容，但这只是迂腐的想象而已。他有枪，他会像硬汉似的开枪。

要是简威的猜想真能成为现实，那该多么美好啊，他很快就可以亲手复仇了。要是杀死多克的凶手胆敢摸上门，他就开枪轰飞他们，看着他们死去。他抬起手，抚摸多克留在他衬衫上的血迹。

“好吧，”简威最后说，“我走，你待着。怎么联系我？”

“卡莱尔饭店，七四四一六零零，二一零一。”

简威不禁动容。

“我是我哥哥的弟弟不是没有原因的。”贝比说。

“我走了就锁上门。”简威命令他，拎起手提箱走了。

他出去后，贝比锁上门。

所有人都走了。

一切都消失了。

最重要的是多克。

可以哀悼了。

贝比走过去，坐进角落里的那把椅子。现在没有任何障碍了，他不再需要筑起心防。他坐在椅子上，一动不动，形影相吊，荷马·维吉尔·利未和蕾贝卡·利未的结合只剩下了他一个人。

现在他真的孤独一人了，这个可怕字眼的内涵有了意义。可以回去享受温暖的老家不存在了。这间破破烂烂的学生宿舍已经变成了他的老家，光是这一点就足以让他哀恸不已。年久失修的四方形小房间，狭小的壁橱，狭小的水槽，永远带着水锈的自来水，没有窗户的狭小卫生间，狭小的浴缸，一扇开裂的窗户藏在角落里，发霉的窗框永远吹不进风——

——我的天！窗户——该死的窗户，关紧了吗，插上插销了吗，要是没有，他们就有可能从消防梯爬上来，躲在黑暗中，取出带消音器的枪，闯进房间，拷问他，杀死他，然后扬长而去。

贝比跑过去检查窗户。

当然关好了。

白痴，他对自己说。因为这种蠢事吓唬自己。这会儿他有更重要的事要做，他还要哀悼他的哥哥：只剩下我能这么对你说了。

贝比回到椅子上坐下，清理大脑，准备哀悼。

做不到。

“多克啊，”他大声说，“对不起，看来只能改天了。”因为事实上，尽管非常可怕和古怪，成年以后他就再也没有冒过险，冒险的兴奋感赶走了思考的能力。鲍嘉和卡格尼，他们三天两头就要冒险一次。爱德华·罗宾逊[①]也一样。今天终于轮到他了。

托马斯·巴宾顿·利未或许、可能有危险。

太好了。

随便那群门廊小子叫我爬虫好了。随便所有人看不起我好了。利未心想，也许我应该取出手枪塞进衣袋，但不是全塞进去，大摇大摆地从门廊小子面前走过，让他们看见咱有喷子，吓得那群狗娘养的屁滚尿流，小流氓的头目大概会鼓起勇气小声说：呃，先生，那是一把……一把那什么吗？而他，利未，会转过身，露出最像艾伦·拉德[②]的笑容，他想必会说：我说不准；不如你来招惹我，自己看看清楚？

你需要一句更带劲的回答，利未对自己说。能让心脏停跳的俏皮话。让我想一想……

别费劲了，利未对自己说。简威说过，中午之前你不能出去。

去他妈的简威。我又不是小孩子。

“我又不是小孩子。”利未说。我是一名历史学家，历史学家有选择的自由，只有马克思主义者除外，而他不搞那一套。他是自由身，他想来就来想走就走，从租下这猪窝到现在他怎么生活，现今就还是怎么生活。

---

① 爱德华·罗宾逊（Edward G.Robinson，1893—1973），美国男演员，好莱坞黄金时代的当红明星。

② 艾伦·拉德（Alan Ladd，1913—1964），美国男演员。

他不是在纽约西九十五街活着过完了一整个夏天吗？没有遇到过任何意外，除了那次抢劫，但抢劫发生在公园里，对吧？既然你能在西九十五街活过一个夏天，能在没有空调的房间里熬过八月，那就不需要剃平头的什么服务提供者告诉你什么安全什么不安全。

他坐在椅子上，异常冷静，直到听见有人在撬他的窗户。

事后想来，考虑到重重因素，贝比认为他的反应相当不错。他没有惊慌，没有尖叫或逃跑，而是跑过房间，拉开书桌最底下的抽屉，他握住手枪，起身时扳开击铁，同时抬起手臂瞄准窗户。

但窗外似乎没有人。

肯定只是木头开裂的声音，老建筑常有这种事，尤其是这幢屋子，剩下的都怪他的想象力。贝比站在那里，双手持枪，没有犯傻的感觉，也不觉得自豪。

而是感到害怕。

他记得恐惧进入心灵的确切时刻，就是他握住手枪的那个瞬间。因为这是现实，在这个现实中，他的哥哥惨遭杀害，他说不定也有这个危险。

贝比开始冒汗。

天哪，我需要新鲜空气。他走向窗户，但又停下脚步。外面没有新鲜空气，只有扬尘和尾气。再说，消防梯没有照明，说不定有凶手躲在暗处。

他汗出如浆，舌头发干，要是能喝一杯蛋蜜乳就好了，凉丝丝的，让人放松——也能克制胃里的翻腾。路口卖蛋蜜乳的老头多半已经打烊了。也许还没有？遇到炎热的夜晚，只要有生意他就不会关门。就算小摊已经打烊，也好过他一个人待在房间里，惊恐逐渐积累，听见响动就举枪瞄准。贝比小心翼翼地把枪放进防风外套的口袋，拿上钱包和钥匙，走出房间。

该死，心脏在怦怦乱跳。

卡格尼连想都不会多想，鲍嘉不会带枪去喝蛋蜜乳，而贝比却是那么惊恐，他蹑手蹑脚地走下灯火通明的楼梯，明知道喝不到那杯巧克力、冷牛奶和苏打水的混合饮料，但依然走了出去。

贝比慢慢地走向底楼。每隔五六步，他就突然停下脚步，转身观察和聆听，确定没有人悄无声息地跟着他。

他继续下楼，继续发神经似的急停和转身，右手揣在防风外套的口袋里，牢牢地握着枪柄。

天哪，恐惧正在征服我，贝比心想。

仅仅几分钟之前，我还因为冒险而欣喜呢。

现在不是了。

他来到他那幢楼的门厅里，踌躇不前，隔着门上的玻璃向街道张望，想找到警察的身影。

他没有看见任何人。

他小心翼翼地走进黑夜，心脏依然怦怦乱跳，随时准备掏枪开火。小阳春正在鼎盛期，没有一丝风，吹不干他的浑身大汗。

"喂，麦伦德斯，"一个门廊小子说，"爬虫出来了。"

"喂，爬虫，该上床睡觉了。"贝比听见有人说，他转过身，克制住掏枪的冲动，因为他知道肯定是那群门廊匪帮。四个年轻人坐在他们那幢楼的台阶上喝啤酒和抽烟。有两个是女的，一个很漂亮。多半在抽大麻。

说他该上床睡觉的是他们的头领，显然名叫麦伦德斯，天气炎热，他光着上半身，只穿一条牛仔裤。“喂，爬虫，只穿一件小外套，你不怕得感冒吗？”他对贝比喊道。“要不要把我的风雪衣借给你？”其他几个人大笑。

这个麦伦德斯比我能说，贝比心想。他沉思片刻，因为这样就能不去想自己的处境有多么愚蠢了——半夜一点多上街找蛋蜜乳，口袋里是一把扳起击铁的上膛手枪。一个十六岁的少年犯不该能够压我一头的，贝比心想。他尽量装得不为所动，漫不经心地问：“能问一声最近的蛋蜜乳摊子在哪儿吗？”

“你是说还在营业的最近的蛋蜜乳摊子吧？”麦伦德斯答道，“要是你实在想喝，可以破门闯进拐角那家——其他蛋蜜乳成瘾的毒虫都是这么干的。”一帮人再次笑得前仰后合。

贝比受到羞辱，只好退了回去。何等的惨败，被一个西班牙裔弥尔顿·伯利[1]挖苦得说不出话来。贝比跑上楼，冲到他的房间门口，开锁，提心吊胆地进去，转身又锁好门。他掏出枪，检查窗户插销有没有插紧，看卫生间里有没有人。他猛地拉开壁橱门，确定没有人躲在运动外套后面，他越来越觉得自己在犯傻，但还是跪倒在地，确定没有人躲在床底下。检查完毕，他穿过房间拿起电话，拨通卡莱尔饭店，要二一零一房间，铃声还没响到第二

---

① 弥尔顿·伯利（Milton Berle，1908—2002），美国电影喜剧演员。

下，听筒里就响起了简威的声音，简威急切地大声说：“什么事？”

贝比有些尴尬。“是我。”

“汤姆，怎么了？快说。”

“没什么。没什么重要的。”

“汤姆——是你打给我的，没忘记吧？你肯定有话想说。”

“我只是……我正要洗澡睡觉，只是想通知你一声，一切都很正常。”

“撒谎。”

贝比几乎能看见那双锐利的蓝眼睛在盯着他。“你离开后，我变得异常兴奋，但没有持续多久——我很害怕，简威先生，我想找人聊聊，就是这样。任何人都行。你够格……”贝比等了一会儿，但听筒里一片寂静。“我刚才在开玩笑。”贝比说。

“现在还害怕吗？”

“不害怕了。要不是我已经控制住了自己，我是绝对不会打电话的，我不想让你觉得我是个白痴。”

“撒谎。”

“我已经好多了。我不希望你以为我待在房间里走来走去对自己咯咯笑，我肯定已经走上了恢复的道路。真的。”

“要我过来吗？”

“不用了，长官。”

“要我过来接你，带你回酒店吗？”

“真的不用了。”

“我不是在可怜你，你明白的。”

“是的，我明白，长官，但假如你过来，凶手就会知道我不是一个人，假如我去你那儿，他们就会知道我家里没人。暂时先保持现状吧，这样最好。”

“他们今晚多半不会采取行动——他们甚至不知道塞拉已经死了——他们返回袭击他的地点，会发现他不在那里。他们会检查周围的情况，这是需要时间的。就算你过来，也不会破坏逮住凶手的机会，我说真的，我不喜欢你说话的语气。”

“也许那是因为我有点担心，我打电话的真正原因是外面没人监视，简威先生。警察根本没有露面。”

简威沉默了。

“我看得非常仔细。我不可能弄错。”

“你出去了。”简威说，贝比听得出他开始生气。“我只说过一件你不该做的事情，但你还是出去了。”

“只出去了一秒钟，转身就回来了。”

“利未？”

“怎么了？”

“你本来就不该看见监控人员的。我从分局调了四个人，明早坐第一班飞机过来。等他们接手的时候，你以为他们会穿着汗衫大摇大摆过来说，‘别慌，我是来监视人的。’”

“你没必要哄我高兴，我只是告诉你一些我认为你应该知道的情报而已。”

“我没在哄你高兴，换了我是你，我会一溜烟地跑过来。卡莱尔饭店。今晚我离开的时候，你门口有个警察。没穿制服，但肯定在，留着好看的长头发，假装吸多了大麻。”他顿了顿，“我不喜欢你的行为和语气。休息几个小时，我六点过来。你给我把闹钟设在六点差一刻，因为要是我来的时候你没煮好咖啡，你那条小命就会遇到真正的危险。”

“谢谢，简威先生。”

“没什么。我是你哥哥的朋友。”

他们挂断电话，贝比终于开始脱衣服，从他瘦削的身体上脱掉血迹斑斑的衣服。他走进卫生间，打开两个水龙头，直到锈水流完，排掉浴缸里的水，重新打开水龙头。他继续脱衣服，考虑要不要把枪带进卫生间。他的精神太紧张，搞不好会在拿肥皂的时候一枪崩掉他那活儿，《罗德奖学金得主在浴缸中自宫》。《每日新闻》说不定会加个头版:《以为他听见政府走狗摸进房间》。

贝比把枪放回书桌抽屉里的原处，回到卫生间，关掉水龙头，然后又出去找读物。他在浴缸里完成了许多他最优秀的研究，论到沉思、复习笔记和重读历史著作，没有什么比热水更有用的了。但现在该看什么呢？他环顾四周，灯光刺眼，只有四盏没有灯罩的廉价台灯摆在四个有用的位置上，一盏在床头，两盏在书桌左右，一盏在角落里的阅读椅旁边。

他选了考尔斯的《1913》，尽管她算不上著名的历史学家，但她选择的这一年对世界各国都很有意义，你必须先完全掌握一些重点和细节，然后才能明白随后而来的不但有战争，还有 1920 年代。他拿起一身干净睡衣，走进卫生间。

需要锁门吗？

贝比把睡裤放在毛巾架上，思考片刻。他能感觉到心跳又开始加速了。为什么要锁门？他以前从不锁门，现在也不会屈服于自己的恐惧。关上门，没问题，虽说以前他没有养成这个习惯。但关门没什么了不起的，关门不代表你是懦夫。

他开始爬进浴缸，先用大脚趾试水温，太烫了。他拧开冷水龙头，巨大的噪音让他立刻又拧上了龙头，因为震耳欲聋的水声正适合歹徒悄悄溜进来。震耳欲聋？他住处的冷水龙头只能淌出涓涓细流，他居然说它“震耳欲聋”？贝比傻乎乎地站在装满水的浴缸旁，等待水温变得能够忍受。水温终于合适了，他坐进浴缸，熟练地用大脚趾拧上冷水龙头，开始翻书。看了一会儿，他合上书，用双手抓住，然后闭上眼睛。

他就是这么整理事实的。他能够命令一本书遵从他。每次他仔细读完一本书，再次拿起这本书的时候，他会用双手抓紧它，命令事实列队走进他的脑海。那年夏天的伦敦很热。酷暑带走许多条人命。卡朋蒂埃[①]只用几秒钟就击倒了比利·威尔斯，一个法国佬打得一个英国人毫无还手之力。女性参政的呼声越来越高，一位倡导者在德比赛马会上跳到国王的马的铁蹄下，为理想献出生命。探戈舞红极一时。贝比停顿片刻，尽管他不跳舞，但他确定这里面有某种非常本源的东西，好像什么地方有篇专题论文，在世界范围内比较一个时代走红的舞蹈及其寓意，应该不是政治内涵，肯定与时代对性爱和鲜血的渴望有关——

① 乔治·卡朋蒂埃（George Carpentier，1894—1975），法国拳击运动员。

——咔哒一声。

我的天，那是什么声音？贝比躺在那儿无法动弹，只有双眼止不住地眨动，因为他听见了，他听见了！——听见了什么？——那咔哒一声是什么？——从外面空无一人的房间传进来的，它还能是什么声音？

什么都不是，他对自己说。和今晚你听见的其他声音一样，没有任何异常之处。只是古老房屋的某个地方腐烂开裂，别大惊小怪！

但听上去完全不像。那咔哒一声不一样，像是台灯被关掉的声音。不，不是“像是”，就是台灯被关掉的声音。

贝比从浴缸里探出身子，他望向门底下的缝隙，想知道外面是不是变暗了，但他什么都看不出来。他要怎样？他是成年人，知道怎么保护自己，尤其是根本没有东西需要担心的时候。

什么都没有。

外面有四盏灯，假如听见四次刚才的声音，响起四次咔哒声，那你恐怕就有麻烦需要处理了。但你没听见，所以你就忘了吧。

继续回想 1913 年。

德国人费了九牛二虎之力，终于让齐柏林飞艇顺利上天。奔驰已是一家欣欣向荣的车厂，克虏伯家族富可敌国，这时候国际关系还没有变得紧张，军需品还没有成为第一重要的物资，还有——咔哒一声。

贝比从浴缸里蹿出半个身子，一把锁上卫生间的门。这个动作掀起波澜，哗啦啦的水声让他很难听见其他响动，但等他回到浴缸里，周围安静下来，他就立刻闭上眼睛，拼命抻着耳朵去听。

没有任何声音。

有可能是四盏灯中的两盏被关掉了，也有可能是两次木头开裂的声音。他坐在浴缸里不敢动弹，毫无疑问，他非常担心，但同时也有点高兴，因为惊恐没有变得不可收拾。他的大脑还在运转，逻辑依然正常，逻辑说假如外面有人在关灯，那他们不会关掉两盏或三盏就罢手，而是会让房间变得一片漆黑，因此你先别害怕，等听见第四响咔哒声再说，假如真的听见了，那么——

——咔哒。

《1913》，贝比在脑海里下令，瘦骨嶙峋的双手使出全身力量，紧紧抓住这本书。俄罗斯。他紧闭双眼。俄罗斯。沉睡的巨人。尼古拉斯还在掌权，但拉斯普京正在飞快地向上爬，他对亚历山德拉的影响力与日俱增，她儿子每次血友病发作都会被他“治好”，而医生们只会站在一旁束手无策。列宁不休不眠地为伟大事业奋斗，前途一片光明。美国？金钱。金钱，只有金钱。范德比尔特家族举办宴会，弗朗兹·莱哈尔[①]亲自指挥乐队，克莱斯勒[②]和艾尔曼[③]拉小提琴，不止如此，他们甚至请来了卡鲁索[④]，用他美妙的男高音娱乐宾客。怎么样？全世界都在滑向深渊，美国却风平浪静，你请恩里科本人亲临现场，扯着喉咙娱乐你和你的四百位

---

① 弗朗兹·莱哈尔（Franz Lehar，1870—1948），奥地利作曲家。

② 弗里茨·克莱斯勒（Fritz Kreisler，1875—1962），美籍奥地利小提琴家、作曲家。

③ 米夏·艾尔曼（Mischa Elman，1891—1967），俄罗斯小提琴家。

④ 恩里科·卡鲁索（Enrico Caruso，1873—1921），意大利男高音歌唱家。

亲友。有意思。我们怎么会这么脱离时代？难怪最后一切终于爆发，终于——

——最后的咔哒一声。

贝比已经做好了准备。他冷静地放下书，对自己说：接下来会是第五响咔哒声。假如真的有，那就说明刚才的咔哒声并不是在关灯，而是木头开裂的声音，我的四盏灯都好好地亮着，外间亮堂得很。

很快就会有第五响咔哒声，他重复道。

我完全相信第五响咔哒声很快就会响起，因为逻辑命令它必然会来，假如你把生命交给逻辑，那就不会见到不确定因素的小小征兆便急着说“永别”了。

他的处境很简单：他只需要等着听见第五响咔哒声就行了，等它响起，就躺回去继续看书。

要是它迟迟不来呢？

同样很简单。出去，锁好门，因为修建这个猪窝的年代，无论什么建筑物都修得非常结实，让他们尝试破门而入好了，他们费尽力气只会得到肩膀脱臼和扭伤——活该。

除非他们是巨人。巨人三下五除二就能把门撞成碎片。说不定他们会带来开门的专家，要是他们有这种人，几秒钟的工夫就能打开一扇门。

“救命。”贝比叫道，刚开始只是试探着叫一叫，因为他从没喊过救命，至少没有认真地喊过。哎呀，小时候当然喊过，小孩子经常喊救命，但意思其实是“别让这只蜜蜂追我了”，而不是“救救我，救救我的小命！”

——咔哒。

贝比躺回浴缸里，谢天谢地，墙很厚，否则他就必须出去，身上滴着水，满脸不好意思地向陌生邻居解释，说您肯定是搞错了，我没有喊救命，我为什么会做这种事情呢？不，贝比心想，这样会惹邻居生气，因为邻居毕竟是在做好事，所以他应该说，“哦，你也听见有人喊救命了？我也听见了，是从外面街上传来的，大概是那帮门廊小子在抢劫，等一等，我去穿衣服，咱们出去看看。”对半夜三更赶来帮忙的邻居这么说才合情合理，不过既然听见了第五响咔哒声，现在也不重要了——

——吱嘎声。

贝比屏住呼吸。第五响声音是这个，而不是咔哒声，只是听起来很像。吱嘎声，此刻再次响起——

——又是一声。

吱嘎。

有人在卸浴室门的铰链。

“救命！”贝比叫道，但声音不够大，他又喊了一声。“救命！”这次他用上了浑身的力气，肺活量全都派上了用场，他正要开始尖叫，却听见了让他魂飞魄散的声音。比其他响动都可怕的声音。

房间里响起了震天响的摇滚乐，收音机的音量开到最大，他叫破喉咙都无法与之匹敌。

吱嘎。

吱嘎。

吱嘎。

吱嘎。

贝比跳出浴缸，前后左右寻找能用来反抗的东西。他们要进来抓他，狗娘养的，我为什么用电动剃须器？他父亲更爱用剃刀，贝比喜欢看着他用剃刀刮掉胡须茬，要是他能在这方面学习老爸，这会儿手上就会有一把剃刀了，等他们闯进浴室，他就冷静地放翻他们，等他们失去抵抗力，他再打电话报警，那该多好啊——

不，现实不是这样——别胡思乱想了——因为你没有剃刀。

但他有枪。

问题是该怎么拿到枪呢？贝比光着身子站在浴室的角落里，绝望地思考他该怎么办，但能想到的只有先穿上衣服。他们冲进来，他却光着身子，那就太羞辱了——不穿衣服就不可能认真反抗，你的要害全都露在外面，随便对方攻击——他飞快地穿上衣服，睡衣睡裤，扎紧睡裤的腰带，系上睡衣的所有纽扣。

好了，贝比心想。这就好多了。

好多了？好多了，白痴，他们要来抓你，你只是穿上睡衣，居然会觉得自己很了不起？快想办法！

他想到了。

“救命啊！”贝比喊道，“救救我，救命，快救命！”敌人把摇滚乐的音量又开大了一点，正中他下怀，因为听见他大喊“天哪救命啊谁来救救我”，他们肯定会认为他已经绝望，而他就希望他们这么想，因为只要他们怀着这种念头，就不会料到他会反戈一击，他会打开浴室门，冲进黑暗，奔向书桌，拿到枪就立刻开火，根本不瞄准，拿起来就开枪，因为等他们知道他有枪，他就占了上风，就占据了全部的有利因素，因为和他们在一个房间里的是个枪手，他有致命武器，而且准备杀人。“救命啊！”贝比喊道，悄悄走向房门。“天哪，快来救我！”他嚎叫道，手指伸向门锁。“我的天，难道就没人来救我吗！”他尖叫道，他的双手做好准备，一只手抓住门把手，另一只手抓住锁纽，他发出最后一声恳求：“求求你们了！”他转动门锁，拉开房门，准备扑倒在地，滚向书桌。

但他被堵了个正着。

瘸子挡住去路，宽肩膀扑上来，把他撞回卫生间里，贝比昏头转向地心想：天哪，他们又要痛揍我一顿了，他无力地挣扎反抗，但毫无用处，宽肩膀把他按倒在地，卫生间的灯光随即熄灭，只剩下摇滚乐在轰鸣。贝比被按回浴缸里，两条腿踢起水花，脑袋被牢牢地压在水底下，因此他知道这次不会挨揍，这次他们想淹死他。

没有空气。连摇滚乐的声音也听不见了。整个世界只剩下一双巨手按住他，无论他怎么踢腾，无论他使出多少力气挣扎，企图找到一线生机。他的踢腾越来越无力，频率越来越低。他愿意放弃，也可以放弃，因为简威说过这些人多半就是杀死多克的凶手，想到多克，一股力量油然而生，虽然不多，但足以让他从水里抬起头，有那么一瞬间，他又听见了轰鸣的摇滚乐。

但只持续了一瞬间。巨手牢牢地按住他。不可能让它们动摇。没有办法了。原来死亡就是这个感觉，贝比心想。他在水里闭上眼睛。其实也没那么可怕，他心想，没有你想象中那么可怕。

但他想咳嗽，他张开嘴，温水涌进嘴里，巨手依然按着他。不，贝比意识到，他说错了，死亡没那么可怕的念头是错误的。大错特错。比想象中更可怕。

第二十一章

贝比在一个房间里醒来，浑身湿漉漉的，睡衣睡裤还在滴水，他被绑在椅子上。房间里只有他一个人，而他——咦，怎么？——还活着。

他使劲眨眼，梳理他得到的各种印象。这个房间没什么出奇的——单色墙壁，狭小，但很亮——似乎有点不同寻常。椅子也没什么出奇的——但随着他向后躺去，他意识到椅背有些倾斜。他可以在一定程度内调整角度，然而不管怎么调整都舒服不了，因为他从头到脚都被死死绑住，因此无论如何都不可能舒服。从遇袭到现在肯定过去了一段时间，但不可能太久，否则衣服应该比现在更干。房间没有窗户，但他敢打赌此刻依然是夜里，顶多三点左右。总而言之，他很不舒服，沦为俘虏，无疑成了某些不睡觉的虐待狂凶手的阶下囚。

但谁在乎呢？他还在呼吸。

我的天，贝比心想，呼吸，一个多么被低估的生理机能——应该命名一个全国呼吸周，在一年中选个好时节，比方说深秋，空气质量最好的那几天，让大众出门使劲呼吸新鲜空气。这种念头太轻浮了，不是历史学家应有的表现——假如托马斯·卡莱尔[①]重写历史的时候也这么轻浮，这个世界现在会是什么模样？——但他忍不住，他依然活着，地球在旋转，他的脑袋也在转。他根本没有理由要抱怨。

背后响起一个声音："他醒了。"瘸子走进视野，低头看着他。

又是一阵脚步声，宽肩膀来到椅子的另一侧，同样低头看着他。他抱着一捧叠得整整齐齐的白毛巾。

"给我。"瘸子说。

宽肩膀把毛巾从椅子上方递给他。

"按住他的脑袋，这是最重要的。"瘸子说，声音忽然变成耳语——因为他们背后响起了急促的脚步声。

贝比望着两个男人微微挺直身体，就像简威刚走进他房间时警察和第一个平头的样子。

但来的不是简威。来者是个光头，身体强壮，拱着肩膀。蓝眼睛——异常明亮，比森塔尔都不如他。强壮如公牛的一个男人，但贝比在校园里待了很久，足以一眼看出这个男人无疑聪明绝顶。男人一只手拿着一块卷起来的毛巾，另一只手拎着一个黑色皮包。他指了指椅子旁，要他们拿一盏落地灯过来。瘸子连忙去拿，拱肩膀开口了。他的声音很轻："安全吗？"

贝比没有为这个问题做好准备。"什么？"

"安全吗？"

---

① 托马斯·卡莱尔（Thomas Carlyle，1795—1881），苏格兰评论家、历史学家、讽刺作家。

“什么？”

“安全吗？”

“什么安全吗？”

拱肩膀还是那么耐心。“安全吗？”

“我不知道你在说什么。”

音调毫无变化。“安全吗？”

贝比的声音开始变高。“我没法告诉你安不安全，因为我不知道你在问什么，所以请你问得具体一点，要是我答得上来，我一定会告诉你。”

“安全吗？”拱肩膀说，安稳如山。

“我没法回答你。”

“安全吗？”

“我不知道——你没听见吗？我不知道——告诉我你在问什么。”

“安全吗？”仿佛机器。

简直是水刑。“对，”贝比说，“非常安全。安全得你都没法相信。好了，满意了吧？”

“安全吗？”

“我说安全你不满意？那就不安全好了。不，不安全——非常危险。你要留神。”

拱肩膀的耐心依然仿佛多得用不完，但这次的声音里多了几分决断。“安全吗？”贝比平静地答道：“我实在不知道你到底要我说什么。”拱肩膀终于动了起来，贝比并不觉得奇怪。拱肩膀朝大块头打个手势，贝比立刻感觉到巨手按住他头部的两侧，牢牢地固定住他的脑袋。瘸子将落地灯拿到椅子旁放下。

拱肩膀放下黑色皮包，打开毛巾，贝比看见一组闪闪发亮的细长工具。房间里很热，光头选择工具时在微微出汗，瘸子一言不发地拿起一块小毛巾，擦干净他的额头。大块头用一只手扳开贝比的嘴巴。拱肩膀拿起带弯角的牙医窥视镜，然后拿起一件圆头工具。他聚精会神地开始做事，蓝眼睛一动不动地看着他。

天哪，贝比心想，他难道要清理我的牙齿？

太疯狂了。拱肩膀的工具在贝比嘴里飞快地移动，这儿扣扣，那儿敲敲，动作非常灵巧。不知道我能不能问他一声我那颗蛀牙怎么样，贝比心想，不知道他收多少钱。去他妈的，来都来了，出几块钱，这家伙至少可以帮我补个牙洞。有那么一瞬间，贝比想大笑。

但他当然没有笑，因为并不好笑。

因为事实上非常可怕。牙医都很吓人，无论他们在检查室里放什么音乐，无论他们给你打多少麻药。这种恐惧非常原始，超越了疼痛。

牙医意味着恐惧。就像《惊魂记》里的浴室一幕，拉着浴帘冲澡这种行为里就有某种无意识的恐怖之处。牙医也一样。你永远不知道接下来会发生什么。

天哪，我害怕了，贝比心想，我必须努力克服恐惧。他盯着那双蓝眼睛，心想，我不该害怕的。他离伤害我还远着呢，而他本来可以伤害我的，他第一眼就看见了那颗蛀牙。现在他回到蛀牙上，用挖匙小心翼翼地碰了碰，依然不疼。贝比是个千里挑一的好患者——做通常处理的时候他根本不打麻药，因为他讨厌针头，几个小时的麻木比几分钟的不舒服更加难受。光头轻柔地清理牙洞，刮掉腐坏的组织。蛀牙是一颗上门牙，贝比坐在椅子上，享受疯狂牙医的伺候，有很多事情他一无所知，但他百分之百相信一点事实：光头的手艺好得可怕。

他的手指有力而稳定，动作堪比光速，清理腐坏组织时，他的手指快得令人不安。贝比被固定在椅子上，望着那双蓝眼睛，它们专注得令人难以置信。毫不动摇，绝不分心。掏牙洞的过程持续了很久很久。几分钟后，拱肩膀停下动作，拿起另一件工具，盯着蛀牙看了好一会儿。“安全吗？”他说，声音和先前一样耐心而冷静，在得到想要的答案之前，他似乎能等待无限长的时间，但贝比只能答道：“我之前说过了，现在我再说一遍，我发誓，我不知道。”他本来会说完这句话的，但只说到一半，拱肩膀就把他新拿起的工具——一根探查针——扎进蛀洞，直刺牙根的活神经。

贝比的上半个脑袋炸飞了。

他从未体验过这么突如其来的剧痛，几乎在被袭击的同时就开始惨叫，但光头立刻拔出探查针，大块头用手捂住贝比的嘴巴，因此惨叫未能顺利成形，只是发闷的小小痛哼，孩童的一声呜咽。

“安全吗？”拱肩膀耐心地重复道，声音几乎称得上温柔。

贝比流出了眼泪——他忍不住，这是生理反应。“我不——”他正要说下去，但再次被打断了，大块头扳开他的嘴，拱肩膀将锐利的工具扎进蛀洞，深深地刺入神经。

贝比开始昏厥，但就在他昏过去之前，拱肩膀再次拔出工具，他没有能够失去知觉。光头看着他，蓝眼睛里流露出温和的关切。这个人，他知晓疼痛；他知道你该扎多深，知道该什么时候拔出来。他再次向毛巾伸出手，这次拿起的是个小药瓶。“丁香油。”他说，这是他第一次说出其他话，他用手指沾了一滴液体，大块头扳开贝比的嘴巴，光头把手指按在蛀洞上。

天哪，贝比心想，这个狗娘养的要杀了我。

但没有。

光头用液体轻轻按摩蛀牙，剧痛像变魔术似的开始消失。“难以置信，对吧？”光头说，“只是小小一滴丁香油，就能产生这么美妙的效果。”

贝比的舌头越过手指，舔着那颗蛀牙。牙医露出微笑，又取了一滴丁香油，按住蛀牙按摩，动作娴熟，疼痛逐渐消失。

贝比的呼吸开始恢复正常。

“生活可以——请允许我这么说——变得非常简单。”牙医暂停片刻，瘸子伸出手，擦掉几乎看不见的汗水。他举起丁香油：“舒适，”又举起探查针：“痛苦。”他拿过瘸子手上的毛巾，轻轻擦拭贝比的五官。“你似乎是一位很聪明的年轻人，能够分辨光明与黑暗，炎热与寒冷。比起我招牌式的折磨，想必你也愿意选择另一样。因此请让我再问你一次：安全吗？花点时间，想清楚了再回答。”

“天哪，请听我——”

“你太着急了，没有花时间思考。我不会重复我的问题了。现在你已经知道我想问什么和问题的含义了。因此，等你想清楚再回答吧。”

过了一会儿，贝比说：“我……”

蓝眼睛耐心地等着他。

贝比摇摇头“……我没法让你满意……你到底想知道什么？……因为……我不……”然后他又说，“……求求你，我求求你，别——别这样，耶稣在上，别这样。”因为大块头再次扳开他的嘴巴，拱肩膀光头牙医手里的探查针伸进嘴里，刺进蛀洞，向上，越来越深，比上次还要深——天哪！贝比心想，他要扎进我的大脑！他的感官终于撑不住了，他的身体瘫软下去，失去了大半知觉，绳子松开，他听见牙医下令道：“卡尔，带他去空房间——拿上丁香油，还有嗅盐——让他做好准备，动作快点。”

“你觉得他知道吗？”瘸子问。

“他当然知道，”牙医答道，“但他非常固执。”一段长久的沉默后，贝比听见了他这辈子听见过的最恐怖的一句话：“接下来我要让他吃点真正的苦头了。”

宽肩膀的卡尔抱起他，离开明亮的房间，走进一条长走廊，贝比使劲眨眼。这里似乎是个车厢式公寓，来到走廊尽头，卡尔推开一扇门，把贝比扔在角落里的床上，把嗅盐瓶放在他鼻子底下，贝比眨眼，咳嗽，再次咳嗽，他止不住地咳嗽，企图转过去，但卡尔不许他转过去，他躲不掉难闻的嗅盐，等他终于能够睁开眼睛了，卡尔说：“给你。”拿起装丁香油的小瓶，在贝比的手指上滴了几滴，贝比贪婪地把手指按在受创的部位，想再次赶走疼痛，他舔了舔那颗牙齿，舌头的温度也算一种安慰，他再次伸出手指，卡尔又滴了几滴，贝比在混沌的脑海里挤出一个念头，他在想人生和人生中的坎坷，在想人生之路真是起伏不定，低谷过后往往有高峰，几分钟前他才听见了生命中最恐怖的一句话——拱肩膀声称要让他吃点真正的苦头，迄今为止的剧痛只是热身，前奏，小孩子的把戏——但没过几分钟，他却亲眼看见了苦难生命中最难能可贵的光辉景象，因为就在卡尔的背后，一个人悄无声息地摸进了门，不是别人，正是简威，而且还拿着他这辈子见过的最美丽的匕首……

第二十二章

贝比意识到他必须移开视线，不是从简威身上，更是从卡尔身上，因为假如大块头看见他的眼睛，就会知道有什么东西在他背后十英尺的地方，只要他即使转身，简威就死定了，因为就算简威有刀，卡尔依然能靠蛮力取胜。“……求求你……再给我一点……”贝比喃喃道，眼睛盯着身体下的床垫。“……再给我一点……”他颤巍巍地伸出手指去接丁香油。

但卡尔没有给他丁香油，而是把嗅盐瓶塞在了他鼻子底下，突如其来的呛人气味让贝比翻身躲避，从床垫上掉了下去，他作呕、咳嗽，这种感觉难受极了，但让他有机会望向简威，看简威如何神奇地伸出慈悲的援手。

还有八英尺。也许七英尺。

简威悄无声息地摸了上来。

转开视线！贝比命令道，随即遵从自己的呵斥，强迫身体恢复单侧手肘撑地的姿势。“……另一样……求你了……另一样……太疼了……”这次卡尔真的给了他丁香油，滴了几滴在贝比的手指上，贝比连忙把手指塞进嘴里，一次又一次按摩受伤的蛀牙。无论这东西是什么，无论它含有什么，它都很好用，因为他嘴里的剧痛正在迅速消散，但他不能让卡尔知道这一点，否则大块头就会把他拖回那把椅子上——咦，简威去哪儿了？他为什么这么慢？

贝比克制不住自己，他冒险飞快地瞥了一眼，简威已经很近了，虽说还不足以发动精确的攻势，但已经走完了一大半路程，而且没有发出任何声音。他肯定有印第安人的血统，贝比心想，能够悄无声息地穿过一个房间，他垂下视线，按摩牙齿，用舌头舔，发出虚弱的享受声音。

还剩下三英尺。

越来越近。越……来……越……近。

“……求你了，再给我一点……”贝比说，他大概说得太快或者太响了，也可能两者兼有，而且他还朝简威看了一眼。

他犯的错误究竟是什么并不重要，重要的是结果非常不妙，因为卡尔毫无前兆地转过身，一眼看见了简威，他以令人惊诧的速度跳了起来，同时发出警告的叫声，能杀死人的粗壮手臂已经摆出干掉简威的姿势。

卡尔是职业高手。

但贝比从没见过谁的动作能比简威更加敏捷，因为他只用一个快得让人眼花缭乱的动作，就钻进了大块头的臂展之中，推着他转动半圈，用左臂勒住卡尔的喉咙，用左侧髋部当支点，将卡尔微微抬离地面。

然后简威的右手动了。

贝比看得清清楚楚。他盯着卡尔那张农夫脸，简威的右手击中目标。卡尔惨叫得像个婴儿，向前翻倒在床垫上，简威的匕首插在他身上，假如你在一个人后背与心口相对的位置画个叉，刀柄此刻就出现在那里。

简威抓住贝比，把他从地上拉起来，拖着他跑出房间，跑过列车式公寓的走廊，打开一扇门，通往街道的楼梯台阶出现在眼前，他朝贝比大喊：“快走！”瘸子从走廊另一头冒了出来，手里拿着枪。但简威早有准备，因为他手里也有一把枪，他开了一枪、两枪，贝比以最快速度跑下台阶，用双手牢牢抓住栏杆，背后传来瘸子的惊叫声，直到简威开了第三枪。简威跟着贝比跑下台阶，轻而易举地追上他，扶着他跑完剩下的那段路。街道很黑，空无一人，贝比不知道他在什么鬼地方。他们刚离开的是一幢用木板钉住窗户的贫民住房，旁边有一个仓库，贝比只来得及辨认出这么多，就被简威拖着向前跑了，他不在乎贝比是不是脚下发软，他拉开车门，喊道：“进去——不，该死，后面——上后座躺下。”贝比按他说的做，但动作不够快，简威使劲推了他一把，命令道：“躺下——躺在地上，别动！”等贝比躺好，简威摔上车门，转动点火钥匙，把油门踩到底，轿车呼啸着驶入黑夜。

“好了，现在线索开始拼起来了，你听我说，别插嘴。”简威开口道，但贝比说：“我能起来吗？——现在没事了吧？——几点了？——我们在哪儿？——到底发生了什么？你救了我的命，真是太好了，谢谢。”

“你为什么要打断我？我只求你做一件事——”

“我也不想这么没礼貌，但这辈子第一次有人救了我的命，我想让你知道我有多么感激——”

“怎么又来了？”简威说，“听我说，要是我回答你的问题，你能乖乖听着，直到我说完吗？”

“我会尽量不插嘴的，我保证。”

“好吧——你能起来吗？答案是不能，我不知道他们的行动范围有多大，你的脑袋越久不出现，就越有可能留在肩膀上。我们在哪儿？西五十街，西边尽头靠近哈德逊河，仓库区，大多数时间没什么人，除了白天有卡车来来往往，肉类仓库。现在大约四点左右。还有，我知道我救了你，事情发生的时候我在场，我需要的不是你说谢谢，而是你闭上嘴，保持沉默，利未，听懂了吗？——我说闭嘴的时候，你能不能乖乖听话？”

“好的，长官。”贝比在后排说，他躺在地上，整个人都快折成两半了。熟悉简威这家伙之后，就会发现他的为人其实不坏。唔，也许我是被宠坏了，就喜欢自说自话，但假如有人把你从痛苦和死亡中拯救出来，你很快就能改掉吹毛求疵的坏习惯。

简威急转弯，急得像是只有两个车轮着地，轮胎在黑暗中尖啸。“好了。第一个家伙，大块头，他叫佛朗茨·卡尔，真正的人渣，这大概已经是对他最美化的形容了。他以为他是什么悍匪，喜欢让别人受苦——尤其是女人。他本来可以去南方当个狱卒的——他憎恨黑人。那大概就是他想象中的天堂了，无所事事地坐着喝啤酒，觉得闷了就揍黑人。不是什么好东西，上帝作证。

“我开枪打死的叫彼得·埃尔哈德。他是卡尔的堂兄和老板。更高一级的人渣。我们刚逃出来的那地方是他们的住处。那地方不属于他们，只是有人叫他们住进去，他们就住了进去。给他们一个足够简单的任务，你就可以当作任务已经完成了。这是他们最了不起的成就，他们能按照简单的命令做事，完成某个目标。”

“什么目标？”

“闭嘴——听说过约瑟夫·门格勒[1]或克里斯蒂安·赛尔吗？”

后排一阵沉默。

“该死的，利未，回答我。”

“对不起，简威先生，是我误会了，我以为你叫我闭嘴的。”

“是的，但刚才是我在直接问你。”简威又拐过一个弯，车轮再次发出抗议声。“门格勒或赛尔？没听说过？”

“天哪。”简威爆发了。“你不是自称什么了不起的历史学家吗？难道除了希特勒就不知道其他德国人了？希特勒听说过吗？”

“马丁·鲍曼[2]？”贝比试探道。

“鲍曼死了，几乎可以肯定——对，我知道，我知道，报纸上总说他在波哥大逍遥法外，甚至在格罗辛格经营他的单身汉乐园，但大多数顶尖的纳粹猎手都认为他死了，他们的胜率高得出奇，我没兴趣和他们争辩。但赛尔和门格勒不一样，所有人都认为他们还在人世。他们是奥斯维辛实验室的头目，是还没落网的最后两名德国要员。”

贝比尽量在后排躺得舒服一点，但地板太硬也太窄，牙齿也开始抽痛。轿车每次颠簸，他都像是脸上挨了一拳。

---

① 约瑟夫·门格勒（Josef Mengele，1911—1979），德国纳粹党卫军和奥斯维辛集中营的“医师”。

② 马丁·鲍曼（Martin Bormann，1900—1945），纳粹德国时期纳粹党党务中心领导人。

“他们能活下来的原因很简单：比其他人都聪明。他们的绰号是‘孪生天使。’门格勒被称为‘死亡天使’，赛尔是‘白天使’，因为他有一头漂亮得惊人的少白头。门格勒是哲学博士和医学博士，但公认是两者中比较笨的一个。”他以闪电般的车速碾过一个大坑，轿车颠得飞了起来。

贝比不由自主地惨叫。

“怎么了？”

“没什么，没事，你接着说——你到底想说什么？你刚杀死的那两个人，他们为这对‘孪生天使’做事？”

“不，只为赛尔。但赛尔手下不止他们两个人，相信我，你知道这些纳粹头目有钱到什么程度吗？”

“不知道。亿万富翁？”

“你这么说肯定不会有人怪你太夸张，原因很简单，1944 年 8 月，他们看到大势已去，几个纳粹高层凑了凑，用五亿美元向阿根廷换取新身份。这帮人蹂躏了一块大陆。戈林[①]在 1945 年自杀——你知道他大肆掠夺犹太人的油画吧——他死后，人们发现他的收藏价值两亿美元。当时的两亿美元。考虑到艺术品市场的发展和美元汇率的变化，放在今天至少是十亿。”

轿车再次颠簸。

“我的天。”贝比叫道。

“确实难以想象。”简威继续道，“门格勒生下来就是富豪，但

① 赫尔曼·戈林（Hermann Göring，1893—1946），纳粹德国政军领袖。

赛尔只能靠自己打拼。他是门格勒的学生，部分因为他才华横溢，部分因为他的相貌。要知道，门格勒厌恶自己的长相——他认为他长得像犹太人甚至吉普赛人，而重点在于他确实像。他做了那么多可怕的事情，有一半理由是他发疯般地想改变自己的外貌，但他企图让男人长奶子和在后背移植手臂的原因就不得而知了。”

“他没有这么做。”贝比说。

“不，他只是没有成功，但无疑尝试过。好了，这是门格勒，现在忘了他吧，因为赛尔才是我想说的重点。我说过他出身贫寒，因此他先收集的自然是黄金，风声很快传遍了奥斯维辛，说他这个人可以被收买，你付足够多的钱给克里斯蒂安·赛尔就可以逃出集中营，刚开始他还真的放了几个人出去，数量刚好够让风声继续流传下去。那些倒霉的犹太可怜虫啊，唉，他们想尽方法保留了一些值钱的个人物品，主要手段是塞进肛门，和普通的囚犯没什么区别。他们去找赛尔，更准确地说是求见他，而他只肯见最有钱的那些人，他和他们做交易，但等他们把所有的值钱物品——钻石等等——交给了他，他就杀死他们。

“他和门格勒在实验室都掌握生杀大权，考虑到门格勒对他们犯下的恐怖罪行，犹太人选择相信赛尔也就不足为怪了。他们必须冒这个风险，因为门格勒在收割生命，他相信只要研究得足够久，他就能培育出蓝眼睛的人类。”简威深吸一口气。“好了，汤姆，背景故事就说到这儿了。都听明白了吗？”

“明白。但这和我有什么关系呢？”

“赛尔的父亲在两周前死于一场意外事故。”

“所以呢？”

“记得我说过赛尔刚开始收集的是黄金吧？很好，因为没多久他就迷上了钻石。他把所有东西都换成钻石。不要油画，不要现金，只要钻石，无论是抢夺还是换取，只要钻石。谁也不知道他有多少钻石，但 1945 年他成功地帮他父亲用假身份混出德国，老头子来了这儿。”

“美国？”

“纽约。他在约克维尔有个姐姐，他用假名和她一起生活。后来他姐姐死了，但他留了下来。他留在纽约，它们也一样。”

“‘它们’？”

“赛尔的钻石。赛尔把钻石交给了父亲，只留下他认为在南美生活需要的一小部分。刚开始他住在阿根廷，直到贝隆倒台，然后他逃到了巴拉圭。那些钻石一直留在这儿，因为赛尔希望这样。万一他被抓住，这笔财富能依然安全，他可以用钻石换取自由。他父亲租了个保管箱，每次赛尔需要资金了，他就会传话给老头子。他们建立起了一套信使机制。拿出来的钻石会流向当时价格最高的钻石市场——有时候是瑞士，有时候是西德——赛尔把得到的现金换成巴拉圭货币，他继续过他的好日子，直到再次需要资金。一切都运转得井井有条，直到老头子在车祸中丧命。你要知道，除了租用者和一名代理人，谁也不能打开那个保管箱。设立代理人就是为了防备意外死亡这种事情。赛尔就是他父亲租保管箱时设立的代理人，现在的情况是他的手下正在评估局势，看他偷偷潜入美国一两天有多危险。风险系数会不会太高？那是他们的难题。就个人而言，我认为他肯定会来，他别无选择，他不能丢掉他那笔财富。”

风险系数，贝比心想，风险系数。他问：“之前你说赛尔先收集的‘自然’是黄金。这个‘自然’是什么意思？”

“原因很简单——他出了名的喜欢黄金——他会撬掉犹太人的假牙，奥斯维辛的焚尸炉里没留下多少黄金。赛尔是个牙医。”听见最后这句，贝比忍不住从后排伸出了脑袋。“他不是要来美国，简威先生。他已经来了。他就在这儿。”

简威转过身，盯着贝比看了一秒钟，然后转身继续开车。“不可能。”他隔了一会儿说。“我们会收到风声的。”又隔了一会儿，他说：“低下你的脑袋。”又隔了一会儿：“你为什么这么想？”

“因为险些杀死我的就是个牙医，而不是卡尔或埃尔哈德。”

“你继续说。”简威的声音里多了一丝激动，贝比感觉到他的音调渐渐高了起来。

“他一遍又一遍地对我说同一句话：‘安全吗？安全吗？’”

“他什么样子——蓝眼睛？——满头白发？——”

“我的天，眼睛绝对没错，蓝得出奇，但他是光头，一根头发都没有，但——”

“但这没有任何意义，头发可以剃掉！继续说。”

“他太可怕了。伤害我的时候，他的经验丰富得让人难以置信——他知道我会在什么时候昏过去，他知道我会在哪个瞬间失去知觉。”

“他说的‘安全吗？’应该指的是‘我来美国取钻石安全

吗？'——我，克里斯蒂安·赛尔，来美国去银行取钻石安全吗？一旦他拿到那些钻石，抢劫他就会得到一大笔财富，五千万美元，甚至五个五千万，而且都不用缴税。"他越说越激动。"狗娘养的，那个龟孙子来了美国，吓得心惊胆战，不敢采取行动！"简威几乎在喊叫了。"换了我也会吓得心惊胆战，因为他拿着那笔财富离开银行就毫无防备之力了——他不可能去报警说他被抢劫了！"

"我还是不明白和我有什么关系。"

"很显然，狗娘养的认为你哥哥在死前对你说了什么。"

"你的意思是多克和赛尔有关系？"

"我们的工作还有另外一面：有时候我们向其他国家出售机密情报——别担心，我们知道他们知道我们的秘密。赛尔之所以能活着，是因为他在告发其他纳粹。因此每次有针对他的逮捕行动，他就会提前得到通知并及时脱身。落网的纳粹逃犯已经上千，其中与赛尔有关的应该在二十五到五十人之间。你哥哥是赛尔的联络人。赛尔的父亲把钻石交给埃尔哈德，埃尔哈德把钻石交给你哥哥，他出差时顺便带钻石去欧洲。爱丁堡。那儿有个开古董店的家伙负责销赃。多年来始终有传闻说他偷赛尔的钱——你明白的，卖东西得五十万，但只给赛尔四十五万，不过他非常清楚哪儿的市场最适合出手，所以这份业务一直是他的。总而言之，如我所说，他偷钱也只是传闻而已。他把现金交给一名信使，信使带钱去巴拉圭交给赛尔。整个做法差不多就是这样。"简威再次转弯，加快车速。"汤姆，现在我要问你一个问题了，求求你，你必须跟我说实话，无论对你来说有多么艰难。"

“你问吧。”

“别继续保护你哥哥了——你显然没有说实话——他被开膛的时候应该当场死亡才对，我很熟悉身体创伤，请记住这个，我检查过他的尸体，也请记住这个。他肯定特别想见到你，坚持活到那个时候只可能有一个原因，那就是告诉你什么事情，重要得无与伦比的事情。他做出那么罕见的举动，不可能只是为了喊两声‘贝比’然后就倒地而死。好了。现在该说出来了。这个问题的答案至关重要：他到底说了什么？”

贝比一动不动地躺在后排的地板上。“所有重要的事情我都告诉你了，我发誓。”

“那就有可能是什么看似不重要的事情——他已经死了，他不再需要你的保护了，无论你说什么都不可能吓住我，我这个行当经常有人说一些可怕的话，我听说过他有多危险，他是双重间谍，他手脚不干净，他是发狂的同性恋，无论我听说过有关他的什么话，我敢打赌他都听说过有关我的可怕一万倍的话。但我们现在的敌人是个该死的纳粹，他在人间泼洒的鲜血足够让我们在里面游泳，一辈子都不可能游到对岸。所以，老天在上，他到底跟你说了什么？”

“什么都没说……”

“妈的。”简威说，他踩下刹车，直到轿车停稳。

贝比探出脑袋。

他们回到了起点，那幢用木板封死窗户的房屋，卡尔和埃尔哈德等在门口。“我没法让他开口。”简威说，钻出车门。“交给赛尔了。”

“不！”贝比尖叫。“你杀了他们！”

“你太容易相信人了，”简威说，“迟早会让你吃苦头的。”又是那个一闪而过的笑容。“所谓迟早，就是现在。”

卡尔伸手抓住贝比，贝比已经丧失了抵抗的力气。三分钟后，他又被绑在了椅子上。

第四部

死亡马拉松

第二十三章

卡尔和埃尔哈德把贝比捆结实后，简威说："快点儿，你们谁去叫一下赛尔。"

卡尔望向简威。"轮不到你发号施令。"

"哎呀，别这样，别这样。"埃尔哈德说，一瘸一拐地走出去。"我们没时间了。"卡尔跟着他出去。

贝比直勾勾地盯着简威。"全都是撒谎，对不对？什么你是多克的好朋友，全都是屁话。"简威沉默了几秒钟，贝比注视着他，再也找不到他和盖茨比的相似之处了。简威其实更像尼克松的律师迪安，所谓的"引水鱼"——为了权力而游弋于巨鲨周围的小东西。

"塞拉是个浪漫的傻瓜，他的性格最终害死了他。他一直想用他的热情胸怀征服他的爱恋对象，但他的每一个情人都对他不忠。他和我的交情始终没有他想象中那么深——事业在先，享乐在后，这话是谁说的来着？"好看的笑容再次浮现，他又变成了盖茨比。"你以为是谁帮他和赛尔牵线的？"

走廊里再次响起了脚步声。

就像卡尔和埃尔哈德听见脚步声就站直了身体，简威此刻也是这样。盖茨比消失了，引水鱼重新出现。

“那就后会有期了。”简威说。房间里只剩下了贝比和赛尔。所有东西都和先前一模一样：明亮的落地灯，干净的毛巾，黑色皮包放在近处。赛尔站在水槽前洗手。洗完手，他甩了甩，用毛巾擦干净。他把双手放在最亮的一盏灯下仔细查看。有什么地方让他不满意，他回到水槽前再次洗刷，这次比刚才更加用力。洗完手，他把双手放在灯下查看，同时开始说话：“请你原谅，我这人非常爱干净，可以说是我的怪癖。在我居住的地方，洗衣女工每天都来洗衣服。她很有天赋。”他又拿起一块毛巾，边擦手边转向贝比。“所以，你是塞拉的弟弟。”

贝比没有回答。

“哎呀，别这样——现在咱们该聊聊了。疼痛有很大一部分来自精神，请相信我，你很快就会体验到更多的疼痛。但现在我们先谈一谈会比较好。你不想知道你是怎么被骗的吗？枪里装的是空包弹，匕首的刀刃是可伸缩的，仔细多看一会儿就会露馅，但不仔细看就挺能糊弄人的，你说对不对？”

贝比没有说话。

赛尔走到他身旁。“‘托马斯·巴宾顿’，简威说这是你的名字。无疑来自那位伟大的英国历史学家。熟人怎么称呼你？应该是‘汤姆’吧？”

贝比闭上眼睛。

“听我说几句，我明白你对我怀有一定的反感，但你要明白，我想和你聊聊，虽然现在我说了算，但我不会逼一个没有谈兴的人开口。因此，假如你不想和我说话，没问题，你高兴就好；但假如我想继续钻你那颗蛀牙，同样没问题，我高兴就好。”

贝比立刻睁开了眼睛，他说：“你为什么几乎没有口音？我了解语言，德语的口音很难藏得住。”

赛尔几乎露出了微笑。“简威提醒过我说你很聪明，但连我都没有料到会有这么一个开场白。我以为你会问‘你想对我做什么？’也许打听一下你哥哥的情况。但你的第一枪居然打向了我引以为傲的事情，我不得不向你致敬。”

“我只是对语言感兴趣而已，语言是社会历史的一部分。”贝比说，又说，“你想对我做什么？”

“不好的事情。”赛尔发出预言，然后毫不停顿地说，“我小时候有失读症，这种疾病——”

“我知道什么是失读症——你看不懂文字。”

“了不起。”赛尔说。

“没什么了不起的，只是我不讨厌学习，因此我读了很多书，我辅修英语文学和心理学，两者都和历史有关系。具体是什么不好的事情，你能提前告诉我吗？我这人不是很喜欢惊喜。”

“我们在谈失读症和我的童年问题，我不会随便改变话题，因为，首先，是你在问我，其次也是最重要的，随着我们的交谈，你越来越恐惧，你已经预料到了会有疼痛，我猜你的蛀牙比两分钟前疼得更厉害了，对吧？这个问题不需要回答。”

“确实是。”贝比答道。

“小时候我过得很艰难——我不需要犹太人的同情，但你肯定能想象我的童年过得不是那么快乐，因为虽然我很聪明——我知道我很聪明——性格积极向上，但周围所有人都认为我比较迟钝，甚至有智力障碍。总而言之，我一直讨厌文字。我的书法——假如称得上书法的话——到今天还像狗爬，我厌恶词源学、语言学，但形态学让我入迷。我猜你也知道什么是形态学。”

贝比点点头。

“那就好，你明白我的意思。屈折变化也让我入迷。我热爱口语表达。还有一点。”

“什么？”

“过去这四分之一个世纪我住在南美洲，实在无事可做。假如你不是革命者，肯定会觉得南美是个无聊的地方。因此我会说德语——这是当然的——会说西班牙语——这也是当然的——还会说法语、英式英语和美式英语。目前我正在学习意大利语。不过有一点很可惜，我年纪太大，已经不适合开始学中文了。”

“俄语呢？”贝比说。

“这话就泄露了你的年龄。”赛尔说，“身为一名历史学家，你还有需要填补的知识缺口。考虑到我们对俄国人做的事情，学俄语和学希伯来语一样毫无意义。”赛尔摇摇头。“我周围都是些狂人。”他望向贝比，放声大笑。“你一定觉得很好玩对吧？因为你肯定认为我是个狂人。”

“不，并不是这样。”贝比说，“听我说，每个人都有他的小小怪癖，你说你是清白的，我相信就好。”他点点头，尽可能挤出一个诚恳的表情。

“我十二岁睡了女仆之后就不再清白了。我没说过我是清白的。我只是说我从不参与那些疯狂的幻想。无论哪个实验对象落到我手里，都必定存在一个说得通的理由。”

“实验对象？”

“人体实验的对象。实验室里的叫法。你的牙齿怎么样，疼得很厉害吧？”

贝比点点头。

“希望有人能来救你吗？”

贝比再次点头。

“有这个可能性，但可能性非常小。永远不要放弃希望。这幢楼登记在我父亲名下，房客只有埃尔哈德和卡尔两个人。请你不要放弃希望。希望能够延长痛苦。一个人丧失了激情，就会变得懒散，成为一具行尸走肉。你很难强迫这么一个人吐露真相。”

“我已经告诉了你真相。”贝比说，“我告诉了你，也告诉了简威。说了一百次。我什么都不知道。”

“我给了你哥哥丰厚的酬劳，他带钻石去苏格兰可以得到可观的佣金。我信任他能做好这件事。只有在和金钱有关的事情上，你才能信任犹太人。你或许有不同的想法，没问题，我不想和你争。但这种信任是有限额的。塞拉为我工作了好几年，但我父亲去世后，局势就不一样了。我认为你哥哥打算在我带着钻石走出银行后杀死我，你认为呢？”

“我什么都不知道。”贝比说。

“但我不相信。你哥哥之所以值得信赖，是因为他爱钱。说到底，他毕竟是美国人，爱财如命算是这个国家的传统。当然了，这话说得有点夸张，但并非全无根据。他曾经是我的信使，而且非常出色，他身体强壮，携带武器，机敏警觉，谁都不可能抢劫他。他提供服务，这些年得到了不少报酬，但都是一点一点拿到的。今天一笔，明天再一笔。可是，几千几千数钱的日子已经过去了，我们像量子跳跃似的改变了轨道。我们现在谈的是数以百万计的财富。而我们面对的也是另一个塞拉，我有理由相信，他对你怀着深厚的感情，我同样有理由相信，他死在你的怀抱中，因此我无法忽视你或许知道些什么的可能性，也许只知道一丁点，也许知道得很多，也许全都知道——比方说，他有没有策划什么阴谋，假如确实如此，他是不是打算单独动手，假如不是这样，他打算和谁联手。另外，他已经不在人间了，他们会就此罢手，还是会照原样执行计划，我走出银行之后，会不会遭到抢劫——也许你能帮我搞清楚部分问题的答案。”

蛀牙在持续不断地折磨贝比，他看得出这段对话很快就将结束。“我不知道。”

“我最后一次问你——我向你保证，绝对不会有第二次了：我去取我的钻石，安全吗？”

贝比没有任何话可以说。

赛尔打开黑色皮包。

他取出一把便携式手钻。

“你大概一直在想，”赛尔忙着装配机器，“你运气不好，恰好有一颗蛀牙能让我下手。你会这么想也情有可原。但请让我告诉你，事实上，你的运气不是不好，而是非常好。”

贝比的心脏不肯待在胸膛里了。他想起小时候见过的一只鸟。猫扑到鸟笼上，这只鸟兴奋过度，扇着翅膀疯狂地叫了一小会儿，然后就倒地暴毙了，它可怜的小心脏承受不了那份威胁。

贝比觉得他的心脏也未必承受得住，因为他面临的威胁显然正在稳步增加。赛尔插上手钻的电源线，打开开关，确定它在正常工作后就立刻关掉。他从黑色皮包里取出长钉状的钻头，把尖端插进机器，锁定位置，然后召唤卡尔。

卡尔走进房间，转身关好门，赛尔轻声下令："固定住他的头部。这次必须固定得非常牢，卡尔，一动也不能动，明白了？"

卡尔用两只巨手按住贝比的头部，施加的力量大得可怕。贝比丧失了抵抗力。不，他从一开始就没有任何抵抗力，此刻只是更加没有抵抗力了而已。这个说法有可能成立吗？他发疯似的让大脑集中精神思考这个无聊的问题。

没有用。

他的思维已经不受他的控制。他只能盯着手钻和长钉状的钻头。

赛尔发现他看得目不转睛。"一颗钻石。"他指着钻头的顶端说。"便携式手钻，任何一家优质五金店都能买到，加上一颗普通钻石，就成了最标准的牙科工具。这就是它的美妙之处：太容易得到了。当初在集中营，我想宣传这个观点，但门格勒痴迷于培育蓝眼人类的疯狂念头，不愿理会我转弯抹角想告诉他的事实——但话也说回来，我说过了他是个狂人，你还能指望什么呢？然而，你要明白，在绵延许多个世纪的战事中，被俘虏的间谍只有在他说实话的时候才有价值，你知道中世纪的铁处女和现当代的睾丸电击吧？但它们没什么用处，因为其中缺少积蓄的过程。这会儿你感觉不错，过一会儿你很痛苦，持续得太久，你就死了，但一停下，痛苦就开始减轻，要是门格勒肯听我的，整件事会变得多么简单啊。你看，任何人都能做我马上要对你做的事情——几天的简单训练就够了。要是门格勒肯听我的，哪里还会有囚犯敢反抗我们？因为比起那颗蛀牙里的神经，新钻开的神经还要敏感得多——在我动手之前，蛀牙里的神经就已经开始坏死了。”

“你要钻开我的神经？”

“对，一根鲜活的神经，一根健康的神经。我要找一颗完全健康的牙齿钻进去，没多久就会钻到牙髓。”

牙髓。贝比记住了这个词语。

“也就是牙齿内部的组织。”赛尔说，“像你这样的年轻人，我很容易就能钻到牙髓。用不了一分钟。健康的牙齿被钻开其实没那么恐怖，只不过钻头会产生高热，对你来说当然不太好受，但在钻到牙髓前多少还在忍耐范围内。牙髓是牙神经所在之处，拥有复杂的血管和神经纤维构造，静脉、动脉和淋巴组织互相纠缠——但你不用担心，不会出很多血的——哦，我的意思并不是只会有一滴两滴，只是不会血如泉涌而已。”说完，他对准贝比嘴巴中央左上方的门牙钻了进去。

贝比只能忍受。

赛尔继续钻。

钻头开始微微发热。

越来越烫。

赛尔弯腰凑近他。

贝比想叫，但又不想满足赛尔的愿望。

赛尔继续钻。

贝比尖叫。

“我说过了，钻头会烫得你不太舒服。”赛尔解释道，“再忍几秒钟就好，很快就到牙髓了。”

“我不知道你要我回答什么——天哪，要是我知道，我难道还会不告诉你吗？”

“你哥哥非常坚强。这是一种家族遗传的品质。不行。对不起，但非常抱歉，除非钻进牙髓，否则我们就不可能知道你究竟知道多少。到时候，你会全都告诉我的。”

“我已经全都告诉你了。”

“难说哦。”他继续钻牙。

贝比绷紧身体，准备尖叫，但这次的感觉不算太糟糕，滚烫的感觉没有超过忍耐范围。就在这时，令人惊讶的事情发生了，赛尔只钻了几秒钟就关掉了钻头。

“我们已经钻到了牙髓边缘。”赛尔说。“之前你说过你不喜欢惊喜，我很愿意帮你这个忙。现在嘛，再过几秒钟，你就会理解我的话是多么正确了：蛀牙里的神经比好牙里的神经要迟钝得多。我认为好牙里的神经敏感得无与伦比，尤其是你这么一位年轻人的好牙。假如你赞同我的看法，记得要告诉我。”

他钻进贝比的牙髓。

贝比开始嚎哭。这不是他能控制的事情。剧痛引出的眼泪突然汩汩而下，赛尔似乎并不吃惊，只是点点头，继续钻向牙髓深处。

赛尔停下的时候，贝比已经陷入了半昏迷状态。

“想看看牙神经是什么样吗？”赛尔问卡尔，“没关系的，他需要缓一缓，你松开他的脑袋好了。”

卡尔拿开双手，贝比的头部无力地耷拉下去。赛尔轻轻扶起贝比的脸，扳开他的嘴唇。“红色的就是神经。”赛尔柔声说。“你不知道这个，对吧？”

卡尔发出表示否定的哼声。

钻头拿开后，疼痛减轻了许多。贝比躺在那里，头部无力地耷拉着，不敢发出任何声音。他不能让赛尔知道这个事实。

但赛尔当然知道，因为就在这时，他说：“好了，咱们继续。”卡尔再次按住他的头部，赛尔再次钻牙，贝比再次痛哭。这次赛尔停下的时候，他没有让卡尔松开手；这次贝比的休息时间短得多。

一片死寂之中，贝比勉强挤出几个字：“……你……你怎么……能……这么做……”

“怎么能？有个犹太老人答得很好，想听一听吗？一位真正的智者。他的原话：‘我们对他们来说不一样。’对我来说，你不能算是人类。”

第三次结束后，贝比恳求道：“……杀了我吧。”赛尔答道：“犹太人什么时候死他自己说了不算，我们说了才算。”然后继续钻牙。

第七次结束后，赛尔叫埃尔哈德和简威进来。“他不知道——他什么都没说——要是他知道，肯定会告诉我的。我们浪费了许多时间，除掉他。”

贝比在椅子上只剩下一丝意识。

“你的意思是杀了他？”卡尔想确定一下。

“要他怎么死？”埃尔哈德问。

“不用我指挥，偶尔也做点像样的事情吧！”赛尔咆哮道，终于失去了耐心。

第二十四章

赛尔刚摔门而去，他们就开始争吵。“松开他。”简威说。

埃尔哈德一瘸一拐地走到椅子旁开始解束缚带，但卡尔没有动弹，而是盯着简威。“我说过一次了，我不会再说第三遍：遵守命令。”

简威毫不示弱地瞪着块头更大的卡尔。“你拖他出去，少他妈对我唠叨。”

“来吧，来吧。”埃尔哈德打圆场道，解开最后一根束缚带。“卡尔，你力气最大，这小子交给你了。你浑身力气用不完，对你来说不成问题。”卡尔喜欢听人赞美他的力量，埃尔哈德一有机会就说几句他爱听的。

卡尔抓住贝比的一条胳膊，拉起来绕在他粗壮的脖子上，拖着贝比从椅子上起身。贝比沉重得像一具尸体。“自己走！”卡尔叫道，贝比努力让他的双脚动起来。卡尔依然承担贝比的大部分体重，但贝比偶尔也能自己迈出半步。

简威打开门，埃尔哈德赶在前面，一瘸一拐地进了走廊，拉开通往台阶的门等着。他们走进那扇门，贝比能够用自己的力气勉强走路了，但下台阶依然过于艰难。他绊了一下，险些跌倒，要是卡尔松手，他肯定会摔在地上。“抓栏杆！”卡尔叫道。贝比抬起胳膊抓住栏杆，等他们下完台阶，他差不多能控制住平衡了。

埃尔哈德首先走上街道，然后是简威，最后是卡尔和贝比。“用我的车，”埃尔哈德指着路口说，“来吧，来吧。”他一瘸一拐地向前走去。简威注意到，他喜欢走在最前面。无论什么时候去什么地方，只要埃尔哈德知道路线，他就会抢在最前面。他还喜欢说“来吧，来吧”。简威从不反对他，让埃尔哈德享受他的小小胜利好了，反正没有坏处。

但卡尔就不一样了。刚才在楼上，听见埃尔哈德说卡尔力气最大，简威心里有点不高兴。假如单纯比赛举重，胜利者肯定会是卡尔，但把他和卡尔放进暗巷，简威确信卡尔活不过半分钟。也许是自尊心在作怪——他有好几年没出过外勤了，案头工作确实会消磨锐气。卡尔说不定能在他手下活过五十秒，他的动作多半就慢了这么多。他为什么这么讨厌卡尔？大概是出于所有生物都有的对低等生物的厌恶吧，再加上品位上（比方说娱乐方式和欲望对象）的天壤之别。

他们拐过路口，走进黑洞洞的小巷。“来吧，来吧。”埃尔哈德在前面说。

“你不会把车停在了新泽西吧？”简威说，他很生气，因为他被使唤着和他们一起打下手。两个人渣自己就能处理掉那个小伙子。赛尔的手段没有奏效，他肯定气急败坏了，否则不会羞辱简威，让他去办这么鸡毛蒜皮的小事。

“再走几步就到，来吧，来吧。”

“该你拖他走了。”卡尔说。

简威没有理会他。

卡尔嘟囔了一句什么，多半是德语里的“死基佬”。

简威决定假装没听见。

卡尔的怒火越烧越高，他推了一把贝比。“自己走——你能走。”

贝比尝试自己走。刚开始有些磕绊，但很快就找到了感觉，他勉强稳住步伐，没有再次跌倒，就像先前下台阶时那样。

“到了，”埃尔哈德说，“稍等一秒钟，咱们这就出发。”那是一辆旧福特，埃尔哈德掏出一串钥匙，在黑暗中寻找正确的一把。

“这破东西居然还需要锁车门？”简威不敢相信他的眼睛。

“这个街区治安很差，”埃尔哈德试图解释，“所有人都偷东西，这是一辆好车，从来不出毛病，十二年了一次也没出过。”

“太他妈了不起了，但你他妈怎么还没打开车门呢？”毫无必要。没必要侮辱埃尔哈德这样的智障。假如你必须侮辱一个智障，那就找卡尔吧，他站在车头旁傻乎乎地看着，贝比一动不动地躺在引擎盖上。

“好了，好了，我找到了，别着急嘛。”埃尔哈德说，把钥匙插进锁眼，叮叮当当地转动。

“别使蛮力，”卡尔说，“上次你使蛮力，结果是后尾箱的钥匙，这次别再弄错了——”

“我没使蛮力。”埃尔哈德说，过了一秒钟：“该死。”简威气冲冲地走向他，“给我，把钥匙给我，我来开白痴车门。”但卡尔说：“你不熟悉这辆车，我成天坐在它里面，开车的是我，我知道怎么开车门。”他抢过埃尔哈德手上的钥匙，贝比从引擎盖上翻身爬起来，踉踉跄跄地企图逃跑，但简威立刻看见了他，对卡尔说：“你应该守着那小子，去抓住他。”卡尔说：“我要用钥匙开车门，还有，你少对我下命令。”埃尔哈德说：“行了，我去，你开车门吧。”他一瘸一拐地去追贝比。

“一个瘸子也能追上我。”贝比心想，像个鲍威利醉汉似的踉踉跄跄地跑在黑暗的街道上。一个马拉松人竟然会有这样的下场，很好，完美的墓志铭：托马斯·巴宾顿·利未在此安息，1948—1973，被一个瘸子抓住。

哎呀，当然了，客观因素毕竟摆在这儿。假如他状态良好，埃尔哈德根本不可能有机会，但他很久没睡觉了，赛尔对他做的事情更是雪上加霜，他迈开软绵绵的脚步，剧痛无时无刻不伴随着他，只要一吸气，晚风就会吹进牙齿上的窟窿，冲击开放的神经。街道路面很硬，黑暗中遍布锐利的东西，他没有鞋子保护脚底，他依然身穿睡衣。他就是门廊小子所说的软蛋爬虫，跌跌撞撞地向前跑，被一个瘸子越追越近——有什么东西扎进了脚底，剧痛压过了冷风冲击神经的痛楚，贝比希望那不是碎玻璃，而只是一块石头，尽管疼得要命，但不会割破脚底，带来更进一步的疼痛。他应该停下，他知道，他很清楚，因为这时候他对自己说：“妈的，他反正追不上我，我可以停下，瘸子追不上一个马拉松人。”但是，他并不是马拉松人，哪个马拉松人会光着脚乱跑？

比基拉——

阿比比·比基拉，了不起的埃塞俄比亚小警察，参加了东京奥运会，那次奥运会的纪录片让贝比感动流泪，因为俄国人夺冠呼声最高，他们身体强壮，有医生特配餐食，还有德国人也很厉害，没有人用正眼看过那个埃塞俄比亚黑人，就算他们看了，也只会哈哈大笑，因为他不但独自参赛，而且连鞋都没穿，他打算光脚跑完该死的26英里385码。老天在上，都二十世纪了还光脚跑步。比赛开始，俄国人来势汹汹，但德国人不甘示弱，十英里后开始向前挤，可俄国人不止强壮，他们太强壮了，甩开了德国人；俄国人军团一马当先，只剩下了谁先冲线谁当亚军的问题。俄国人在运动方面非常看重这个，你的资历到了，就能得到荣誉，哪怕某个比你更年轻的运动员比你更厉害，因为属于他的时刻迟早会来。就在这时，遥远的背后响起了微弱的噪音，顶多不过是交头接耳的喃喃声，因为马拉松沿途没有多少观众，起点和终点当然有，因为两者都在体育场内，但在赛程中就很少有人会守着看一群白痴挥洒汗水了，因为只有白痴才会驱使自己的身体做这种苦工。跑到十五英里，跑在第三位的俄国人意识到出事了，他回头望去，看见一个瘦巴巴的黑人。黑人没有穿鞋，正在飞快地向前追赶，第三位的俄国人加快步伐，三个俄国人边跑边讨论应该怎么办，消息向前传递，说后面出了怪事，一个光脚黑人正在追赶他们。于是俄国人集体加速，跑出无敌速度，他们做得到，他们受过这方面的训练，他们跑姿正确，饮食正确，优秀的医生做过正确的调整，假如他们想碾压你，你只能接受碾压。二十英里，光脚黑人超过了第三个俄国人，俄国军团只剩下两个人，他们必须做点什么。于是他们全速冲刺，还有六英里，他们已经开始冲刺，使出了全部力气，他们背后的人要么被甩开，要么累得自己放弃，他们所有的对手都是这样。但这个黑人不同，他连鞋都没穿，俄国人开始冲刺的时候，他做出了从未有人做过的事情：他以更快的速度冲刺，俄国人就好像站在原处一动不动，连蜗牛都比不上，两小时前他们嘲笑过的光脚黑人超过了他们，犹如大船，犹如子弹，犹如喷气机，乘风破浪而过，他跑进主体育场，全场欢呼。自从鲁米之后，这是观众第一次为马拉松赛手欢呼，万神殿里现在有两尊大神了，两个传奇人物——鲁米和埃塞俄比亚的赤脚大仙，伟大的比基拉，而我……“去他妈的，”贝比心想，“我才不会被一个瘸子追上呢。”就算脚疼，就算牙齿带来持续不断的剧痛，那又怎么样？假如你是真正的马拉松人，应该怎么做就必须怎么做。

贝比使出吃奶的力气，稍微加快了一丁点速度。

埃尔哈德在背后喊道：“我追不上他。”

简威在轿车旁抬头望去，看见那小子已经跑出去半个街区了，正在跑向哈德逊河和西区高架路。“你！”他对卡尔叫道，“该死的钥匙给我，你去追他！”

简威的叫声回荡在黑暗的街道上，贝比知道现在追他的是野蛮人卡尔了。很好，卡尔很强壮，强壮得就像当年的俄国运动员，但比基拉击败了他们。贝比知道只要牙痛别再折磨他，他就能轻而易举地甩掉卡尔，因为卡尔似乎更看重臂力，胸部和两肩非常壮实，但双腿就未必了，没有力量也没有耐力，贝比抬起右手捂住嘴巴，只要他能挡住冷风，不让风吹到开放的牙神经，他就能减轻痛楚——

——坏主意——

——因为这样他就会失去平衡，他花了好几年才培养出正确的平衡感。跑步的重点实际上就是平衡，掌握了正确的平衡感，你就不会疲惫，正确地使用身体，你就能减缓疲劳，手臂是平衡的关键，用右手捂住嘴，他就失去了平衡，另外一侧的左臂无法保持相对的节奏。贝比听见卡尔沉重的脚步声越追越近，他拼命奔跑，尽管减少了痛楚，但也失去了平衡。

卡尔离他很近了。

忘记剧痛吧，贝比心想，用舌头包住门牙，让温暖提供一丝保障，他有节奏地摆动双臂，保持住了与卡尔的距离。

他稍微加快了一点步伐，卡尔的脚步声开始变轻。

“快来帮我！”卡尔气喘吁吁地叫道。

“妈的。”简威说，扔下轿车，追了上去。

他跑得很快。

贝比从飞快的脚步声里听得出他危险了。目前他暂时领先，没错，但领先的优势还能保持多久?

前方是哈德逊河，贝比在路口犹豫片刻，没想好该往上城跑还是下城跑，他的救赎在哪个方向——不，哪儿都没有，但他还是跑向了上城，因为再过几个路口的茫茫黑夜中藏着西区高架路的一个入口，坡度很陡，而贝比向来擅长爬坡，假如他能在简威之前赶到那里，他就能够保持住优势，因为他在大学跑过越野赛，爬坡的成绩非常好，平地就一般了，因为他没有天生的好速度，但其他人见到上坡就会发憷。

贝比不会。

简威已经威胁到了他的地位。他扭头望去，卡尔早就超过了埃尔哈德，而简威已经超过卡尔，他们就像他的三个命运凶神。贝比缩起脑袋，用尽力量摆动双臂，因为简威简直能灭了他。简威比他快，这一点毫无疑问，但有一件事谁也说不清楚，那就是简威能不能跑长距离，能不能忍住肺部火烧火燎的疼痛？多半不行，贝比心想，他看着不像马拉松人，更像短跑健将，来势汹汹要杀了你，但假如你能坚持到身体开始抗议的那一刻，你就可以战胜他，贝比离高架路的坡道入口只剩下一个街区了，但简威落后贝比还不到半个街区，而且还在越追越近，贝比看见鲁米在前方对他摇头——太不公平了，鲁米不能因为今晚的表现就判断我不行，我状态好的时候该和任何人一争高下。比基拉光着脚和鲁米并肩奔跑，他不但也在摇头，而且还仰头大笑，这就更不公平了，比基拉实在不该嘲笑同是马拉松跑者的他，因为他在东京时备受奚落，但他向他们证明了他的实力。随便你吧狗娘养的，贝比心想，继续嘲笑我吧，我会向你证明的，他尽最大努力加快步伐，然后又加快了一点点。

但还是甩不掉简威。

他落后我多远？八十英尺？现在有六十吗？前方的坡道太远了，他比我快得太多了，我拿他没办法，这时比基拉放慢速度，与他并排奔跑，比基拉说：“你当然能。”贝比说：“你不该嘲笑我的。”比基拉说：“我绝对不会嘲笑一位马拉松人，我嘲笑的是他们，以为短跑运动员居然能追上我们。”听见他这么说，贝比好受多了，但依然无法阻止简威越追越近，心脏的考验快来了，平时贝比会享受这份感觉，但此刻不行，剧痛中他做不到，他尽最大努力与简威保持等速，直到鲁米也放慢速度，和比基拉两人一左一右夹着他，鲁米说，有一次我在芬兰比赛，我的脚断了一根骨头，但我没有放弃，我宁可死，也不愿意一瘸一拐地下场，没有人知道你心里装着什么，只有你自己知道，你的心和你的脑，我们只能靠这两样战胜时间。贝比说，我没法思考，冷风吹得我太疼了，我不知道该怎么行动，该做什么。而鲁米说，慢一点，放松节奏，你就这么做，就现在。贝比放慢几步，鲁米说，飞吧。贝比以他的最大努力起飞了，比基拉说，他不知道你这会儿在干什么，短跑运动员没有脑子，上帝给了他们速度，但他们不会思考，你让他们开始思考，那他们就完了。也许这是真的，因为简威的脚步声第一次开始变轻，贝比说，我打败他了，我做到了。但鲁米说，还没有，他会尝试冲刺，他会使出最后的力量。比基拉说，只要你能坚持住，他就完了，但你必须自己做到，我们没法替你跑。贝比说，至少陪着我一起跑，行吗？比基拉说，当然可以，咱们都是跑马拉松的，只有我们才理解痛苦。鲁米说，他追上来了！

他确实追上来了。

简威每迈出一步就追近一步，贝比说，对不起，我做不到，但求求你们，别抛弃我，我完了。比基拉对他大喊，他开始摇晃了——听——他的节奏乱了——继续跑，坚持住。但贝比答道，太疼了，我身体里面烧起来了。这话让鲁米大怒。你里面当然在着火，你里面就应该烧起来，你给我继续跑，你给我冲破痛苦的障碍，我做到了，所以我才是最伟大的跑者。贝比说，我本来能打败你的，真的，假如我有机会能活下去，我本来就能打败你——

——简威扑倒了贝比。

简威在坡道底下最后拼死一搏，黑夜中他向前飞扑，虽然只是碰到了贝比的脚踝，但已经足以让两人一起踉跄跌倒。

哥们儿，起来！比基拉叫道，快起来，他是短跑运动员，他只有这点本事，他没戏了，只要你能跑起来，他就再也追不上了。贝比手脚着地，头晕目眩，鲁米说，你不是号称跑坡道特别厉害的吗？很好，这是个坡道，跑上去，还是说你宁可趴在地上听他喘气？

——对，没错——简威在喘气，他在黑夜中尝试起身，把空气深深地吸进肺部。

贝比晃晃悠悠地站起来了。脚腕疼得要命，面颊在地上蹭破了，但他知道被打败的跑者会发出什么声音，简威现在发出的就是这种声音，败军之将。坡道再陡也不怕，贝比跑过比它陡两倍的山坡，他听见简威在背后喊："去开车——车！"但这时贝比已经跑完了半个坡道，而且还在加速，比基拉和鲁米都注意到了，这无疑进一步地鼓励了贝比。我是马拉松人，他心想，真正的跑者，你最好别来招惹我，否则只会给自己惹来大麻烦。

天哪，贝比突然想——他们开车来追我了。

他们会以九十迈的车速冲上斜坡，我他妈该怎么办？他沿着西区高架路的右侧跑向上城区，努力思考该怎么甩掉他们，因为只要他们开车就一定能追上他，你必须做些什么事情，做些什么事情——什么呢？

最后，他做的事情无比聪明。

当然了，不如爱因斯坦、牛顿、奥维尔或威尔伯那么聪明，但依然足够精彩——没有一整年的时间供他思前想后，因此他没理由要甘居人后。

他毫无预兆地横穿高架路，跨过一码高的分隔带，朝着相反的下城方向跑去。

他在上城方向的五十七街入口进入高架路，下城方向的第一个出口很近，就在五十六街。实话实说，对他来说不可能更方便了。

三分钟后，简威和另外两个人开车冲上坡道，呼啸驶向上城。下城方向的坡道上，贝比躲在暗影深处，目送他们远去。

他不太确定，但估计等他们想通他干了什么，就会从见到的第一个出口开下高架路，上城方向离这儿最近的出口在七十二或七十九街。

事实上，这个出口在七十二街，不过他们开过六十六街，简威就想通了贝比是怎么做的。但知道这一点和采取相应的行动是两码事。简威无计可施，只能连声叫骂“妈的！”频繁得仿佛一句德鲁伊咒语，他发疯般地在恼怒中等待七十二街指示牌的出现。到了七十二街，他开下上城方向的高架路，接连几个急转弯，回到下城方向的高架路上。他开到五十六街出口下去，他估计贝比肯定是从这儿下高架路的。当然，确实是这样。

然而，这时候贝比已经拉开了安全距离，至少暂时如此。他浑身大汗，牙痛难忍，脚腕阵阵抽痛，但他在他们的游戏中战胜了他们，至少暂时如此。

他不愧是他哥哥的弟弟。

第二十五章

铃响第七声，她接起电话。“哪位？”

“艾尔莎——”

“是谁？”

“听我说——”

“汤姆？”

“对，但你听我说，没时间——”

“你没事吧？至少先告诉我你没事——”

“对，我没事，我知道现在还不到五点，我吵醒了你，但你必须帮我做些事情，艾尔莎，我需要你，只有你能帮助我了。”

“当然，你说。”

“去弄一辆车。”

“你指的是轿车吗？有什么地方要去？”

“艾尔莎，你别迷糊了——对，轿车，对，去某个地方，我没想好去哪儿，但我必须争取一些时间，我必须思考，认真思考，我有麻烦了，我必须去一个安静的地方。”

“我去找车。总有办法的。我去哪儿接你？”贝比望向宽敞客厅的另一头，比森塔尔身穿睡袍，用盘子端着两杯热气腾腾的速溶咖啡进来。“有个叫考夫曼的通宵药房——好像是四十九街和莱克星敦大道路口，总之就在那附近吧——天还没亮，所以你关好车门，我不希望你被什么人盯上。六点。差不多一小时后。记住了吗？”

“考夫曼药房。四十九街和莱克星敦大道路口。六点。你爱我吗？”

“什么？”

比森塔尔仔细打量他。

“昨晚我来找你，你说那会儿你不爱，但以后会的。现在呢？要是你爱我，那就说给我听，否则我就不去找车。”

“我爱你，我爱你，再见。”他挂断电话，“不好意思，最后稍微有点黏糊了。”贝比说着走向比森塔尔和咖啡。

比森塔尔坐进沙发，把杯子搁在大腿上。“混到我的地位就很少能品尝到这种滋味了。小小地来两口也没什么不好，只是要当心——”

“爸爸？”

贝比转过身。一个美得惊人的犹太少女站在门口，她身穿睡袍，模样可爱，大大的眼睛，好看的橄榄色皮肤，黝黑的长发。

“一切都好吧？”

比森塔尔望着她。“你指的是我有生命危险吗？我觉得汤姆应该不会伤害我。”他起身为两人介绍，“我女儿，梅丽莎，汤姆·利未。”

“父亲提到过你，”她说，“不好意思，打扰了。”她转身离去。

“聪明的孩子，巴纳德学院上四年级，除非忽然彻底崩溃，否则肯定会是荣誉毕业生。她想当考古学家，但另一方面又想去布林莫尔学院。前面一个我拦住了，后面这个我也会拦住——她照顾好我这把老骨头就应该心满意足才对，你觉得不公平对吧？我告诉你，诗人总在歌颂爱情的力量，但说到蛮不讲理的程度，乱伦才是第一位的。”

利未没有听他在说什么。一切都变化得太快了。换了平时，他会结结巴巴地向那个姑娘问好，但此刻他连脑袋都懒得点一下。换了平时，他会欣喜于比森塔尔向家人提起过他的事实，但此刻他只是拿起咖啡喝了一口，滚烫的液体涌入牙洞冲击神经，他惨叫一声，连忙放下杯子，好不容易才没有洒得满地都是。他用舌头堵住伤口，尽量减轻痛苦。“对不起，”他最后喃喃道。

“你依然不肯让我帮你？不肯告诉我你遇到了什么麻烦？”

“我没说过我有麻烦。我没说过我有任何麻烦。”

比森塔尔放下杯子，起身在宽敞的客厅里踱来踱去。“唉，别这样，先生，你我都不是傻瓜，咱们附近这会儿有点缺蠢蛋，因此请你至少相信我看得出一个不到五点就吵醒我的人是否焦虑。你想一想，叫醒我的是我妻子，叫醒她的是夜班看门人，我猜叫醒看门人的应该是你使劲砸门的隆隆声吧。口信？一个年轻人只穿着睡衣，没钱付出租车费，我能不能帮个忙？我问那个睡衣疯子叫什么，发现他不但是我的学生，还是一位挚友的儿子。面临这样的抉择，谁会在乎几个小时的睡眠和几块钱呢？我下楼，付钱给司机，带你上楼，我问‘这是闹的哪一出，怎么了？’你回答‘没什么，没什么，请问能借用一下电话吗？’说起来，利未，应该夸奖的时候我还是要夸奖你的：你说了‘请’字。”

“对不起，我来找你是有原因的，但说出我的处境肯定不包括在内。也不是为了钱，但我必须去某个能付钱给司机的地方——他在十二大道靠近码头的地方半梦半醒地巡街，要不是我冲到他的车前，他绝对不可能停车——我猜他多半不懂‘鬼魅’是什么意思，但他肯定认为我就是那种东西，我告诉他你的地址，他连声说‘好的，先生，好的，先生，’一路开得都快飞起来了。我来找你是因为各种因素使然，但你非常好，像这样招待我，我发自肺腑地感谢你。”

“还有什么我能做的？”

“能借我一些现金吗？十块就行，坐出租车，买些东西，二十块就更好了。”

“我的钱包还在睡袍里呢。”他从钱包里取出二十块递给贝比，贝比点头表示感谢。“就这些了？”

“不，能借我一件旧雨衣之类的东西吗，比森塔尔教授，穿一身睡衣在城里跑来跑去，我觉得自己像个精神病。”

“门厅壁橱里有件雨衣，需要就拿去吧。就这些了？”

“是的，先生。”

“那好。我问你，你到底为什么来找我？”

“我为什么来找你？”利未轻声说；他摇摇头，陷入死一样的沉默。

“就当这是你的口试，”比森塔尔过了一会儿说，“就当你必须回答我的问题。”

“好的，先生。”利未说，他起身走到窗口，俯瞰脚下的河畔公园。他说，“这儿的风景肯定很不错吧。”

“尤其是日出时分。”比森塔尔说。利未转过身：“我非常聪明，比森塔尔教授。你也许永远不会有机会知道我有多聪明了，我知道我这么说傻乎乎的，但我向你保证，你很难找到比我更看得进去书的学生了。我下面要说的话或许不合逻辑，你的脑子按理说至少和我一样好，无法理清头绪的时候会纠缠得你想要发疯，但我要告诉你，我父亲去世前，我是家里的笨蛋——我只有十岁，但我知道教过我的每一个老师都认为我远远比不上多克——”

“多克？”

“亨利·戴维——我哥哥——他在耶鲁的头三年是全班第一，十年内成绩最优秀的学生，他就有这么聪明，而且一路争上游，他会成为一位天才律师，为被压迫者辩护，摧毁胆敢面对他的暴君。父亲去世时他二十岁，大学四年级，唉，觉得天翻地覆也是难免的事，父亲自杀彻底打击了他，天晓得为什么，似乎是无意识的，我成了信仰的辩护者，而他变得爱财如命——我认为，不，该死，我知道，我们对同一件事情做出了不同的反应。有个家伙他认识多克，今晚早些时候他对我说‘你父亲有罪，对不对？’我痛斥了他，我告诉你，我骂得很厉害，但现在我想到了，他肯定是听多克说的，多克也肯定这么认为，他因为他的想法而走上他选择的道路，但我选择了另一条路，现在我必须问你一件你知道答案的事情，那就是，我的父亲是清白的吗？”

比森塔尔闭上眼睛。“岁月无论如何也洗不清罪过。”他摇头道，“你知道，环境学家警告我们，塑料需要几百年的降解才会消失。比起罪过，我看那算不了什么。它就像一段隐性基因，在世代中继承下去。”他睁开眼睛，望着贝比。“但这并没有回答你的问题，对不对？你想知道你父亲，著名的荷马·维吉尔·利未，是不是共党分子、亲共分子、激进分子、赤色分子、肮脏的布尔什维克、扔炸弹的恐怖分子？”比森塔尔几乎露出笑容，但那是悲伤的笑容。“他是完美的靶子，对，这就是他，比任何有脑子的人都聪明，看起来非常傲慢，毫无耐心，从没学会忍受傻瓜，你会表现出居高临下，但你应该意识到其实是不安全感在底下作怪，他是东部一所常青藤大学的历史系主任，他被反对党邀请去了华盛顿，他有个可笑的名字，他还是犹太人。天哪，再找到五六个荷马·维吉尔·利未，乔·麦卡锡都能当上总统。”明亮的眼睛再次闭上。“济慈在初览查普曼译荷马的诗里怎么说来着？第一次看见太平洋的科尔特斯，那就是济慈的感觉。科尔特斯在发现太平洋存在之前对太平洋有多么无知，你父亲面对那些指控就有多么清白。”那双眼睛睁开了，望着他。“够了吗？”

贝比点点头，走向门厅去拿雨衣。雨衣有点小，但还凑合，不会让路人停下来看你。

比森塔尔跟着他。“请你让我帮你。”

“你已经帮了我，请你记住。”

“至少打电话报警吧。要是你不愿意，那就让我替你报警。”

“报警？”贝比诧异道，“警察？我为什么要报警，有什么用处呢？”他系上雨衣的纽扣。“我不需要伸张正义，你开什么玩笑，去他妈的正义，早就不是正义能解决的事情了，现在这是血仇……”

走出比森塔尔的公寓楼，他叫出租车去九十六街和阿姆斯特丹大道路口，下车付钱，快步走进最暗的阴影深处，穿过小巷来到九十五街。九十五街从阿姆斯特丹大道到哥伦布大道全都黑洞洞的。这片街区住满了小流氓，没有灯泡的容身之处。但他依然贴着墙根走向他那幢褐石大屋。他经常忘记掩住牙齿，冷风每次冲击神经他都想惨叫，但他控制住自己，默默地用舌头挡住伤口，或者用手捂住嘴巴，低头向前走。他必须回到住处，哪怕只待一分钟；他必须回去一趟，那里有接下来所有事情的关键，但回家非常有可能是他最愚蠢的举动，因为大苹果纽约城有无数藏身之处，但简威知道他会去的地方只有这一个，假如简威想守株待兔，那就肯定会埋伏在他的住处，说不定他会真的蠢到企图回家的地步呢。然而，有些风险你不得不冒，无论是否愚蠢，去他妈的——

——离他那幢屋子几个门洞的马路上停了一辆车。太远了，看不清车里有没有人，也许只是一个喝醉酒的西裔小子找不到消防栓供他停车睡觉，于是就在马路上昏睡了过去。

希望就是一个喝醉酒的西裔小子，贝比心想，蹑手蹑脚地又走了几步。他从不知道自己在压力下居然能这么悄无声息地行动，他正要痛饮这份自豪去驱散恐惧，忽然意识到光着脚走路本来就很难发出声音——对，他依然光着脚，一个不穿鞋的怪人，在九十五街的黑夜中摸向……

……哪儿呢？贝比站在一幢楼的旁边，尽量准确地描述那辆停在马路上的轿车。太远了，也太暗了，他看不真切，但有一点可以确定：车里有一个男人。他没有失去知觉，而是坐在车里。块头似乎不小。多半是卡尔。

假如真是卡尔，那他不可能单独行动，简威绝对不会让卡尔一个人去做重要的事情，因此埃尔哈德也在。在某个地方。尽管剧痛的记忆更加清晰，但贝比模糊记得赛尔曾对他们三个人吼叫，“不用我指挥，偶尔也做点儿像样的事情吧！”因此，简威应该也在附近，三个人躲在三个阴暗的角落里等他。

贝比悄悄向前走。又近了一些。再靠近一些。

他尽可能壮着胆子摸近目的地，等待双眼习惯周围的环境。纽约住着几百万卡尔这样的庞然大物，他们迈着沉重的步伐，彼此之间用哼声打招呼，每天早晨挤开普通人钻进地铁车厢。

车里的人不一定是卡尔。概率低得可笑。

贝比盯着那辆车。他固定住身体，聚集起剩下的全部注意力望进车窗。

没错，就是卡尔。

在等他。

贝比毫不犹豫地走向隔壁一幢褐石大屋，他悄无声息地爬上台阶，钻进门厅，使出最大的力气按麦伦德斯家的门铃。刚开始没有任何回应，他坚持不懈，用大拇指揿住门铃按钮，过了好一会儿才松开，然后再按住，按，按，按，按，不放手，再按，按——

——内线电话里突然有个西裔女人对他大喊大叫。

"听我说……"贝比压低声音，"……我不能大声说话，但假如你是麦伦德斯夫人，非常抱歉，我打扰了你，但……"

她的尖叫声越来越响。

"……我要找你家孩子，你的儿子……"他对西班牙语几乎一无所知，超出"Sangria"就什么都不会说了，但他在此刻之前从没有理由要感到懊悔。"……你家小子，"贝比说，"你家的年轻人，那个……那个……"他还能尝试什么词语呢？后裔？子息？下一代？

无所谓了。她发完最后一通火，挂断了电话。

贝比继续按门铃。他用大拇指揿住麦伦德斯家的门铃按钮，再也不松开。

这次她彻底扯开了嗓门，片刻不停地嚎叫，无论他怎么说"求求你，请你听我说"和"非常对不起，但事情很重要"，对方都听不进去。他没有给她机会再次挂断，而是用大拇指恶狠狠地揿住按钮，直到内线电话里突然响起另一个说西班牙语的声音，门廊小子在内线电话里说："再按一下，你就要少一根手指了。"

"是我，"贝比立刻拿开手指，"我，你知道——"

"——再按一下，你的手指就没了——"

"麦伦德斯，"贝比说，他很不愿意这么大声说话，"你没听出来吗？听我说，老天在上，是我。我啊，"他自暴自弃地说，"隔壁的爬虫。"

一阵沉默，然后："爬虫？是你？"

"当然。"

"你要干什么？"

“聊聊。”

“行啊。”

“当面聊聊。”贝比说，麦伦德斯揿下开门按钮，门厅的门打开了。几秒钟后，贝比在麦伦德斯家门口的楼梯平台见到了他。

“什么事？”麦伦德斯说。

贝比深吸一口气。“我要你去洗劫我家。”他说。

麦伦德斯用好笑的眼神看着他。

“就现在。你必须去。现在就去，过期作废。你不能一个人去，叫上你那群门廊伙伴，全都叫上，有武器的人叫他们带上武器。”

“开什么玩笑？这年头谁没武器啊？”然后，“为什么？”

“一言难尽，简单说就是有人想抓我，要是我一个人回去，就会落在他们手上，我不希望发生这种事。我不认为他们有兴趣和你们过不去。”

麦伦德斯忍俊不禁道：“你这件雨衣怪好看的，小爬虫，但好像有点大？”然后又说，“喂，睡衣是怎么回事？”他放声大笑。

“别跟我扯这些，你就说行不行吧。”贝比说。

这话暂时止住了笑声。“我有什么好处？”

“呃，我有收音机，有一台还不赖的黑白电视机，还有许多书籍，随便你拿去卖掉，在哥大附近的书店应该很容易出手，他们的二手书生意做得很大，衣服也随便你们拿，妈的，我不在乎，能搬走的都归你们了，要是你们被抓住，我会告诉警察说是我送给你们的，所以不会有问题。”

“真是让我松了一口气，”麦伦德斯说，“警察不是问题，这话我爱听。”然后，“对你有什么好处？”

“呃，我要我的阿迪达斯，应该就在房间正中央——”

麦伦德斯又开始大笑。

贝比说了他还要一件什么东西。

麦伦德斯不笑了。

“门多半锁着，”贝比说，“我本来想去找看门人的，但——”

“门锁不是问题。”麦伦德斯说，“这件事的关键是什么？”

“关键是很危险。”

“这个不是关键，”麦伦德斯说，“而是乐趣。”微笑。

卡尔几乎不笑。很多人以为这是因为他没有幽默感，但他知道这个说法不对，真正的原因是很少有事情能让他觉得可笑。大多数时候，他的内心只有躁动。他看上去很健壮，两条手臂肌肉发达，但他需要用行动来保持灵魂的平静。他喜欢鸡毛蒜皮的小活儿，许许多多，堆在一起。这是他的乐趣。

坐等毫无乐趣可言。

卡尔坐在车里，双手放在方向盘上，头部一动不动，眼睛扫一圈车窗外，再看一眼后视镜，周而复始。这是简威给他的命令，他打算一丝不苟地执行，因为简威有麻烦了，假如卡尔犯一个最小不过的错误，简威也会去告状。真是可笑——街道这么暗，他看哪个方向根本不重要，根本没有东西让他看，没有什么犹太小子，就在他百分之百确定自己不会看见任何动静的时候，五六个黑鬼突然冒了出来，从背后走向他，卡尔尽可能地不动声色。

不。不是黑鬼，而是西崽。五六个，甚至七八个，衣着古怪，不，根本没有好好穿衣服，他们都没穿袜子，行动一致，跟着首领。

希望他们是来找我麻烦的，卡尔心想。希望他们看见一个人单独坐在车里，企图行凶抢劫。他瞥了一眼车门，确定没上锁。他只有一把匕首，但收拾区区几个西崽小流氓似乎不需要动刀。抓住第一个人的胳膊，抡起他去砸其他人，直到听见胳膊折断的声音，吓得他们一哄而散。

这群人在犹太小子那幢楼门前停下。他有一瞬间想下车，赶着他们继续向前走，好好吓唬他们一顿。黑暗中见到他这个块头，他们肯定会拔腿就跑。

然而，简威的命令不是这么说的。简威命令他等利未，见到利未就拿下。要是他出现，我就这么做，卡尔心想。这群西崽就交给埃尔哈德去头疼吧……

埃尔哈德在底楼的最里面，看见一群小流氓来到大门口，他立刻惊慌起来。假如他更擅长暴力手段，肯定会乐于见到他们。但他身体有残疾，经常站都站不稳，打架实在不是他的强项。假如他从小就开始想办法弥补缺陷，鞭策畸形的身体做它不愿意去做的事情，每天夜里与哑铃作伴，或许他也有可能变成一个令人恐惧的人物。

但他小时候太聪明了。这是他的缺陷。他太聪明，不需要锻炼力量，但又不够聪明，无法克服外表带来的不快。看见他，你会心想“货梯操作员”，或者觉得他是个昼伏夜出的人，太阳下山才出门，工作，拿报酬，赶在阳光变得过于明亮之前缩回房间里。

小流氓团伙走进了这幢楼的门厅。

埃尔哈德尽可能地躲进走廊的角落。也许他应该提醒简威，也许他该去找简威报告，但他们没约定过遇见这种事情该打什么信号——你做梦也不会为这种事情约定信号——再说现在也没有任何异常情况需要通知简威。只是一群西班牙裔年轻人聚在一幢楼的门厅里，他们或许就住在这儿，波多黎各人特别能生，他们说不定是同一个老妈生出来的，一个黑皮肤的女人，胸部下垂——

一个小流氓开始撬前门。

我应该向简威报告，埃尔哈德心想。但怎么去呢？去找简威就必须上楼，楼梯位于门厅旁边，要是他走到楼梯口，他们恰好撬开门，他难道要把孤零零的自己交给一群凶狠的西裔小子？

“那不是我的任务。”埃尔哈德自言自语道，声音稍微有点响。他的任务是悄无声息地监视楼后的消防梯，假如利未企图爬消防梯回家，那他就必须采取行动阻止利未，需要的话格杀勿论。埃尔哈德有枪。他不擅长开枪，枪声太吵闹，他讨厌噪音，但近距离之内他肯定能打中利未，如果有必要，杀个把犹太人当然不在话下，尤其是这么做能让赛尔高兴。赛尔高兴的时候会奖赏他。不高兴的时候会折磨他，但那是他的权利，他是克里斯蒂安·赛尔，一个奇迹，健健康康地活在七十年代，适用于他的规则与适用于瘸子的规则不一样。

正门被撬开了。

“天哪，要是他们冲着我来怎么办？”埃尔哈德心想。他可以朝他们开枪。他能打死其中的一两个。但剩下的人会怎么对待他呢？他单独坐地铁的时候就很害怕波多黎各人，想到四五个波多黎各人为他们死去的兄弟报仇，把他残疾的身体踢成肉酱，埃尔哈德不寒而栗。简威。简威。他在脑海里不停重复这个名字。这是简威的行动，简威应该知道怎么办。

流氓团伙悄无声息地爬上楼梯。

埃尔哈德擦掉突然涌出的冷汗，听着脚步声走向高处。谢天谢地，现在不需要他做决定了。他们现在是简威的难题了……

简威站在利未房间所在走廊的尽头，他以为脚步声来自警察，他并没有惊慌。甚至有可能是利未带着几个警察，连这个场景也不会让他头疼。首先，他是分局的人，很容易就能证明。其次，昨夜有一个分局的人被退休了，就死在这儿，因此他有理由待在这儿，等待，蹲守，为了给同事报仇而做他该做的事情，警察喜欢这么做是出了名的。假如利未像演电影似的指控他，唉，也是情有可原嘛，这孩子经历了可怕的折磨，亲兄弟死在他怀里，咱们要是这么度过一个夜晚，谁知道会有什么反应呢，对吧？

脚步声越来越近。

六个人，简威心想，仔细听着。随后他识别出了稍微有所不同的模式，根据经验更正为七个人。显然不是警察。七个警察，就算能不能收到黑钱就取决于脚步声的轻重，他们的行动也不可能这么悄无声息。

那么，七个什么人呢？

想不出来，有点烦人。因为简威的头脑比任何人都敏捷，遇到危机时尤其敏捷；在应对突变的速度上，分局里没有任何人比得上简威。

七个什么人？

脚步声来到了底下一层楼。

还在向上走。

太他妈让人生气了，简威心想，意识到愤怒主要来自他本人的挫折感，而不是目前处境会带来什么样的危险。说到底，他没有花过太多时间思考目前面临的这种局面。然而，他也想不出还能去什么地方找利未。利未回家来拿他需要的破烂，这是符合逻辑的行为。尽管未必明智，但并非不合逻辑，再说利未的状态很糟糕，备受摧残，你没法指望他到这个份上还能头脑清晰地思考问题。

七个什么人呢？该死！

他们来到这层楼，简威大吃一惊。

七个孩子？

他又看了一眼。不，不是孩子，完全不是孩子，只是个头小，年龄应该在十四到十八之间，波多黎各人，一群波多黎各小流氓，他们来这儿干什么？

像是在回答他的问题，流氓首领立刻开始撬利未家的房门。

简威看了一会儿，很快意识到他不可能猜到答案。就连电脑也需要输入足够的数据才能开始运算，但他不了解的情况实在太多了。他轻手轻脚地朝他们走了一步，他希望用惊吓弥补人数上的劣势。实际上，他没有任何念头，只想赶走他们。

“行了，”他说，掏出手枪放在最显眼的地方，让他们看个清楚。“散了吧，快滚。”

那群人转身面对他，只有首领除外。简威的眼睛盯着他，因为你需要征服的永远是首领：老大心惊胆战，喽啰一哄而散。

撬门的首领慢慢转向简威。他打量简威，然后望向枪口，最后死死地盯着简威的眼睛。

“狗娘养的，拿去塞你的屁眼吧。”首领说。

好得很！简威不得不承认，你在顶尖学府可学不到这种回答。他望着流氓首领转身继续撬门。流氓首领表现出的漠视几近轻蔑，被只能称之为鸡毛蒜皮的小插曲打断后，他转身接着做他的正经事。

两个小流氓掏出了枪。唔，威力不算强大，比不上他周末特供大餐级的武器，但这会儿向他们证明这些似乎毫无意义。七对一，他寡不敌众，而且他们一点儿也不怕他。这时首领终于撬开了门，他们一窝蜂似的冲进利未的公寓。

简威快步跑过利未的住处，冲下楼梯，留在这儿无疑等于浪费时间。他们只能去湖边干掉利未了。不算最理想的结果，因为到时候就天亮了，而死亡的最佳伴侣是黑暗。他已经用尽了所有的办法，现在只剩下这一条路。因此，湖边将是利未的丧命之地。带利未过去的任务就交给艾尔莎了。

第二十六章

贝比犹豫片刻，走进考夫曼药房。现在肯定快六点了，天色渐渐变亮，所有东西都变得更加清晰，尤其是他自己。他扫了一眼四十九街，然后是莱克星敦大道，想确定进药房是否安全。

偏执妄想!

但这正是他的行动方式，穿着跑鞋和不合身的雨衣，鬼祟地游走于黎明时分的城市。老天在上，不会有人在考夫曼药店里伏击你，这是个传奇性的场所，他们了解黑暗，无论什么时候，你都不会在考夫曼药店里遭到绑架。贝比深吸一口气，想要镇定心神，但冷风吹得牙齿一阵剧痛。妄想不是他真正的问题，他真正的问题是疲惫。自从多克出现后，他就没怎么睡过觉，多克是什么时候来的？是——

天哪，自从他哥哥在黑暗中用“别杀我，贝比”这句开场白出现后，时间才过去了区区二十四个钟头。他哥哥去世到现在只有六个小时，可能吗?

考夫曼药店的橱窗挂钟上显示着五点五十一分，时间足够他进去买一瓶丁香油，然后出来等艾尔莎。贝比走进药店，正要走向药品部，忽然停下了脚步。

他们要处方怎么办?

贝比站在墙边的食物柜台前犹豫起来。他又犯疑心病了吗？不，没有。因为丁香油能让感官麻木，能让感官麻木的东西必然是麻醉药，但没有处方就不可能买到麻醉药——至少强效的肯定买不到。丁香油效力很强，几乎消除了他的剧痛，因此不能和阿司匹林口嚼片同日而语。

我得编个好故事说给药剂师听，贝比心想，一个靠得住的好故事。让我想一想，我有处方，但你看我多傻啊，我塞在钱包里，结果急急忙忙出门忘带了。

不够好。药剂师会说："回去拿呗。"

好吧，我被抢了。你看我的伤口。怎么样？我有处方，但几个毒虫半路上堵住我，连同打字机和彩色电视一起抢走了。

这个说法不错。但别画蛇添足，忘记电视和打字机吧。你被抢了，句号。妈的，换了我是药剂师都会相信。

贝比信心十足地走向药品区，都快到了才忽然意识到，无论他怎么编故事，药剂师都会知道他在骗人，因为随着贝比越走越近，他看见等待他的那家伙满脸堆笑，但怎么看都是在假笑，那家伙迈开脚步，贝比看见的是——为时已晚——瘸子。

埃尔哈德在等他。

贝比转过身，想拼死一搏冲向街道，但卡尔从平装本书架背后钻出来，挡住了去路。

完了，全完了。贝比双腿一软，靠在柜台上。

"……你好像有什么地方不舒服？"埃尔哈德说。

贝比抬起头，看见说话的人一瘸一拐地从柜台里出来走向他。

那不是埃尔哈德的声音，因为这个人根本不是埃尔哈德，只是另一个普普通通的残疾人，一个可怜巴巴的小个子夜班店员，走起路来像埃尔哈德，但说话更像 W.C. 菲尔兹。贝比转向卡尔堵住他去路的书架。一位年长的胖男人正在看书。块头很大没错，但演员萨卡尔有多像阿根廷摔跤手洛卡，他就有多像卡尔。我真的开始偏执妄想了，贝比心想。不是开始，而是已经犯了。

他使劲吸气，冷风钻进牙洞，剧烈的疼痛让他迅速恢复正常。疼痛挥之不去，他使劲眨眼，想要驱走疼痛。现在只有疼痛才能让头脑保持清醒。“我想买丁香油，谢谢。”

“丁香油，丁香油，”说话像菲尔兹的男人说，“您买这小东西是要治哪儿疼？”

“牙齿。”贝比说。

“我看你未必想用那东西抹牙龈，小兄弟。我想说的重点是，市面上有更好的药物。”

“丁香油就好，谢谢。”贝比说。五点五十六分。

药剂师一瘸一拐地回到柜台里。“此刻摆在您眼前的是红十字滴牙水。”他把一个瓶子摆在柜台上，“依在下之见，比丁香油不知道好到哪儿去了。”

“丁香油就好，谢谢。”贝比说。

“哎呀，但你要知道，这小东西里就含丁香油，外加另外几种魔力成分，再加上——允许我提醒你——牙签和棉球，你只需要用牙签戳进棉球，用棉球蘸一点神药，把神药贴在蛀牙上，哎呀呀，你的疼痛就像变魔术似的不见了。”

“丁香油就好，谢谢。”贝比心想，莫非这就是我最终的命运，为了让一个说话像菲尔兹的矮个跛子过得开心，一遍又一遍向他重复“丁香油就好，谢谢”。

“您真的这么爱用丁香油？”药剂师说，“有些人似乎特别喜欢它，非常忠实的顾客。”他拿出一个小瓶放在柜台上。

贝比拿起药瓶，付钱，走到店门口，向外张望。

艾尔莎的车停在马路对面的公共汽车站上，没有熄火。她身穿两人第一次见面时那件亮闪闪的黑色雨衣。

贝比打开药瓶，滴了一滴丁香油在食指上，使劲按摩牙齿，再滴一滴，继续按摩，麻木的感觉开始出现，他拧上瓶盖，把药瓶塞进口袋，跑出药店。艾尔莎看见贝比，从司机座的车窗伸出双臂迎接他，几秒钟后，贝比在街道上抱住艾尔莎。他松开手，绕到乘客座一侧上车，他们紧紧地抱在一起，直到背后传来公共汽车的鸣笛声，艾尔莎不情愿地放开贝比，抓住方向盘，驾驶轿车前进。

“靠近我，”她温柔地说，“休息一下。”

贝比凑近她，把脑袋搁在她身穿黑色雨衣的肩头。“我累了。”贝比说。

“很快就无所谓了，因为我们会过得那么快乐，我知道的。”

“快乐，我现在很需要这种东西。”

“喜欢这辆车吗？我差不多卖身才借到的，快说你喜欢。”

“一辆非常好的车。”贝比说，双眼半睁半闭。

“我楼上有个男人觉得我特别好看——至少以前是这样的，不知道现在还觉不觉得了，因为放下你的电话，我就上去叫醒他，说我想借用他的车，问他能不能卖我一个人情。”

“他要你怎么还这个人情呢？”

“不是明摆着的吗？我猜他是这么想的，当然没法百分之百确定，因为我们说话都拐弯抹角，而且也都睡眼朦胧。你要明白，我之所以想到去打扰他，就是因为你在电话里说你需要安静地方，可以让你思考一下，这辆车的主人恰好有这么一个地方，我想到我们似乎可以去那儿，就在湖边。”

“湖边？”

“对，他在湖边有一幢小房子，离这儿大概一小时车程。附近只有码头和另外几幢住宅，风景很好。有一次周末他邀请我去过，简直像住在地铁车厢里，摩托艇和滑水橇的吵死人了，但那是夏天。过了九月，一夜之间就变得荒无人烟。周末偶尔还有几个人会去，但平时一个人都没有。咱们不如就去那儿吧？”

“行。”贝比喃喃道，已经睁不开眼睛了。

“睡吧。”艾尔莎耳语道。

贝比的脑袋靠在她的肩膀上，他闭上眼睛，有一瞬间真的以为自己会遵从她的命令，但就在这时，他的胃里开始打结，紧张和伤痛彼此纠缠。情绪爆发之前他就已经知道了，尽管他应该选择一个更适合的时候，一个更私密的空间，但哀悼来临时你只能接受，他的身体突然不停抽搐，水汪汪的眼睛里迸发出眼泪，落在他的雨衣和她的雨衣上，他有好一会儿什么都看不见。

这一阵情绪来得快去得也快，随着他猛地吸气，它就变成了一段记忆。但它确实曾经存在。他哀悼过，但并不充分。上帝知道有多么不够。贝比觉得艾尔莎看他的眼神几近恐惧。

“还好吧？”

他点点头。

“真的？”

他又点点头。

“没什么问题吧？”

“很累。”

“嗯。”

她用一条胳膊搂住贝比，拉近他。“很快就到湖边了。一切都会很好的……”

风景确实很好。七点刚过，他们来到湖边，太阳已经冒头。他们开上环湖道路，贝比看得出这地方有多么安静。他没有见到任何动静。什么都没有，只有轮胎扬起的浮尘在车尾飘荡。他摇下车窗。风把大自然的声音送进车里，自从几个月前搬进曼哈顿，他就再也没有听见过这些声音。

艾尔莎开到一条年久失修的车道上停车。“应该就是这一幢了。”她说，开门下车。“希望没走错。我知道他的钥匙放在哪儿。”她爬上门廊台阶，绕到排水管旁弯下腰。“湖边住户至少有一半把钥匙藏在排水管里。”她笑着说，贝比报以微笑。她花了点工夫打开前门，走进去没几秒钟就逃了出来。“一股霉味。”她说。

贝比下车。“开着门，换换空气。”他说，“咱们去湖边散步。”

她点点头，走下台阶，向贝比伸出手，两人走向湖边。阳光越来越明亮。风停了，大自然的声音越来越响。艾尔莎微笑，望向他们的来路。他们走上一个小码头。贝比指着屋子问：“赛尔的？”

“寨尔？”她歪着头问，像是从没听见过这个名字。

“唉，别演了，”贝比说，“你是他们一伙的。我不知道你具体扮演什么角色，提供什么服务，但你确实是他们一伙的。”

艾尔莎摇摇头，再次微笑。

“我不知道你为什么和他们是一伙的，只知道你肯定和他们是一伙的，明白我的意思吗？你没有做错任何事情，没露马脚，而是就像简威说的：这个行当做久了，你就会产生对这种事情的直觉，知道其他人的脑子会怎么运转。”

她又问：“简威？”像是也没听见过这个名字。

“我还能在说谁？”贝比叫道，“难道会是乔治·赛尔和伊丽莎白·简威吗？一个企图赢得我的心的人不可能真是白痴，你就别演了。”

“对不起。”她说，紧紧地握住贝比的手，充满怜爱地望着他。“你非常疲惫，非常风趣，我非常爱你。”

“我哥哥爱过我。”贝比说。

“我知道。你经历了一个可怕的夜晚。”

“他真的爱我，爱到了极点，比他爱自己还爱我，你要明白。我们他妈的互相关爱，你跑出卢特西后，知道他说什么吗？他说我应该忘了你，因为你不爱我，你只是在利用我，我说放屁，你怎么知道，他是这么回答的，他回答我——你给我记清楚，我和他愿意为了彼此而死——他回答我：你那么漂亮，所以肯定是在利用我，否则为什么会爱我？

“——你能想象这话有多伤人吗？我是说，我知道我没法和泰隆·鲍华[①]相提并论，但你能想象听见一个爱你的人这么说，你是什么感觉吗？我气得火冒三丈，甚至认为我肯定弄错了，他并不爱我，因为一个人不会对他爱的人说出这种混账话，说得这么无情……然后他死了——他在我怀里流血至死——我知道我以前的感觉是正确的：他爱我，他说否则你为什么会爱我的时候，知道你肯定在利用我，不知道为什么，他就是知道，这像个暗码，一下子提醒了我，我想到了种种事情，比方说你在德国人的身份上撒谎，而赛尔是德国人，比方说你在公园里突然站起来，然后就冒出来了两个歹徒，比方说你在这么短的时间里就找到了一个人，他不但有车，还有一幢僻静的屋子——这些当然证明不了什么，没有任何一个法庭会说它们是证据，但你确实和他们是一伙的，我知道，多克也知道，所以请让我再问你一遍，屋子是不是赛尔的？”

“乔治·赛尔？我不这么认为。否则那个人肯定会说的，对吧？”

“你为赛尔做什么？”

艾尔莎叹息道：“已经不好玩了，汤姆，够了。”

“简威在哪儿？”

她还是摇头。

“屋子是赛尔的吗？”

① 泰隆·鲍华（Tyrone Power，1914—1958），美国电影演员。

“汤姆，我没法告诉你我不知道的事情，求你相信我。”

“他们什么时候来？”

艾尔莎只是摇摇头。

“你为赛尔做什么？”

“没什么。”

“他们什么时候来？”

她大概知道了贝比不会善罢甘休，因此她用柔和的声音说：“很快。”

“哦，”贝比说，“好，很好。”他们孤零零地站在小码头上，紧贴彼此的身体，阳光越来越温暖，真相大白，虽然不是全部的真相，但已经足够了，最残酷的一部分真相，贝比只能想到盖茨比，盖茨比终于来到黛西家，他们出发走上各自的死亡之旅前，黛西当着丈夫汤姆的面望着盖茨比说，唉，你看上去真帅，你看上去总是那么帅。这时候汤姆知道了，他们全都知道了，她爱他，黛西爱盖茨比，他从夏福特家到蓝色草坪这一路虽然饱受煎熬，但也不算徒劳无功。

他们缓缓走向敞着门的空屋，屋子仿佛来自魏斯[①]的画作，鬼魂在这里出没。“是他姐姐的，”艾尔莎指着屋子说，“她死后，赛尔的父亲保留了屋子，周末来这儿休息。天晓得为什么，这个湖让他想起家乡。”她再次望向他们的来路。

“他们为什么这么慢，你觉得呢？”

---

① 安德鲁·魏斯（Andrew Wyeth，1917—2009），美国当代新写实主义画家，以贴近平民生活的主题画作而闻名。

艾尔莎耸耸肩。“大概只是为了保证不会被警察跟上吧。”

贝比不得不微微一笑。没有人能够理解，但他想要做的事情只有一样，那就是最终的全员团聚。他想用自己的手段解决问题，然后无论成功或失败都将迎来结局。“不需要警察。”他说。两人继续向上走，渐渐接近屋子。“你为他做些什么？”

“主要是信使。钻石，从银行到首都然后到苏格兰，一个胖子古董商负责销赃。我送钱去巴拉圭，根据指示换成需要的货币，把钱交给克里斯蒂安。”

“听上去是个好工作，自由安排时间，可以世界各国跑。”

“事情总要有人做的。”

“我哥哥是赛尔杀的吗？”

她耸耸肩。

“你想说是的。”

她没有吭声。

两人来到室内，走进客厅，向外望去。远处出现了一辆轿车。“他们？”贝比问。

“应该是。”

贝比点点头。

车越来越近。

贝比的牙齿开始疼了。突如其来的剧痛。他的手伸向雨衣口袋，在那里寻找慰藉。左侧，一盒子弹，右侧，他父亲的枪，装满了子弹，他枪法很好——不，他是神枪手，拿着父亲的枪，他就是该死的丹尼尔·布恩[1]，他当然应该是，他成年后在这把枪上花了许多时间，一次又一次地瞄准设计，为的就是复仇的疯狂幻想。

复仇的机会越来越近了，他的所有愿望即将成真，克里斯蒂安·赛尔就在那辆车里，不久之后，只要贝比能够鼓起足够的勇气，克里斯蒂安·赛尔就将丧命。他不在乎自己能不能活着出去，甚至没考虑过自己能不能活着出去，只要赛尔陪他一起死就行，这样就足够公平了，谢谢你，上帝，因为赛尔杀了他们两个，荷马·维吉尔和多克，无论别人怎么说，事实都是这样。他杀了荷马·维吉尔，尽管他们相隔两个大洲和四分之一世纪，纳粹就是纳粹，假如你需要一个坏蛋，那就没有比他们更合适的了。他肯定也杀死了多克，贝比衷心希望这是真的，因此它必定是真的，不可能是卡尔或埃尔哈德这种白痴，多克连脚步都不需要停下就能干掉他们。贝比一动不动地站在那里，望着轿车越开越近，他意识到尽管上帝帮忙，他的所有愿望都将在这么一个好日子里成真，但他能感觉到自己正在开始崩溃。

他无法控制自己，他支撑不住了。

贝比能听见心脏在狂跳，原因很简单：尽管枪在他手上是致命凶器，他能打中任何一个靶子的红心，但他从没向活物开过枪，忽然之间他知道了，等赛尔、简威、埃尔哈德、卡尔和艾尔莎包围他，他会像平时在压力下一样出丑，因为他本质上就是个懦夫——假如他当年不是那么怯懦，假如他拿着该死的羊毛论文去

---

① 丹尼尔·布恩（Daniel Boone，1734—1820），美国著名拓荒者和探险家。

找父亲，荷马·维吉尔就能活到今天——

——敬爱的亲爱的上帝啊，这次请你不要让我胡思乱想，我要杀死的是禽兽，你就让我变成禽兽吧，我没有向你祈求过什么，以后也不会有机会再向你祈求了，因此今天，就这一次，求你……

牙痛变得无法忍耐，他掏出丁香油药瓶，用全身的力气把它狠狠地摔在墙上。

艾尔莎被那声音吓了一跳，困惑地望着破碎的玻璃和四溅的药水。

止痛剂。贝比想解释，然后心想，省省吧，就让她以为你是疯子吧，然后又想，忘记她，吸气，吸气。他使劲吸气，让冷风冲击裸露的牙神经，房间里只剩下他尖锐的喘息声。贝比一口接一口地吸气，真疼，疼得真他妈可怕，但这是必不可少的。为了完成他的使命，他需要他能得到的所有疼痛。

第二十七章

车开得并不快，以观光的速度慢慢前进。艾尔莎望着贝比，没有说话，只是注视着他惊恐的面容。

车拐上车道，在艾尔莎那辆车背后停下。车里有好一会儿毫无动静。然后车门打开了。卡尔下车，埃尔哈德下车，最后是简威，贝比猛地转向艾尔莎，恶狠狠地抓住她："赛尔呢？为什么只有三个人，赛尔去哪儿了？"艾尔莎耸耸肩。

贝比望着轿车，等待赛尔出现，祈祷赛尔会走进阳光下，但车里已经没有人了，他的努力将变得毫无意义，因为赛尔没有来，但他能去哪儿呢？他不可能去取钻石，因为银行都还没开门，再说他也不可能拿到那些该死的钻石，因为托管人去世后，保管箱会被封存，待执法机构检查后再做处理。荷马·维吉尔去世后，他们花费了许多精力才打开他的保管箱，很长一段时间谁都无法接触到那里面的东西，虽说其实并没有什么值得一提的物品。"赛尔在银行等开门吗？哪家银行？"

"我什么都不知道。"她想继续说下去，但见到贝比掏出手枪，她停下了。"我不害怕。"她说。

"你会害怕的。"贝比说，示意她走向门廊。她快步出去，贝比跟着她，掌心已经湿漉漉的了。

“早上好。”简威喊道。他站在卡尔和埃尔哈德之间，笑容很难比此刻更灿烂了。

贝比只是望着他。

“不如咱们进去好好谈一谈？”简威说，贝比脑子里只能想到盖茨比，这整件事就是一场家庭派对，乐趣无穷，有各种游戏，时间到了就上茶点。

“他有武器，”艾尔莎说，“一把手枪。”

“这年头，小心一点总归没错。”简威说，笑容依然挂在脸上。

“你不如说声‘老伙计’听听？”贝比说。

简威走向门廊。很慢，但方向非常明确。“我最喜欢的小说，你也是？”他说。卡尔和埃尔哈德跟着他。

贝比让他们向前走。等他们走得足够近了，他说：“停下。”

简威立刻听话地停下，另外两个人也一样。

贝比犹豫了。

“我们在等待下一步的指示，”简威说，“要我们迈三大步——还是什么？”笑容再次出现。

贝比不知道该怎么办；这不是他擅长的领域，他不知道界限何在。此刻他可以尝试开枪，估计能打死一个，但另外两个会逃开，把他困在一个陌生的场所内。也许他就该这么做，像疯子似的开枪，但他拿不定主意。他有人质，或许是个有利因素，但能达到什么目的呢？他应该尝试一下利用艾尔莎吗？他能做到吗？对他们有用吗？

“想要消磨时间，肯定有比现在更好的办法。”简威又说。

“我喜欢等待。”贝比说，这是撒谎——他向来讨厌等待——但简威有什么烦心事，站在底下让他心神不宁，因此对贝比来说是个好兆头。

卡尔嘟囔了一句什么，简威示意他闭嘴。

“叫卡尔别着急，”贝比说，“他们五分钟后就会到。”没等他们问他所谓的“他们”是谁，他就说出了答案：“警察。”贝比很为自己感到骄傲。既然他们害怕被警察盯上，那就由得他们担心去吧。加在敌人身上的每一分压力，对你来说都是一件好事——这么做必定正确，他不愧是他哥哥的弟弟。

“他说过不会有警察。”艾尔莎说。

“对，我说的是实话，”贝比说，“有可能。”

埃尔哈德转过身，朝来路张望。卡尔又嘟囔了一句什么，他凑近简威，但简威再次示意他闭嘴。

“我没戴表，有人知道确切的时间吗？”贝比问。

“我不相信警察会来。”简威说。

贝比点点头。“我们总算有共识了，我也不相信。”他对简威露出微笑，希望这个笑容也很灿烂。

接下来的一段沉默至关重要。因为这段沉默结束后，简威说：“好吧，多少？咱们进去谈条件行吗？”他抬起双手，就算他有武器，也无法迅速拔出来，因此处于明显的劣势。另外两个人跟着他举起手。

“意思是说信任我？”贝比问。

“差不多吧。”

贝比摆了摆枪口，拉着艾尔莎退回客厅里，直到来到房间一角远离窗口的地方。简威首先走进房间，依然举着胳膊。卡尔紧随其后，最后进来的埃尔哈德关上门。

“你当然明白，”简威说，“我得到的授权只有一定额度，就算我想开出更高的价码，能决定的也不是我，但赛尔可以给——”

“行了，别说了，没什么条件好谈的。”贝比说，“你想进来只是觉得在室内更容易干掉我。”

“那你为什么让我们进来。”简威说。

“因为现在你们全都在我的射击范围内了。”贝比说，推开艾尔莎，抬起父亲的枪。

简威打量了他几秒钟。“对不起，”他最后说，“但你实在不适合这个角色，我保留我的怀疑。”

“我是个神枪手。”贝比说，但他知道他们不会相信，他拿枪的手正在出汗，心脏在疯狂乱跳，他能感觉到自己脸色变得惨白，开始头晕目眩。“我就是！”他说，声音太响，缺乏说服力，实在太像了，但他知道话说出去就收不回来了。

“没有什么警察，”简威说，“如果有，他就不会惊慌了。”

“他们正在路上，”贝比说，“等他们拿下你，你会震惊得像个龟孙子，然后就轮到赛尔了，你们全都要完蛋。”他说得气喘吁吁。

简威退开一小步。“我们就在这儿等着呗，”他说得非常和蔼，“我们谁都不会做任何事情，对吧，卡尔，因为我们不需要，你说呢？卡尔，我们只需要看着你，还有艾尔莎，你走远一点，我看这孩子需要一点呼吸空间。”

瘦高的贝比靠在墙角里。太可怕了，但他正在失去控制。他有枪，枪在他手上，但一切都在越飘越远。他知道，他们知道，房间里没什么秘密可言。“我告诉你我的条件。”他说，声音很响，但不是太响，他不想再犯相同的错误。

“好的，尽管说。”简威催促道，蓝眼睛盯着贝比。

他知道，贝比心想。他知道打靶和打活人是什么区别，他知道血肉横飞是什么景象，他知道惨叫和死亡是什么样子，他也知道我不知道。“我的交换条件是赛尔，我只要他，告诉我他什么时候去哪儿取钻石，然后给我一个小时的领先时间。”

“行啊，我们接受。”简威立刻答道，“条件非常公平，但我不太明白的是该怎么保证你的一小时领先时间——该怎么做到这一点呢？你开走一辆车，打爆另一辆的轮胎，这样应该就行了，我们会落后你至少一个小时，这个结果咱们大家都满意，你说呢？”

“我说——”贝比开口道，但简威大喝一声，“不行！”因为卡尔开始行动了，卡尔想扑上来抱住他，功劳将完全属于他，而不是只会夸夸其谈的简威和只会呜呜抱怨的埃尔哈德，他咆哮着冲向企图蜷缩进屋角的瘦弱年轻人，伸出两只巨手去抓贝比的喉咙，手指分开，准备用力，他和成功只有最后一码的距离了，但贝比一枪打中了他的眼睛，卡尔惨叫一声，倒在墙上，滑向地面。贝比趁机就地一滚，因为简威也在掏枪，贝比曾经笨拙的身体动了起来，他意识到身体里多了某种截然不同的新东西，这种东西名叫流畅，他感觉到了，他不再觉得自己像只爬虫，他觉得自己成了一个他妈的狠人，他手里拿着致命凶器，周围都是敌人，埃尔哈德奔向房门，贝比扣动扳机，埃尔哈德像卡尔一样惨叫倒地，现在只剩下了简威，情况棘手，因为简威也已经采取行动，他掏出了枪，几乎做好了开枪的准备，虽说还没瞄准，你是要打手腕还是打心脏，你是想像《独行侠》那样打飞对方的枪还是想搅一搅对方的脑浆，贝比做出决定，他开枪了，但只打中了腹部，不足以阻止简威，因此他又开了一枪，简威应声而倒，枪顺着地板滑了出去，但简威没有咽气，贝比心想我到底要怎么做才能干掉他，弹仓里还有最后一颗子弹，他意识到埃尔哈德还在动弹，于是朝埃尔哈德又开了一枪，他祈祷自己的速度足够快，因为艾尔莎正要去捡简威的枪，他必须赶在她的前面，因为他的枪需要重新装弹，而他没有那个时间，艾尔莎抢先出手，但她是女人，而贝比是跑马拉松的男人，双腿带着他先到一步，他踢开枪，然后捡起来，瞄准艾尔莎的面门，开始扣动扳机，但她大喊："不——别开枪——"贝比说："银行——赛尔的银行——"她说："——我不知道——"埃尔哈德在呻吟，残疾的那条腿抽搐得失去了控制，简威的血在喷涌，贝比说："你撒谎，臭婊子，你当然知道，你知道，你必须告诉我，你不告诉我，我就宰了你。"她尖叫道："你反正要杀了我。"他也对她尖叫："你他妈说得对，我要杀了你，但你还是必须告诉我。"她的脸没那么可爱了，因为她惊慌失措，她勉强挤出几个字："麦迪逊——麦迪逊大道和九十一街——"对贝比来说，这应该是他最想知道的情报，应该是他的一场胜利，但现在不是了，因为简威还活着，简威抓住他的脚踝，贝比感觉到他开始失去平衡，他朝简威的身体开枪，他看见瘸子埃尔哈德也在爬向他，他继续开枪，但奇迹不可能接二连三发生，完了，这就是结局，他制造出的所有尸体都在扑向他，不知道其他的尸体在哪儿，多克和荷马·维吉尔老先生，一个太阳穴冒血，一个被开膛破肚，他们为什么不也来抓他，其他所有尸体都来了，整个宇宙都在流血，都流着血向他伸出手，想把他拖进地狱……

第二十八章

赛尔走在犹太人的人群中，感觉既新奇又开心。

他从没想象过钻石市场这么一个地方有可能存在，但它确实存在，彰显着劣等民族的全部荣光，从第五到第六大道占领了整个四十七街。赛尔轻轻攥紧手提箱，站在人行道上转了一圈。

连四十七街和第五大道路口的银行都叫以色列银行。完全符合逻辑，赛尔心想：毫无疑问，它就应该开在这儿，神的选民讨价还价一天后筋疲力尽，不用走远就可以去银行办事。

这些店名，我的上帝啊，都是什么样的店名：钻石交易所、珠宝交易所、珠宝商交易所、钻石中心、珠宝中心、钻石塔、钻石廊、钻石马蹄——名字响亮，但一个个都是谷仓似的筒子楼，里面隔成无数个小隔间，每个小隔间里都挤满了犹太人，高声叫卖，吸引购物者。大珠宝店之间还有一些小店，规模较小，但更精致和私密。赛尔在找这样的店家，准备回头来谈生意；他还要学习其中的门道，经过这种小珠宝店时，他发现它们都锁着门，你必须在门口按铃，随即响起的电子嗡嗡声与卖萨拉米香肠的熟食店、戴小圆帽的年轻人和留胡子的长者一样，也是四十七街奏鸣曲的一个声部，调色板上的一种颜色。

赛尔知道他很快就会回来，从容不迫地走到第六大道，叫出租车去上城的银行。他知道银行肯定已经开门，但此刻还不想进去。原因主要有两个。第一，他回南美的航班是晚上七点，他带着钻石待在街头的时间越久，风险就越大。

因为塞拉。

这是第二个原因。假如塞拉制定过抢劫他的计划，计划现在还生效吗？假如双方对调立场，他百分之百会抢劫塞拉——那是全世界最大的一笔非法财富，受害者绝对不可能报警，请问谁能不动心试试看呢？

安全吗？

出租车带他穿过中央公园，在九十街从水库旁出来，赛尔请司机拐上麦迪逊大道，银行就在麦迪逊大道和九十一街的路口，一幢漂亮的红砖建筑物。

赛尔开始集中精神。

他的记忆力好得惊人——象棋棋局、门牙排列、鼻子、手、肤色——他请司机沿着河堤慢慢走，仔细观察东城街道生活的种种细节。差不多两小时前，他也这么走过一趟，此刻他不但在查看环境，也在交叉对比脑海里的印象。门口有遮阳篷的那幢楼前，是不是同一个老妇人和同一个护工坐在那儿？九十二街上挖坑工人身上的衣服旧得够不够真实？街上漫步的行人有没有两小时前就出现过的，有没有门童显得不太自在、邮递员似乎精神紧张？赛尔没有看漏任何东西，以前从来没有过疏漏，现在为什么会有？

赛尔结束了在银行附近的巡游，考虑到牵涉的海量财富，他算是相当满意了。一切似乎都很正常，但他从不相信“似乎”。他请司机在九十三街和莱克星敦大道路口停车，付钱下车，等出租车开出视线后又拦了一辆车，返回钻石市场。

他的保管箱里装着全世界最大的一笔非法财富，这或许是事实，但也许只是一厢情愿的想法，他不知道究竟是前者还是后者。

他完全不知道一颗钻石值多少钱。

好吧，他曾经知道。他曾经知道得很清楚，但那是在另一块大陆上的另外一段人生了。等他终于见到那笔财富，他至少应该知道它大概的价值。他的余生能过得多么舒适完全取决于这个数字。这就是他返回四十七街的原因。他有一些需要找到答案的问题，这就是原因，他再次来到钻石市场，付钱给出租车司机，胸中的兴奋远远超过了上一次。

他愉快地拎着手提箱，从第五大道来到他看中的两家店里的第一家，这家店叫卡茨珠宝。他决定从小钻石开始，先搞清楚一克拉的价值，假如他一上来就打听大钻石的价钱，他们恐怕会过于仔细地打量他。他试了试卡茨珠宝的门。门锁着。电子门铃上挂着“请按”的标牌。赛尔揿下门铃。电子嗡嗡声继而响起。门开了。

这些家伙居然还以为德国是一片恐怖之地呢。

“我想看一颗一克拉的钻石，谢谢。”赛尔说，柜台后的小个子男人几乎是蹦了出来。

小个子男人说：“为什么？”赛尔大吃一惊。

“因为……”赛尔说，但带着德国口音，“bee-cuss，”在这附近怎么能犯这种错误？他不确定小个子男人有没有听清楚。

“因为假如你是个观光客，那就去看别人家的橱窗吧，但假如你真的感兴趣，想找这个街区上品质最高的钻石，那你就找对人了。”

“会值多少钱呢？”赛尔问，点点头，因为他的所有钻石都是最高级的宝石品质。

“在我告诉你之前，咱们先去见一位独立鉴定师，假如他不说从我这儿买宝石简直是白捡，那我就去换个新妹夫。”他自顾自地大笑。

“求你了，”赛尔说，“你就不能告诉我一克拉的钻石值多少钱吗？”

“等一等——等一等——你闯进来说你想看看，这会儿怎么开始问多少钱了？钞票是废纸，我卖的是价值，等咱们见到那位鉴定师——他就在我楼上——你就会知道你找对人了，我也绝对不会强买强卖。怎么样？”

赛尔拼命控制住自己。别人听从他发号施令已经有三十多年了，这个傲慢的犹太佬简直让人无法忍受。你提一个最简单的问题，他就是不肯告诉你答案。

他转身出门，走向第六大道。揿门廊。

电子嗡嗡声。

开门。

室内的主色调是蓝色。店堂里只有两个男人，一位背对赛尔，是个汗津津的胖子，还好走向他的另一位显然是个绅士，留着细细的小胡子，衣着与墙壁的颜色相配。“您好，先生。”

赛尔换上英国口音。“我有兴趣想知道一克拉钻石的价格。”

小胡子微笑道：“您就像在问我一幅画值多少钱——那要看这是一幅什么画了。”

“我妻子和我结婚二十五年了，我知道应该是银婚，但您要知道，她喜爱钻石，我到现在还没有给她买过钻石，但钻石婚是六十周年，我认为到时候我们还在世的可能性似乎有点渺茫。因此我就想，不如给她一个惊喜？不知道您明不明白我的意思。”

“我可以告诉你一个大致范围，先生。你在这条街上也许能买到只要三百五十块的一克拉钻石，但我有一颗要高到四千块。那么，在这两者之间，您认为哪个价钱更合适呢？”

“四千。”赛尔答道，激动不已，因为他从未为这么小的金额操过心。

钻石商人从柜台的另一头凑近他。“非常明智，先生——永远买最贵的。这将是您最好的一笔投资——顶级钻石的价格只涨不跌，供应永远不足，需要总在增长。举例来说，您今天很容易就能用一万八买到一颗三克拉的顶级钻石，但明年就会接近两万五了。”

赛尔点点头，努力记住这些数字，但很困难，因为打电话的胖子越说嗓门越大。“艾米啊，我明白，”胖子说，“艾米啊我的天，咱们认识都二十年了，艾米啊老天在上，我知道她是犹太人，她当然要一颗大钻石，你给我一个数字行不行啊。一万二？你愿意出一万二？因为只要你说你肯出一万二，我就保证给你找一颗她见了会流口水的石头。今天给我回音，艾米。”胖子挂断电话，转过身，赛尔心想，上帝啊，我的上帝，我认识这个犹太人，我折磨过他！

胖子站起来，伸个懒腰，望向赛尔。

当年他没这么胖，他肯定很强壮，否则不可能活下来，他有力气，所以肯定在克虏伯或法本的车间做过苦工——天哪，这条街上有多少个我折磨过的犹太人？

胖子盯着赛尔。

赛尔知道他应该逃跑，但他做不到，没什么原因，就是做不到。他最恐惧的无非是这种时刻：有朝一日在光天化日之下遇到以前的受害者。

“我觉得我认识你，”胖子说，“很眼熟。”

“希望如此，我喜欢意外的惊喜。”赛尔说，尽可能地模仿英国口音。他伸出右手，“海塞，初次见面。”他和胖子握手。他向小胡子伸出手。“海塞，初次见面。克里斯托弗·海塞，也许您来过我们家在伦敦的商店，我太太和我开的。”

“不是在伦敦。”胖子说。

“我们自从三十年代中期就在伦敦了，希特勒，您要明白，我们是犹太人，您要明白，我们抓住机会逃掉了，我们的朋友以为我们失心疯了，但我们还是走了，我们经营一家卖零碎东西的小店，就在伊斯灵顿，那儿现在很时髦，但我们刚去的时候可不是，实话实说，我们只住得起那种地方。我不想吹牛，但我们经营得相当不赖。”他把相当的“actually”发成“ectually”——有点过头，但他有这个资格，他为自己感到自豪：胖子相信了，似乎想起什么的表情消失了。

“我一直想去伦敦看看。”小胡子说。

“哎呀，一定要来，”赛尔说，“记得来找我们。‘伊斯灵顿的海塞。’记住了，请答应我。”

“那当然。”小胡子说。“有兴趣想看几颗钻石吗？”

“等一等吧。等我先探探夫人的口风，当然了，必须拐弯抹角，看看她有什么反应。四千美元是个很大的数目。”

“要我帮你保留一阵吗？”

“哎呀，那敢情好。”赛尔说，微笑着拎起手提箱，转身走出商店。他走在戴帽子的男人、年长的学究、好奇的看客之间，街道上很拥挤。天气渐渐热了起来。赛尔看了一眼时间，发现已经过了十一点。他计划尽可能晚去银行，因此他还有几个小时可以闲逛，尽情欣赏曼哈顿的风光——你不得不佩服美国人，这是个令人惊叹的地方，全世界绝无仅有，狭窄的小街，高耸入云的建筑物。他从容不迫地走向第六大道，“Engel”这个词语传入耳中，刚开始他不太清楚它来自何方，究竟是他的脑海还是某家唱片店，但这个词一而再再而三地重复，他意识到不仅是“Engel”，而且是德语的“der Engel”，赛尔觉得脉搏稍微快了几拍。他的紧张没有缓解，因为那个声音——女人的声音，越来越响，变成尖叫——在喊“Der weisser Engel，der weisser Engel！”白天使，自从离开奥斯维辛，赛尔就再没听见过别人这么叫他。这时他看见了那女人，她隔着四十七街站在马路对面，一个弯腰驼背的老太婆，她用一只手指着赛尔，另一只手按住心口，“Der weisser Engel——赛尔——赛尔！”她衰老的手指颤巍巍地抖动，但它们指着他的胸口，赛尔愣了一瞬间，因为街道上的人开始有反应了，不过一个西班牙裔男人还是继续向前走，几个黑人也一样，因为事情和他们没关系，一个疯狂的老太婆在叫喊什么，也许是“卖了”，年轻的犹太人同样没有停下他们各自的事情——

——但一个留胡子的老人听见了，他转向她，问：“赛尔？——赛尔来了？——”

——又一名老年男子说：“赛尔在哪儿？——”一个体型庞大声音低沉的女人说，“他死了——赛尔死了——所有人都死了——”

“Nein，Nein！”老太婆指着他喊道，“DER WEISSER ENGEL IST HIER！”

第四十七街沸腾了。

他强迫自己尽可能慢地走向第六大道。要是跑起来那就完了，要是跑起来，他们就会知道他有理由要逃跑，这个理由是他的身份：了不起的克里斯蒂安·赛尔。他没有理由要惊慌，他只需要智胜几个犹太人，而他们根本不知道他是什么样子。有几个人知道——第二家钻石店里的胖子，他记得，马路对面的老虔婆，她还在尖叫，她也记得——但其他人就不一定了。他们知道这个名字是理所当然的。甚至有不少人知道他的长相，但剃光头发还能认出他的人就寥寥无几了。

除非他心虚逃跑。

冷静，赛尔命令自己，冷静下来。

前面就是第六大道了。马上就到。但背后的吵闹声越来越吓人，整个钻石市场都有人在喊他的名字，满怀恐惧的犹太人突然因为他们的人数而变得激动，所有人都在问难道是真的吗，难道赛尔还活着，居然来到了美国，每一个人都想抓住他。

慢点走，赛尔命令他的身体。你是一名观光客，你很安全，没有理由要逃跑。

“他要跑掉了！”老太婆喊道，“看见了吗？看见了吗？”

所有商店都打开了门窗，他看得清清楚楚，所有人都想知道老太婆到底在闹腾什么。

赛尔露出愉快的笑容，对一家珠宝店门口的大块头女人说：“天气，tres belle，对吧？”赛尔竭力模仿法国口音，强迫自己假装没有听见背后的任何骚动。

“他们在闹什么？”大块头女人问。

赛尔用非常像法国人的风度耸耸肩。“疯狂的人群呗。”他答道。

女人对他微笑。

很好，赛尔心想。只要你别惊慌，就不可能暴露。你慢慢走，慢慢走。

“我去拦住他！”老太婆喊道，赛尔很不情愿地扭头张望，假如他们前来追赶，那局势可就不一样了，他看见老太婆跑过马路，对来往车辆叫喊：“让一让，给我让一让。”她速度很慢，年纪很大，因此汽车应该能及时停下，绝大多数车辆也确实停下了，但有一辆的反应不够快，它刹车了，轮胎摩擦的吱嘎声响得刺耳，但滑行着撞上了老虔婆，她隔了一小会儿才倒下，没有受伤，但毕竟倒下了，她用愈加响亮的声音尖叫：“傻瓜——白痴——现在谁能去拦住他？”司机跳下车，跑到车头，搀扶老妇人起身，赛尔慢悠悠地继续向前走，终于安全抵达第六大道，愉快地拐向上城，溜溜达达地向前走，四十七街的癫狂和喊叫都被抛在背后，他希望这段插曲能就此结束，但说不定事与愿违，警察会闻讯赶到，警察会听取老太婆的证词，他们也许会相信她，也许不会，那就不是他能控制的事情了。

我能控制的只有一样东西：我自己。我能做的只有一件事情：出乎意料之事。

他们会认为我有枪，但事实上我不但现在没带枪，也从来不会带枪。首先，他从来没考虑过要受训成为一名职业军人——他是一名职业牙医，为什么要用枪？其次，后来他确实学习过射击，但事实证明他的枪法糟糕透顶。他厌恶噪音。枪在他手里总是会弹跳。他什么都打不中。当然了，没有枪不等于他没有武器。

他有刺刀。

甚至可以说是他的刺刀。倒不是说他发明了什么东西——自从我们不再是两栖生物之后，有利刃的工具恐怕就存在了——不，他的贡献仅仅是一处改进。他的刺刀永远绑在前臂上，只需要轻轻一摆胳膊，刺刀就会滑进右手供他使用。刀柄很粗，刀身深深地嵌在硬木中，顶部锐利得仿佛注射针头，只有一侧刀刃，另一侧厚得不同寻常，因此他只需要抬起胳膊挥动（或者劈砍也行），对手的腹部就会被划开——或者咽喉，喜欢攻击哪个部位是你的自由。比起枪械的刺耳声响，他更喜欢默默无声的刺刀。

他们会认为我有枪。他们还会认为我会逃跑。

强烈得令人难以置信的冷静控制了他的身体和头脑，他于是决定待在原地，因为他们无疑认为他会抓住第一个机会逃离此处，拦出租车、乘地铁、搭公共汽车，只要能载着他逃得远远的就行，但第六大道的风景不太美丽，建筑物挡住了阳光，因此他走了一会儿就拐弯返回第五大道。这段路走到一半，他看见一个沐浴在阳光下的下沉式小广场。他走向小广场，低头望去，目瞪口呆地见到许多可爱的人儿在这个温暖的日子里一圈一圈地滑冰。赛尔走到栏杆前，望着他们。

难以置信。

他在美国见到的最美妙的事物。在一座水泥森林城市的中央，一个热得不寻常的日子里，人们过着像冬天一样的生活。孩童嬉笑，跌倒，年长的男女手拉手滑冰，场地中央的几个人花样百出，有可能是职业运动员，总之非常厉害。他们腾跃、转身，为自己或人群表演。赛尔注意到大多数滑冰好手都拥有类似的体型，他们腿部粗壮，就像芭蕾舞演员，但更加粗壮，而上半身往往很纤细，之所以纤细，是因为他们将身体锤炼得顺从意志。他们之中没有胖子，就像第二家珠宝店里的那个胖子，而这个胖子忽然冒了出来，用双手抓住赛尔的肩膀，气喘吁吁地把他转了半圈："我知道你不是英国人，狗娘养的杀人狂。"赛尔在感觉到身体被扳过去的同时就甩出了刺刀，到他面对胖子的时候，他的右手几乎微不可察地轻轻一挥，胖子就抓着颈静脉向前倒下了。赛尔大喊："有人生病了，有人需要帮助，医生，谁是医生？"胖子倒在栏杆上，已经奄奄一息，人群开始聚拢。胖子捂住喉咙的双手无力地垂下，鲜血喷涌而出，围观群众开始尖叫，但赛尔不在其中，他半走半跑地冲向一辆待客的出租车，去他妈的出乎意料，暴雨云团在他头顶上聚集，坏事从来成三，老虔婆认出他是一件，胖子逮住他是第二件，赛尔没兴趣等着让第三件跳出来拍他的肩膀。现在该去银行取钻石了，他告诉司机去哪儿，他在路上打开手提箱，用箱盖挡住司机的视线，取下刺刀用手帕擦干净，然后飞快地绑回原处，把手帕放在手提箱里，关上箱盖。十一点半刚过，他来到了九十一街和麦迪逊大道的路口。

很好。

银行在右手边上城方向的街角。看上去没什么不寻常之处，但这毫无意义。赛尔对“看上去”比对“似乎”更加缺乏信心。

假如敌人在等我从银行出来，假如确实存在一个阴谋，那么我还有其他的选择吗？钱可以留在这儿，但到圣诞节我就会变成一个穷光蛋逃犯，恐怕算不上什么好处境。

赛尔付钱下车，走进银行。

保管箱的钥匙在大衣口袋里，号码早已铭记在心。他快步走向有“保管箱”三个字和一个箭头的标牌，顺着箭头向前走。他走下一段台阶，赫然看见一道上锁的大铁门。他看见里面有警卫在巡逻。赛尔走向铁门旁接待台前的女人：中年，肥胖，虽说是黑人，但一张脸让人看了不讨厌。

“我的箱子。”赛尔说，掏出钥匙。

她好奇地打量赛尔。“我认识每一个保管东西的人。”她说。“但每天都能见到新面孔。请问您叫什么？”

赛尔换上德国口音——既然她这么有经验，就肯定认识他父亲，他父亲没有语言天赋，因此到死都改不掉德国口音。“克里斯托弗·海塞。我只是代理人。我父亲——”他把父亲说成“fasser”——“说保管箱是用他的名字登记的。”他对黑人露出微笑。

“海撒老先生啊，”她把“海塞”发成“海撒”，“这么说，你是他儿子咯。好像从来没有见过你。这么多年他都是自己来的，忽然换成代理人可不怎么常见。”她依然好奇地望着赛尔。

他的心跳为什么加速？她有可能知道什么？“他去世了。”赛尔解释道。

“噢，我的天，真是抱歉。”她向后坐了坐。

“是的，非常令人悲伤。”

“我不是这个意思。”她说，“呃，当然了，我也为他感到抱歉，但你要明白，按照法律的规定，一个人去世后，他的保管箱就要被封存，直到律师检查完毕。”

赛尔愣在那里，吃了一惊。

“我的意思是我不能放你进去。”

坏事确实成三，老话诚不我欺。

“你似乎需要坐下歇口气，海撒先生。”

“求求你。”赛尔挤出三个字，他开始哭泣，泪水顺着面颊流淌。

“我也无能为力，海撒先生——要我说，这条法律很愚蠢，但它毕竟存在，白纸黑字印着呢，我必须遵守法律。”

“求求你，你说得太快了。”赛尔疲惫地坐进一把椅子，用双手抱住脑袋。“只剩下三个星期了。”他开口道。

“我没听懂你的意思，海撒先生。”

赛尔用泪汪汪的蓝眼睛望着她。“我父亲再过三个星期就要去世了。医生说的。癌症，他们说。我恳求你。求求你。求求你。他是我唯一的家人了，请让他多活几天吧，求求你，不能只有三个星期啊。”他摇摇头，转过脸去。

“哎呀，这就完全是两码事了。”她说，“假如他只是生病了，那你当然可以进去。”他们飞快地办理完接下来的手续。“乔治，”黑女人对警卫说：“乔治，你带这位小海撒先生去开他的保管箱，谢谢。”然后对赛尔说：“把你的钥匙交给乔治，海撒先生。”赛尔语不成声地说：“谢谢你。”他隔着栏杆把钥匙交给警卫，一连串的咔哒声和转动钥匙后，铁门终于开了，他走进保管区，跟着警卫向前走。

“需要一个单独的房间吗？”警卫问。

“谢谢。”

警卫把他的钥匙插进一个锁眼，取出另一把钥匙插进第二个锁眼，同时转动两把钥匙，然后抽出一个特大号的保管箱。赛尔跟着警卫走进一个房间，警卫放下箱子，赛尔对他说谢谢，警卫点头离开。

赛尔像圣诞节的孩童一样，轻轻晃动那个箱子，以为它会很重。

轻得像羽毛。

他掀开箱盖。

空的。只有一个咖啡罐。大号的美乐家咖啡罐，没有其他东西了。赛尔急怒攻心，抓起该死的咖啡罐，一把扯开盖子。

钻石倾泻而出。

赛尔认为他最好坐下。咖啡罐里满得都装不下了。有多少？

他把里面钻石均匀地洒在箱底。

发出的声音比他想象中响得多，他连忙合上盖子，免得警卫突然跑进来。等他再次觉得自己安全了，他打开咖啡罐，给钻石分类。最小的有铅笔橡皮擦头那么大，他估算它们有多重。三克拉？应该不止。这样的钻石有几十颗，还有几十颗指甲盖那么大的。

然后是更大的。

许多钻石比山核桃大，有些比胡桃大。你看这一颗——赛尔爱不释手——和婴儿的小拳头差不多大——他忽然看见了一张死去多年的面容，一个美丽的女人，娇弱，年轻，自称是罗斯柴尔德家族的表亲，她说，这颗行不行？够了吗？

够了，我亲爱的，当然够了。绰绰有余了。

赛尔的心率又开始加速，因为他意识到他做梦都没想到会见到这么多钻石。要是我愿意，我可以买下巴拉圭。当然了，我不会买，但我可以，还有——还有——

赛尔扫开买下一个国家的念头，开始收拾钻石。他拥有一笔巨大的财富，但只能躲在一片热带沼泽里，有什么意义呢？据说土耳其有一些优秀的外科医生，能给你改头换面，假如你能忍耐痛苦，甚至能让你变矮。也许这就是出路：把自己交给他们，用他们抢钱似的收费换取服务。假如他们能给你一个截然不同的外表，你就可以回旧大陆品尝香槟了，直到七十五岁得上痛风。他捡起钻石装回咖啡罐里，把咖啡罐放进他的手提箱，激动得双手颤抖。他叫来警卫，把空箱子锁了回去。

赛尔等待警卫开门，跟着他来到大铁门前，安全的生活就在外面等他，黑女人说：“替我向你父亲问好，记得转告海撒先生，巴斯托女士向他问好。”赛尔点头微笑，上楼走向银行外的阳光。然后他明白了一个道理，那就是坏事不止成三，而是至少成四，因为人行道上有个货真价实的疯子向他走来，这个变态狂身穿雨衣和跑鞋。

“不安全。”贝比说。

第二十九章

赛尔等待着。不能轻举妄动。假如他还活着，那就说明他的手下很可能都死了，也就是说这个疯子有武器，很可能是枪。赛尔注意到雨衣的右侧口袋鼓鼓囊囊的。

当然了，他也有武器。他有他的刺刀，因此他不打算认输，而是想要获胜，但获胜的前提是靠近敌人，是离敌人非常近。只要能够靠近敌人，那就是将军了。赛尔环顾四周，寻找适合靠近敌人的地点。

“那么，发生什么了？”赛尔问。

“告诉我，你想在哪儿死。”贝比说。

“哎呀，别这样。”赛尔说，但看见枪托伸出了雨衣口袋，他意识到这个皮包骨头的怪人，几小时前还在牙科椅上被他折磨得痛哭流涕的年轻人，现在成了他必须认真对待的敌手。你必须认真对待每一个疯子。“放回去——我不是在取笑你，但有些事情你不知道，我拥有一些物品，咱们可以谈条件。”

“你想在哪儿死？”贝比问，声音非常柔和，仿佛来自另一个世界，已经不属于人类。

赛尔不敢相信，他想杀死我。我的手提箱里有堪比印加宝藏的财富，突然跳出来一个白痴小子堵住我，我的死亡能给他带去喜悦。

“公园。”赛尔勉强道，指着一个街区外的公园入口。“公园很安静，咱们可以谈一谈。”他没有说咱们可以靠近一些，可以靠得很近。

贝比朝那片绿色摆摆头。

赛尔走向公园。“你必须听我说，你必须听我解释。”他说，“你太年轻了，但我应该告诉你一点人生的经验：人生有可能非常长久，活得舒适比不舒适更好。”贝比没有接话。

“你非常年轻，”赛尔又说，声音里多了几分恳求，“你非常聪明，但还不够有智慧。”

“你杀了我哥哥。”贝比说。

“不，胡说八道，我不在场，我发誓。”

“简威告诉我的。艾尔莎也这么说。”

“但那是不得已的。”赛尔说，“我也不想杀他，我发誓。”

“简威什么都没有告诉我，”贝比说，“艾尔莎也没有。所以你就别担心我了。我有的是智慧。”

他们离公园越来越近。

“杀死我不会带来任何好处。”赛尔说。

“对你来说不会。”

“对任何人都不会。”

贝比走在他背后。“快点。”他说。

他们穿过第五大道，进入公园。“去水库。”贝比说，他们走上台阶，绕向水库。今天对大多数跑步者来说太热了，周围很安静。跑步小径的右侧是浓密的灌木丛。

“就这儿。”贝比说。

“我必须给你看！你必须看一眼！”

“进灌木丛。”贝比说。

赛尔倒退着走进灌木丛。“咖啡罐，你看一眼吧，我求求你，只看一眼，就这么简单。”

贝比掏出荷马·维吉尔的手枪。

“天哪，”赛尔喊道，“最后的一个请求，是人都会答应啊。”

“你答应过吗？”

“奥斯维辛是灭绝营，不是集中营，他们不该恢复力量的。”

贝比扳开击铁。

赛尔跪倒在地，打开手提箱，抓起咖啡罐，恳求个不停：“——看一眼——你就看一眼吧——我没别的要求——求求你了——”

“我不想要你的钻石，”贝比心平气和地说，“我甚至不想看你卑躬屈膝，我只想要你死。”他忽然叫道，“天哪。”因为赛尔终于打开了咖啡罐的盖子。

“看见了吗？亿万财富啊——许许多多个亿万，只有我们两个人知道——咱们可以谈条件——”

贝比犹豫片刻，摇摇头。

“至少看一眼我给你的东西吧！——蹲下来，看一看，考虑一下，我求你了，蹲下，到我旁边来，你仔细看看，然后再做决定，这是我最后的请求，你必须答应！”

贝比又犹豫片刻，然后走向阴暗树荫中的赛尔，他默默等待，静静等待，等贝比来到身旁，刺刀悄无声息地滑出袖管。

赛尔满心欢喜。

贝比扣动扳机，子弹在近距离击中赛尔的胸膛。赛尔像是被推了一把，转身向后倒下，他的面颊贴着泥土，积蓄最后的一点力量，准备垂死挣扎。

贝比舒舒服服地坐在地上，枪口瞄准赛尔，平静地说："我不知道你能不能理解，但很久以前，我曾经是学者和马拉松人，但那个人已经消失了，我猜多半是死了，但我记得他的一个念头，那就是假如不能从过去的错误中学到教训，那你就迟早会犯同样的错误。是的，我们在你们这种人身上犯过错，因为公审全是扯淡，处决是胜利者的游戏——实际上我们应该做的是用痛苦偿还痛苦。这是真正的教训。这是失败者的反思——只有痛苦，纯粹而简单，痛苦和折磨，不需要大牌律师转来转去确保正义得到伸张，让你们这些好战分子知道不该轻启战端，因为万一你们输掉，痛苦就在前面的路口等你。这就是我想给你的东西。疼痛。不是你此刻正在承受的痛苦。我指的是一辈子的痛苦，因为我准备给你品尝的就是这个级别的痛苦，我知道人道主义者肯定会反对我，但我认为你不会，因为我曾经有那么多教诲要告诉我，现在我成为了你，但我的地位更有利，因为你即将死去，而我还有很长一段路要走。"

赛尔扑向他。他像鱼饵被咬住后收线似的冲向贝比，但贝比连动都懒得动，只是再次扣动扳机，赛尔的腹部开了个窟窿，他再次转身倒下。

“知道熟能生巧的道理吗？你是我今天杀的第五个人，第一个是卡尔，从眼睛打爆了脑袋。假如我有时间，我大概会因为我做的事情而呕吐，但后面就越来越轻松了。我都有点享受这种感觉了。往后会不会越来越带劲？告诉我，我很想知道。”

赛尔强壮得像公牛，他像公牛似的发动了最后的冲锋。

贝比等到他非常靠近的时候才扣动扳机，这次一连开了三四枪。

赛尔尖叫着瘫倒在地，浑身上下血如泉涌。

“‘Groin’是个很有意思的词，”贝比平静地说，“我不知道德语里怎么说，但相信你肯定知道。”他说得越来越快，因为他看得出赛尔即将死去。“对了，也许你没有在报纸上读到过，但神学家有了一个令人惊叹的发现，知道他们发现了什么吗？人们死后不会立刻去天堂或地狱，而是先去某个地方，有点像中转站，在那里会发生一些事情，因为啊，你也许不敢相信，但尘世间有些人喜欢对其他人做坏事，折磨清白的好人，这些好人就在这个中转站等待，等折磨他们的坏人来了，他们每个人都能分到一丁点复仇。上帝说复仇对灵魂是好的。赛尔先生，你知道谁在等你吗？那么多犹太人啊。他们都在等你，你知道还有什么吗？他们每个人都有牙科钻头，就像你在我嘴里用过的钻头——记得你说过那东西特别好吗？每个人都能学会使用？很好，他们学会了，他们在等你，我不知道你怎么想，但我觉得这个前景非常美妙。”

赛尔已经濒死，贝比还有时间说完最后一句。

“祝你永世痛苦。”贝比说。

尾声

第三十章

警察沿着水库边缘狂奔而来，他身材壮硕，拿着手枪，看上去非常能干。

内心里，他惊慌失措。

他还不到二十四岁，加入警队不满一年，正在九十街和第五大道路口忙自己的事情的时候，忽然听见了仿佛车辆回火的声音——他希望那轰然一声是车辆回火。只是回火而已。不会给你惹来麻烦，天气这么热，你还身穿厚重的制服。听见第二响爆炸声，他已经有了愿望恐怕不会成真的预感，第三响，他确定了他听见的究竟是什么声音：枪声。

于是他跑进公园，枪声似乎来自水库附近，于是他跑向水库。“喂，”他朝一个小子叫道，“听见枪声了吗？”

小子点点头，指着一片灌木丛说：“那儿传出来的。”

警察看了一眼。“喂，”他对小子说，“有个男人躺在灌木丛里。看上去好像不太对劲。”

“大概是因为他死了吧。”

“哦，好。”警察说，忽然同时意识到了三件事情：第一，这个小子并不小，年龄挺大了，应该有二十好几，他身穿运动鞋和雨衣；第二，他旁边的地上有一把手枪；第三，他站在水库围栏的另一侧，也就是他不该在的围栏内侧，因此肯定是翻过去的，这是违法行为，到处都挂着告示牌。“喂，你不该在里面的。”

“很快就出来。”

警察警惕地走近围栏。“枪不错，”他用尽可能轻松的语气说，“你的？”

“我父亲的。”贝比答道。

警察兴奋起来了——他从未办理过谋杀案，妓女和毒虫是家常便饭，但他从未得到过办大案的机会。“你不会刚刚用过它吧？”

“你是想问他是不是我杀的吧？”

“差不多就是这个意思。”

贝比点点头。

警察立刻扳开手枪的击铁。“别乱动。”他说。

“能不能让我做完我正在做的事情？”

“你在干什么？”他站在围栏内侧，拿着似乎是咖啡罐的东西，正在用弹珠或石子打水漂。

“只剩下几颗了，”贝比说，“有一次我打出了四弹跳。”他又在水面上打出一个双弹跳，心想不知道警察会不会允许他在被逮捕前沿着水库跑一圈，说不定跑完他的脑子就清醒了。贝比望向警察，他多半不会答应。再说跑步也不会让你的头脑清醒过来，你太累了，只有睡眠才能让你恢复正常，但等事情爆出来，他们恐怕有好一会儿不会允许你睡觉。只有上帝才会知道这阵风会把他吹到哪儿去，但肯定会闹得满城风雨，这点他可以肯定。要么进监狱蹲个五百年，要么成为桑尼·塔夫茨[1]之后最大的明星。贝比又打出几个水漂，望着涟漪慢慢扩散。

“喂，天气很热，咱们走吧。”警察说。

贝比点点头，扔掉空咖啡罐，投出手里的最后几颗。

……弹跳……弹跳……

……弹跳……弹跳……

……弹跳……

① 桑尼·塔夫茨（Sonny Tufts，1911—1970），美国男演员。

MARATHON MAN

By WILLIAM GOLDMAN

图书在版编目（CIP）数据

马拉松人 /（美）威廉 · 戈德曼著；姚向辉译 . -- 北京 : 北京时代华文书局，2017.4
书名原文：Marathon Man
ISBN 978-7-5699-1501-3

Ⅰ . ①马… Ⅱ . ①威… ②姚… Ⅲ . ①长篇小说－美国－现代
Ⅳ . ① I712.45

中国版本图书馆 CIP 数据核字 (2017) 第 064772 号

北京市版权著作权合同登记号　图字：01-2016-9559

Wiiliam Goldman
MARATHON MAN

马拉松人

作　　者 | 〔美〕威廉 · 戈德曼
译　　者 | 姚向辉

出 版 人 | 王训海
策划编辑 | 王雅观　黄思远
责任编辑 | 宋　春　王雅观
封面设计 | 安克晨
责任印制 | 刘　银　范玉洁

出版发行 | 北京时代华文书局 http://www.bjsdsj.com.cn
北京市东城区安定门外大街 136 号皇城国际大厦 A 座 8 楼
邮编：100011　电话：010 - 64267955　64267677
印　　刷 | 河北鹏润印刷有限公司　电话：0317 - 5196862
（如发现印装质量问题，请与印刷厂联系调换）
开　　本 | 880mm×1230mm　1/32
印　　张 | 9.5
字　　数 | 188 千字
版　　次 | 2018 年 1 月第 1 版　　2018 年 1 月第 1 次印刷
书　　号 | ISBN 978-7-5699-1501-3

定　　价 | 45.00 元